影ぞ恋しき

下巻

九

十日後――

藤左衛門の助けで鞍馬山に送り届けられた蔵人の傷があらかた癒えたころ、京の市中の様子をうかがっていた長八が戻ってきた。江戸の飛脚問屋、亀屋の長八、お初夫婦は蔵人たちのことが気がかりでならず長逗留（ながとうりゅう）を続けていた。

咲弥とお初、香也は台所で夕餉の支度をしている。山本常朝は昨日から大坂の佐賀藩蔵屋敷に出向いており、板敷に蔵人と清四郎、清厳がいた。

「おかしゅうございます。島原で人殺しがあったことは市中の噂にもなっておりません」

長八が報告すると蔵人はうなずく。

「そうか、京都所司代め、噂が広まらぬよう、島原の者たちを抑え込んだな」

清四郎が首をかしげた。

「では、京都所司代はこのままわれらを放っておくつもりなのでしょうか」

「さようなことはあるまい。おそらく江戸の柳沢の意向をうかがっておるのだ。そなたに手を出せば、どのようなことになるかわからぬからな。役人らしい知恵というものだ。柳沢の意向がわかるまで、ここは見張られておろう」

蔵人は目を光らせた。長八は訝しそうに口を開いた。

「ですが、山を下りる途中で見張っているような男には出会いませんでしたが」

「わたしをここまで送ってきた幕府隠密の磯貝藤左衛門がいる。あの男は変わり者だが、抜け目はないようだ。わたしを助けたのは、行く先をたしかめるつもりもあってのことだろう」

蔵人は考えながら言った。

清四郎は緊張した表情になった。

「では、いずれ京都所司代の捕り方がここに押しかけて参りますな」

「さて、それはわからぬ。すべてを闇に葬りたいと、越智右近は考えているのではないかな」

蔵人はちらりと台所に目を走らせてから言い添えた。

「京都所司代の捕り方がやってくる前に腹を切るなどとつまらぬ考えを起こすなよ。もはやわれらは一蓮托生だ。ともに生き延びることを考えねばならん。ひとりだけ死なれては、われらは迷惑するぞ」

清四郎はうなだれた。

「さように申されましても、あまりに申し訳のうござる」

苦しげな清四郎を見て、蔵人は清厳にうながすような目を向けた。清厳が口を開く。

「清四郎殿、すでにそなたは蔵人殿や咲弥殿、香也殿と深い縁で結ばれておるのでございます。言うなれば家族に等しいひとと、ともに苦を分かち合えねば、後々までも悔いが残りましょう。清四郎殿に申し訳ないという気持がおありなら、皆がともに生きるために力を尽くさねばなりません。そのうえで、すべてを御仏の慈悲にすがるのです」

諭すように清厳から言葉をかけられても、清四郎は唇を噛んでうつむいたままだった。

蔵人は大声で笑った。

「やれやれ、頑固者には手を焼くぞ。ただし、ひとつだけは言っておく。ひとりであの世に行くのは、わたしたちや香也を見捨てて逃げることだ。さようなことは決して許さぬぞ」

蔵人が強く言い切ると、清四郎は、

「わかりましてございます」

と頭を下げた。そこへ香也が板敷に入ってきて隅に座り、清四郎の様子を見つめた。

「また、父上が清四郎様を叱っておられるのですか」

香也は案じるように言った。蔵人はあわてて、

「違うぞ。そんなことはしておらんぞ」

と言い立てたが、香也は立ち上がってぷいと背を向けて台所に駆け込んだ。すぐに台所から香也が何事か訴える声が聞こえ、それに応じる咲弥とお初の声が続いた。

蔵人はため息をついて清四郎を見た。

清四郎は思いつめた表情で何事か考えている。その様は憂いを帯びた仏像のように奥深い美しさを感じさせた。

この日、常朝は大坂、天満の佐賀藩蔵屋敷にいた。

蔵屋敷を取り仕切る蔵役人の天野将監に呼び出されたのである。出向いた常朝を天野は御用部屋に通した。天野は人払いしてふたりきりになると、常朝に、

「ご足労をかけ、申し訳ござらん」

と頭を下げた。

「なんの、隠居したとは申せ、佐賀藩の者であることに変わりはござらん。用があるおりは、いつでもお呼び出しくだされ」

常朝は恬淡として答えた。四十過ぎの小太りで丸顔の天野が、さればでござる、と言い辛そうに口にすると、

「なんでござろう。なにかそれがしが不始末をいたしましたかな」

と常朝は誘うように言葉をはさんだ。天野は思い切ったように口を開いた。

「そこもとのことではござらん。支藩である小城藩を出奔して、浪人いたしておる雨宮

蔵人のことでござる」

「雨宮殿のこと？」

　常朝は顔をしかめた。

「小城藩では雨宮を呼び戻そうとしているとの噂を耳にいたしたが、まことでござるか」

　天野は案じるように訊いた。常朝はわざとらしく身構えて重々しくうなずいて見せた。

「さよう、小城藩主、鍋島元武公はかねてからそう望んでおられます。それがし、以前より雨宮殿と親しく交わっておりますれば、元武公より帰参のお許しが出ていることを伝えに上方に参っております」

「そ、それは困る」

　天野はさえぎるように急いで言った。常朝は訝しげに天野を見た。

「困るとは、いかなることでござるか。元武公のなさることに、本藩が口を出すのは穏当ではございませんぞ」

「そのことはわかっております。されど、実は雨宮蔵人のことにて、先日、大坂城代の土岐(とき)伊予守(いよのかみ)様に呼び出されました」

　大坂城代と聞いて、常朝はぽかんと口を開けた。

「なぜ大坂城代が小城藩のことに口をだすのでござるか」

「されば、土岐様とともに越智右近という方がおられた。上様の弟君でござる」

「なるほど、さような筋の話でございますか」

常朝は目を光らせた。

天野は額に噴き出した汗を懐紙でぬぐいながら答える。

「いかなる仔細があるのかは存ぜぬ。ただ越智様より、雨宮蔵人を佐賀藩と小城藩が引き取ってはならぬと申し渡された。言い様は極めて穏やかで、仮にも押さえつけるような物言いではなかったが、言わんとすることは明らかでござった」

「つまり、雨宮蔵人を引き取れば累が及ぶぞ、という脅しですかな」

常朝はひややかに天野を見据えた。

「まあ、そういうことでござる」

天野は臆病そうな目付きで常朝を見た。

「天野殿は言われるがまま黙って聞いて帰られたのか」

刃を突きつけるように常朝が言うと、天野は顔をしかめた。

「仮にも大坂城代が同席して上様の弟御から伝えられたことですぞ。言うならば上様の命と同じではござらぬか」

常朝は頭を振った。

「いや、上意として明らかにできぬのであれば、上様の命であるなどと思うべきではござらん。さように上の意を忖度（そんたく）することが多くの害を産むのですぞ。ここはしっかりとなさるべきところじゃ」

天野は目を剝いた。

「どうせよ、と言われるのか」

「さような無理難題を押し付けられても聞くわけには参らぬ、と押し返されるのがもっともでござる」

「相手は大坂城代と上様の弟君ですぞ」

天野はさらに眉間のしわを深くした。しかし、常朝は平気な顔で話を続ける。

「だから何でござるか。天野殿、われら鍋島家に仕える者は、わが主君の命にさえ従えばよいのでござる。元武公が雨宮殿の帰参を許されたのであるから、われらは雨宮殿が九州に戻れるように尽力するのみでござる」

天野は大きく吐息をついた。

「これは内密に伝えられたことでござるが、どうやら京都所司代では島原にて柳沢吉保様の家臣、柳生内蔵助なる者を殺したかどにより、雨宮蔵人を捕らえて斬首にいたすそうでござる。そのおりには雨宮の家族もことごとく打ち首になるとのこと」

「なんと」

常朝は息を吞んだ。

天野は話を続ける。

「されば雨宮が追手を逃れて肥前に立ち戻ろうとも、かばい立て無用、ということでござる。もし、かばい立てするならば小城藩だけでなく佐賀藩もお咎めを受けるは必定、あるいはお取り潰しになるやもしれませんぞ」

取り潰しになっても構わぬではないか、と口にしそうになって危うく思いとどまった常朝は、素知らぬ顔で、

「して、京都所司代はいつごろ、雨宮殿を捕らえるつもりですか」

と訊いた。天野はうかがうようにじっと常朝を見つめた。

「この二、三日のうちにも捕り方が向かいましょう」

常朝は驚いたが、顔色を変えずに、

「それは、まことに急な話ですな」

と言った。そして、では、お話は承ったゆえ帰るといたしましょう、と常朝は腰を浮かしかけた。

天野はとたんに表情を厳しくした。

「ならぬ」

「なんですと」

常朝は驚いて天野の顔に目を向けた。

「鞍馬山に戻すことはできぬと申し上げている。雨宮を捕らえるおりに佐賀藩の者がいては面倒なことになるゆえ、大坂に留め置けというのが、大坂城代様からのご命令なのだ」

天野が言い終わらぬうちに隣室の襖が開けられ、藩士たちが御用部屋に入ってくるな

り常朝を取り囲んだ。

「これは、無体な」

常朝が顔をしかめて言うと、天野は表情を硬くした。

「雨宮蔵人に関わっては、わが藩が迷惑いたす。おわかりくだされ」

「わかりませぬな。藩が迷惑を被ろうとも、武士としての義を貫かねばならぬときがあるのをご存じないか」

常朝は叱責するように言った。

天野は顔を横に振った。

「かようにいたすのが、われらのお役目でござる。山本殿も観念されい」

言い放つと、天野は藩士たちに、

「山本殿を座敷牢に閉じ込めておけ。決して外へ出してはならぬぞ」

と命じた。常朝はやむなく立ち上がると、藩士たちに従って御用部屋を出た。

座敷牢は常に設けられているものではない。事が起きる都度、座敷に牢格子がつけられる。天野は初めから常朝を押し込めるつもりだったのだ。

座敷牢に入れられた常朝は一刻（約二時間）ほどは静かにしていたが、やがて、格子に近づいて、

「どなたかおられぬか」

と大声で言った。その声を聞きつけて藩士がひとり座敷牢の前の縁側に出てきた。

「おお、来ていただき、ありがたいですぞ。厠に参りたいのだが、出してもらえまいか」

藩士は少し考えた後、いったんその場から去って格子の錠を開ける鍵を持ってきた。

「厠には連れて参るが、愚かなことはされぬよう」

藩士は念を押した。むろんでござる、とうなずいた常朝は、おとなしく渡り廊下の先にある厠へ向かった。だが、厠で用を足して、座敷牢に戻ろうとしたとき、よろめいて片膝をついた。

「いかがされた」

藩士が常朝の様子を見ようとかがみこんだ。その瞬間、常朝は藩士の鳩尾に当身を放った。藩士がくずおれると常朝は身軽に渡り廊下から飛び下り、築地塀に向かって走った。

築地塀に手をかけてじりじりとよじのぼった常朝は、塀の上から振り向いて藩士がまだ倒れていることと、ほかに気づいた者がいないのを見定めてから、

「よし——」

とつぶやいて路上へ飛び下りた。あたりをうかがってから、常朝は悠然と歩き出した。足袋跣だったが、かまわずに歩を進めていく。

常朝は道筋の下駄屋で下駄を買った。さらに歩き続け、河内屋という飛脚問屋を見つけて店に入った。

京都所司代の捕り手が迫っていることを飛脚で知らせようと思った。自分が鞍馬山まで戻っても時がかかるし、いずれにしても蔵人たちは鞍馬山を下りねばならないだろう。それならば、このまま九州の小城藩まで蔵人たちを連れていこう、と常朝は考えていた。

清四郎が何をしたのか詳しくは知らないが、よほどのことをしでかしたに違いない。もはや、天下で蔵人たちが逃げ込めるのは小城藩しかないだろう、と常朝は思った。小城藩に戻って、名前を変えれば、親戚もいることだし、幕府の目をごまかすことも可能だ。

(なにより、天源寺家の咲弥様が戻られるのは喜ばしいことだ)

常朝は思わぬ成り行きにほくそ笑んだ。

店の番頭が出てくると、常朝は帳場に座り、

「筆と紙を貸してくれ。届けてもらう手紙を書くのでな」

と告げた。言いつけられた手代は硯とともに持ってくると、常朝は墨をすりながら、

(さて、何と書こうか)

と考えをめぐらせて巻紙に筆を走らせた。

この店から鞍馬山に向かって飛脚が駆け出したのは間もなくのことである。

この日、新井白石は間部詮房の執務部屋で詮房と向かい合っていた。

ふたりともやや顔色が悪く、疲れが見えるのは、家宣の将軍就任以来、休むことなく働き詰めだからだ。

白石は千石の本丸寄合だが、御用部屋に入るわけにはいかなかった。このため詮房が家宣からの下問を白石に取り次ぎ、詮房を通じて答えるというまどろこしさがあった。家宣が将軍世子として西ノ丸にいたころは、すべてがゆるやかで直に話ができていただけに、堅苦しさがさらなる疲労につながっていた。

ふたりが話し合っていたのは、勘定奉行荻原重秀（おぎわらしげひで）の処遇についてだった。

重秀は通称、彦次郎（ひこじろう）。曽祖父は武田家の遺臣で、徳川家に仕えて代々、勘定方を務めてきた。重秀も勘定奉行となり、元禄三年（一六九〇）から佐渡の支配を兼ねていた。

このころ金銀の産出が減少して貨幣鋳造の手数料が激減していた金座、銀座の者たちに動かされて、重秀は貨幣の改鋳を建議した。これが許されてから金銀の改鋳に辣腕（らつわん）を振るってきた。

綱吉時代の後半の幕府財政はほとんど重秀の手中にあった。

重秀のやり方は貨幣の質を落として量を多くすることで、その差額を幕府の益金とするものだった。重秀の金銀貨の改鋳によって、元禄八年から八年間に、幕府はおよそ四百五十万両の益金をあげていた。

重秀の手腕は幕閣に評価され、勘定奉行は余人をもって代えがたいとまでされていた。

しかし、白石はこのような重秀のやり方に疑念を抱き、

「不正が行われているのではないか」

とかねてから詮房に示唆してきた。重秀は、金銀の改鋳だけでなく、長崎貿易の代物替を増額して運上金を徴したほか、全国の造酒家に五割の運上金をかけるなどしていた。ところが、この造酒家からの運上金が六千両に過ぎなかった。

「おそらく、荻原殿はじめ、役人たちの懐に入っているに相違ありませんぞ」

白石は厳しい目つきで言った。詮房は腕組みをして、うなった。

重秀が不正を働いている気配はたしかにあるが、それ以上に幕府の財政を潤している功績が大きかった。重秀は間もなく新たな金銀改鋳を行うつもりで準備をしており、それを止めさせれば幕府に入る金が少なくなる道理だ。

詮房がそのことを話すと、白石は苦い顔をした。

「また金銀改鋳でございますか」

詮房は苦笑した。

「そう言われるな。お代替わりで何かと金がかかった。金蔵を埋めてくれる荻原は簡単に手放せないのだ」

「それでは正徳の政ではございませんぞ。金銀改鋳と申せば聞こえはよろしいが、質の悪い貨幣を造り、それによって百姓、町人から金を巻き上げていることに変わりはありませんぞ。しかもそのことによって荻原殿が商人から賂(まいない)を受け取ったことが明らかになれば、どうなさる。徳川家は天下の信を失い、幕府の屋台骨が揺らぎますぞ」

「たしかにそうなのだがな」

詮房は困った顔をしていたが、やがて膝を叩いた。

「では、こうしようではないか。金が入らずともよいという断は上様しか下すことはできぬ。近く、上様に直々に新井殿から申し上げてくれ」

「しかし、わたしは御用部屋に入るわけには参りませんぞ」

白石は首をかしげた。

「それゆえ茶室で話せるように、わたしが仕組んでおく。そのおりに荻原殿への弾劾をたっぷり上様にお聞かせすることだな」

詮房は狡猾そうな顔で言った。

「なるほど、さようならば、そのおりに申し上げましょう。ただ――」

白石が言いかけて眉を曇らせると、詮房は笑った。

「言いかけてやめるなど、新井殿らしくござらぬな。気になることがあるなら、申されるがよい」

白石はため息をついた。

「ならば、申し上げるが、冬木清四郎のことでござる」

清四郎の名が白石の口から出たとたんに、詮房は緊張した顔になった。

「新井殿、そのことは――」

詮房があわてて制そうとすると、白石は頭を振った。

「ご懸念なく。詳しい話をいたすつもりは毛頭ござらん。しかしながら、われら両人が御前にまかり出れば、上様から清四郎の一件はどうなったかとのご下問があるのは必定ではございませんか」

詮房は黙ってうなずく。白石はさらに言葉を継いだ。

「上様は前将軍、綱吉公が亡くなられてすぐに、生類憐みの令を廃されました。悪法を無くされただけでも上様の善政は天下に示されました。この後、さらに善政を推し進めれば、〈正徳の治〉の実はあがりましょう。ただ、冬木清四郎の一件だけは、〈正徳の治〉の唯一の染みでございます」

詮房があたりをうかがってから口を開いた。

「わかっておる。だからこそ、越智右近様が辻月丹らを率いて上方にまで出向いておられるのです」

「それゆえに、なおのことそれがしには案じられるのです」

「右近様には腕の立つ幕府の隠密もつけております。めったなことでしくじることなどありますまい」

「さよう、清四郎の始末はつくでありましょう。しかし、怖いのはその後のことでござる」

白石は深刻な表情で言った。

「後のこと？」

詮房は戸惑った表情になった。

「清四郎を追うからには、どうしても一件の中身を知る者が出て参りましょう。そうしたおり、右近様がどうされるかです」

「まさか――」

詮房は青ざめた。

「言わなくともおわかりでござろう。右近様は上様の政を助けるために命を賭けておられます。清四郎を始末した後、すべてを闇に葬るために、ご自分をも消そうとなされるのではありますまいか」

白石は淡々と言った。詮房は頭を横に振った。

「信じられぬ。右近様はまだ生きて、上様をなおもお助けしようと思われるに違いござらぬぞ」

白石は目を閉じて話し続ける。

「そうであればよろしいが、右近様のご気性はどうであろうか。そして、右近様がもし一身にすべてを背負われたとき、上様はどのようなお心持ちになられるか」

詮房はぎょっとした。

「上様が政に倦まれると言われるのか。さようなことはありませんぞ」

白石はゆっくりと瞼を上げた。

「そうであればよいが、ひとの心はままなりませぬ。おのれが正しい道を歩んでおると思えばできることも、おのれを疑い始めれば一歩も前に進むことができなくなるやもしれません」

白石がほのめかした意味深い言葉に、詮房は困惑の色を浮かべた。

「では、新井殿はどうすればよいと言われるのか」

「わたしたちにはどうにもできぬことです。たったいま、右近様が胸の中で考えつくし、惑いと闘っておられましょう」

詮房は大きく吐息をついた。

「なるほど、清四郎ひとりを始末すればすむということではないのでござるな」

「それゆえにこそ、われらは上様にいかように言上するか考えておかねばならぬのです」

諭すように白石に言われて、詮房は考えをめぐらせたが、容易に答えは見つからない。考えるほど、深い闇に落ちていくような気がした。

この日の夕刻、鞍馬山の蔵人のもとに、常朝からの手紙が届いた。板敷に座って手紙を読んだ蔵人は、うーむ、とうなった。

かたわらには清厳と清四郎がいる。

「いかがされました」

清厳が訊くと、蔵人は手紙を放り出して横になり、ひじ枕をしながら、

「常朝め、何としてもわれらを肥前に連れ帰るつもりのようだ」

と言った。

清厳は手紙を取りあげて目を通すと、そのまま清四郎に渡した。読むにつれ、清四郎の表情が厳しくなった。清厳はちらりと清四郎の横顔を見遣ってから、

「九州に行くかどうかはともかく、鞍馬山は下りねばならないでしょう」

と告げた。

「そのようだな」

と応じてむくりと起き上がった蔵人は、咲弥を呼んで香也とともにお初と長八も板敷に来るよう伝えた。皆がそろったところで蔵人は常朝の手紙をまわし読みさせた。皆が読み終えてから、

「仔細は手紙の通りだ。鞍馬山を下りるぞ」

と告げた。咲弥は眉をひそめて訊いた。

「山を下りてどうなさいますか」

「まずは中院様を頼ろう」

蔵人が答えると咲弥は首をかしげた。

「京都所司代様から追われる者を匿えば、中院様にご迷惑がかかるかと存じますが」

「無論、わたしは匿（かくも）うてもらうつもりはない。それゆえ、中院様にはそなたと香也、清厳をお預かりいただく。お初と長八はいずこかの飛脚問屋を頼ることができよう」

咲弥は目に案ずる色を浮かべた。

「それで旦那様はいずこへ参られますか」

「わたしは清四郎とともに大坂へ行く」

清厳が訝しげに蔵人を見た。

「なぜ、大坂へ行かれるのですか」

「常朝の手紙によれば、どうやら越智右近殿は大坂城にいるようだ。京都所司代を動かしているのは越智殿だろう。逃げ回っていては埒があかぬゆえ、越智殿と決着をつけようと思う」

「よもや、越智様を斬るつもりではありますまいな。あの方は将軍家宣公の実の弟君ですぞ」

清厳が緊張した表情になると蔵人は笑った。

「できれば、さようなことはしたくない。だが、わたしがしなくとも、清四郎はやろうとするだろうから、放ってはおけぬのだ」

蔵人の言葉に清四郎はぎくりとした。

「雨宮様――」

言いかけた言葉を呑んで口を閉ざした清四郎を、蔵人は見つめた。

「先日わたしが、勝手にひとりで腹を切るのは許さぬ、と言ったとき、そなたは考え込んだ。おそらく、そのおり、越智右近殿と闘って死のうと思ったのであろう」

清四郎は顔を伏せてうなだれた。

蔵人は言葉を継ぐ。

「やはりそうか。わたしが止めても、そなたはひとりで越智殿のもとへ向かおうとするだろう。ならば、共に行ったほうがよいと思ったのだ」

清四郎は当惑した様子で顔をあげた。

「しかし、それでは雨宮様まで越智様に討たれるかもしれません」

「いや、死中に活を求めるのだ。越智殿は私欲で動くひとではない。そなたがなしたことが天下に知られず、正しき政が行われればそれでよいと考えているはずだ。逃げまわるより、越智殿の懐に飛び込み、わが赤心を明らかにしたい。それで、どうなるかは越智殿しだいだがな」

蔵人が平然と答えるのを聞くなり、お初は膝を乗り出した。

「雨宮様、そうなさるのでしたらわたしどもも大坂の飛脚問屋を頼りましょうか。そうすれば飛脚を使った山本様の居場所もわかるかもしれません。飛脚問屋には町の噂も集まりますし、何か役に立つことがわかると存じます」

大きく頭を縦に振って蔵人は応じた。

「おお、そうだな。相手の懐に飛び込むには、まずいろいろなことを知っておかねばならぬからな」

咲弥がわずかに身じろぎした。

「そうは申されましても、皆が京と大坂に離れるのは不安な気がいたします。それぞれが危難にあっても、すぐに助け合うことができないのは困ります」

案じるように言う咲弥に蔵人は笑いかけた。

「大丈夫だ。われらの間のつなぎをつけてくれるひとはそこにおる」

蔵人は中庭を指さした。

庭先に、笠をかぶって白い巡礼の衣装を着て、手甲脚絆に草鞋履きの女人が立っていた。

〈ののう〉の頭領、望月千代である。

「雨宮様、京都町奉行所の捕り手が間もなくやって参ります。早々にお立ち退きくださいませ」

「もはや、参ったか」

蔵人は目を光らせて、脇に置いてある刀に手をのばした。

「まだ、麓にさしかかるころでございますから、逃げる余裕はあるかと存じます」

千代は落ち着いた声で告げた。

「わかった。千代殿、すまぬが山道を抜けて咲弥と香也、清厳を中院様のお邸まで送ってくれ。わたしと清四郎は捕り方の足止めをいたす」

蔵人は考えながら言った。

お初があわてた様子で問いかける。

「わたしたちはどうすればよろしゅうございますか」

「そなたたちは、ただの旅人として山を下りればよい。手形があれば、役人に見つかっても捕らわれはすまい。山を下りたら、そのまま大坂へ行くことだ」

言いつつ立ち上がった蔵人は言い添えた。

「持っていくのは着替えと金だけだ。後の物はいずれ取りにくるとしよう」

緊張した面持ちで香也は清四郎に向かって、

「清四郎様、父上と大坂へ行かれても、なすべきことが終われば、わたしたちのところに戻ってきてくださいますよね」

とせつなげに声をかけた。清四郎はうなずく。

「必ずや——」

唇を引き結んで香也は蔵人に顔を向けた。

「父上、清四郎様を必ず無事にお連れください」

蔵人はおおらかな笑い声をあげた。

「まかせておけ、いままで父が約束したことを破ったことがあるか」

蔵人に言われて、香也は訝しげに考え込んだ。

大きな約束は破ったことはなかったが、どこかへ出かけるおりにお土産を買ってくると言って、忘れたことは少なからずあったのではなかったか。

考え込む香也を見た蔵人は軽く咳払いして、

「さて、ぐずぐずしている暇はない。さっそく出かけるぞ」

と声を高くした。

咲弥がうなずき、着替えなどを取りに香也をうながして板敷を出ていくと、蔵人は千代に声をかけた。

「千代殿、頼むぞ。わたしと清四郎は先に出る」

清厳が案じるように、

「わたしもともに参りましょう」

と言うと、蔵人は頭を振った。

「いや、ふたりだけで行くほうがいい。清四郎はわたしが目を放すとひとりで大坂に向かうやもしれぬ。だから、膠のようにぴったりとくっついていなければならんのだ」

「なるほど、さようですか。なれば、わたしは咲弥様たちの護衛をいたしましょう」

清厳は微笑した。

「実のところ、中院様の邸が安心かというと、いささか心もとないのだ」

蔵人は苦笑しながら声をひそめて言葉を継いだ。

「中院様のもとには時おり、近衛様の家司を務める進藤長之殿が訪れる。近衛基熙公は知っての通り、将軍家宣公の岳父にあたる方だ。進藤殿は将軍家の意向に添って動こうとするだろうからな」

蔵人の言葉を聞いて、清厳は表情を引き締めた。

「中院邸に咲弥様たちがいることを進藤殿に知られれば、危ういことが起きるかもしれぬと思っておられるのですか」

「いずれにしろ、用心はしなければなるまい。だから清厳には、咲弥と香也についていてもらいたいのだ」

蔵人が力を込めて言うと、清厳は首を縦に振った。

「承知いたしました。咲弥様と香也殿、必ずお守りいたします」

頼むぞ、と言い置いて蔵人は清四郎をうながして家を出た。

ふと空を見上げると、黒雲が重く垂れ込めて雨の匂いがしていた。


このころ、京都町奉行所の捕り方とともに、京都所司代の役人を含んだ二十人ほどが市中から鞍馬街道を進み、鞍馬川の谷をさかのぼって鞍馬寺門前に至る道筋をたどっていた。

いつのまにか空はどんよりと曇り、進むにつれてぱらぱらと雨が降り出していた。

ぶっさき羽織に裁付袴で鉢巻を巻いた役人たちは、雨具を用意してきておらず、

「これはまずいな」

と言いながらも捕り手たちを急がせた。茶色の筒袖に伊賀袴で六尺棒など捕り物道具を携えた捕り手たちは、黙々と山道を登っていった。

すると、先頭にいた役人が、

「何だあれは――」

とつぶやいた。

おりから細かい雨が本降りになってきた。

笠をかぶり、蓑を着けてがっしりとした男と、小柄でほっそりとした男が跳びはねるようにして山道を駆け下りてくる。

「何者だ」

役人が見ているうちに、たちまちふたりの男は近づいてきた。京都町奉行所の捕り方が、

「御用である。止まれ」

と声高に呼びかける。

だが、ふたりの男は止まることなく駆け寄ってきた。

「こ奴、怪しいぞ」

役人たちはうろたえてふたりを止めようとした。しかし、ふたりは役人にぶつかる寸前に跳躍した。

あたりを霧が包んでいる。ふたりは墨が滲んだかのような姿で宙を跳び、役人たちの頭上を飛び越して地面に降り立った。役人たちは、

「胡乱(うろん)な奴だ」

「捕らえろ」

と口々に叫んだ。捕り方たちがふたりに襲い掛かるや、がっしりとした男は次々と捕り方たちの腕をつかみ、足を払って投げ飛ばしていく。

小柄な男も手刀を振るって捕り方の首筋や捕り物道具を持った手を打ちすえる。捕り方たちはふたりに翻弄されて、なす術もなかった。

捕り方たちの大半を倒したふたりの男は山道に駆け戻るなり、道沿いの杉林に入った。

「追えっ」

役人の甲高い声が響くと同時に捕り方たちが恐る恐る杉林に入ってみると、すでに姿を晦ませたと思ったふたりが杉林の奥からこちらを見ている。

あたかも追いかけてくるのを待ち構えているかのようだ。その様を見た役人はかっとなって、

「逃がすな、必ず、捕らえるのだ」

と怒鳴った。

捕り方たちはやむなく、ふたりを追った。

ふたりは、捕り方たちをあざ笑うかのように杉林の奥深くへと導いていく。

この間に咲弥と香也は清厳と千代に守られながら鞍馬山を下りたのである。

このころ、大坂城二の丸の一室で、越智右近と辻月丹、辻右平太が話をしていた。

「今日あたり、京都町奉行所の捕り方が雨宮蔵人と冬木清四郎を鞍馬山で捕らえようと

しておろう」

　右近がぽつりと言うと、月丹は首をかしげた。

「雨宮ほどの者は町奉行所の手に負えぬのではありますまいか」

「さよう、手に負えぬであろうな。されど、町奉行所の手がまわったと知れば、少なくとも鞍馬山は下りざるを得まい。そうなれば、家族を逃がして蔵人は必ず清四郎とふたりだけで動くはずだ」

　いつになく歯切れの悪い物言いをする右近を、月丹は興味深げに見つめた。

「では、蔵人たちを家族から切り離すのが狙いでございましたか」

　月丹は問うた。

「清四郎ひとりを斬るのに、蔵人はやむをえぬにしても家族まで巻き添えにしたくはない」

　右近は淡々と言った。月丹は感心したように応じる。

「武士の情けということでございますか」

「それもあるが、われらは正徳の治のために清四郎を斬ろうとしているのだ。いささかでも落ち度があってはなるまい」

　月丹はうなずく。

「闇から闇に葬ることであっても、さように身を正されますか」

「古言に四知という言葉がある。すなわち天知る、地知る、我知る、人知る、が四知だ。

ひとが知らぬと思っても自分が知っているのだ。さようなことは、いずれひとも知るようになるという意味だ。常に慎まねば災いがおよぶことになろう」

「さほどにお考えなら、清四郎を斬らぬという道をとることもあるのではございますまいか。彼の者は亡き主君への忠義に生きておるだけでございます。また、雨宮蔵人にしても義の武士にございますぞ」

月丹はやや力を込めて言ったが、右近は首を横に振った。

「それはできぬ。なるほど、われらだけが清四郎の果たしたことを知っているのなら、口をつぐみ、重き荷を背負うた思いで生きていくこともできるだろう。だが、それはできぬのだ」

「柳沢様がおられるからでございますか」

「そうだ。柳沢は柳生内蔵助を見放して、われらに逆らう意志がないことを明らかにしたが、油断はできぬ。清四郎を取り逃がすようなことがあれば、どのような手を打ってくるかわからぬ。それに――」

右近は声をひそめて、勘定奉行の荻原重秀がいる、と言葉を継いだ。

月丹は目を瞠った。

「荻原様でございますか」

「新井白石殿は、荻原に不正がありと見て、何としても追い落とすつもりだ。しかし、あの男はしぶとい。上様の弱みを探って自らの延命を策すだろう。もし、清四郎のことをかぎつけられたら容易ならぬことになる」

右近の言葉に、月丹はなるほどと大きくうなずいた。

これまで黙って控えていた辻右平太が身じろぎして口を開いた。

「おうかがいいたしたいことがございますが、よろしゅうございますか」

「何なりと申せ」

右近は穏やかな表情で応じた。右平太は頭を下げてから、

「蔵人たちを鞍馬山から追い落とす策はわかりましたが、その後はどうなるのでしょうか。清四郎が行方を晦ませば、捜し出すのは難しゅうございます」

と訊いた。右近は微笑した。

「だからこそ、佐賀藩の者を大坂城に呼び出して、蔵人たちに関わってはならぬと申し渡す席に出たのだ」

右平太は眉をひそめた。

「それは、いかなる策なのでございましょうか。わたしにはわかりかねます」

右近は諭すように答えた。

「わたしが大坂城にいることは、いずれ蔵人と清四郎に伝わるであろう。さすれば、どうなると思う」

右平太が当惑すると、月丹が言葉を添えた。

「彼の者らは大がかりな追手がかかると恐れるのではありませぬか」

「それはあのふたりを知らぬ者の言葉でしかないぞ。おそらくあのふたりはわたしを討ちに大坂城に参るだろう」

右近は確信ありげに言った。

「まさか、そのようなことをするとは思えませんぞ」

月丹は驚いて目を見開いた。

「いや、雨宮蔵人は困難から逃げず、むしろ体当たりで道を見出そうとする男だ。武士は戦場で追い詰められたなら、むしろ敵の大将首を取ろうと考えるものだ。清四郎にしても腹を切ることで、皆に迷惑をかけたくないところだが、それは蔵人が許すまい。そうだとすると、あの男ができることは、もはやわたしを討つしかないのだ」

右近が言い切ると、右平太は薄く笑った。

「それはよろしゅうございました。わたしは、あ奴らを追いかけて山野を駆けねばならぬのかと思っておりました」

「いや、ここで待っていれば、蔵人たちは必ず来る。この大坂城が清四郎と雨宮蔵人の死に場所となるのだ」

右近は目を光らせて言った。

このころ、咲弥は千代と清厳に守られて香也とともに中院邸に入っていた。

病床の通茂は、咲弥が訪ねてきたと知るや快く会ってくれた。すでに蔵人が柳沢吉保の家臣を斬ったとして追われていることは知っているはずだが、疑われるのも恐れずに会ってくれる通茂は相変わらず剛腹な方だ、と咲弥は思った。

咲弥が、しばらくこちらのお邸にいさせていただけないでしょうか、と頭を下げると、通茂はにこりとした。

「好きなだけいたらええ。蔵人がまたややこしい話に巻き込まれているらしいことは、進藤長之から聞いておる」

「進藤様から――」

やはり、長之は清四郎のことを知っているのだ、と咲弥は緊張した。

「そやから、この邸は近衛様から見張られていると思うたほうがええな。とは言うても蔵人が姿を現さねば、何ということもあるまい。そなたたちだけなら、わたしが近衛様に掛け合うて守ってやろう」

頼もしげに通茂は口にすると香也に目を向けた。

「若い者が苦労することよ。しかし、その苦労は無にならんぞ。泥中に蓮の花は咲く。苦難はおのれを研ぎ澄ませてくれると思うておればよいのだ」

通茂の心ある言葉に、香也はにこりとして、

「お教え、ありがとうございます。わたしは父母を見習って苦難に負けずに生きていこうと思っております」

と答えた。

賢いのう、とつぶやいた通茂は清厳に顔を向けた。

「御坊、頼み参らせまするぞ。昔、この邸を守ってくれたのは蔵人であった。此度は御坊に守ってもらわねばならぬようだ」

「かしこまってございます」

頭を下げた清厳はふと顔を上げた。

「それにしても近衛様だけでなく、京都所司代や町奉行所の手の者がこのお邸をうかがうことになるやもしれませぬが、そのおりはいかがいたしましょうか」

「そのようなときは放っておくがよい。仮にも中院家である。京都所司代や町奉行所といえども手は出させぬ」

通茂は表情を引き締めた。

きっぱりとした通茂の返事に、清厳とともに咲弥と香也も、

「ありがとう存じます」

と言いながら頭を下げた。

千代はこのときまで、咲弥たちの供として隣の部屋に控えていたが、通茂の言葉を聞くと、すっと立ち上がった。

誰にも気づかれないように、音もなく廊下に出て玄関から外へ出た。門をくぐる際、あたりをうかがうと、編笠をかぶった黒い袖なし羽織、裁付袴姿の武士が隠れる様子もなく築地塀に身を寄せて佇んでいた。

磯貝藤左衛門だった。

千代は苦笑して藤左衛門に近づくと、押し殺した声で、

「ここはひと目につきます。後をついて来てください」

と言った。そして、ため息をつきながら、

「なぜ、あなたは忍びの達者なのに、隠形をなさらぬのですか」

と言い添えた。

言うだけ言って返事も聞かずに歩を進める千代の背中に、藤左衛門はのんびりした声で話しかけた。

「隠形は面倒じゃ。それに隠れてしまえば、千代殿はわたしに声をかけてはくれぬであろう」

千代は振り向かずにすたすたと歩いていく。

いくつか辻を曲がり、大きな寺の前に出た千代は、門の近くの茶店に入った。奥の床几に旅商人がひとりいるだけで他に客の姿はなかった。

千代が床几に腰かけると、藤左衛門はさりげなく隣に座った。千代は茶店の小女に茶を二つ頼んだ。

茶を待つ間に、千代は、

「ご用向きは何でしょうか」

と声を落として訊いた。藤左衛門は小女が茶を置くのを待ってから口を開いた。

「忘れてもらっては困るな。雨宮蔵人が嶋屋から逃げるのを手伝ったら、わたしの言うことを聞くと約束したではないか」

藤左衛門は思いを込めて言いながらも千代の顔から目をそらせた。

千代はうなずく。

「さようでございました。わたくしはどうすればよろしいのでしょうか」

「さようなことを、男の口から言わせるものではない」

藤左衛門はいかめしい顔つきになった。

千代はちらりと藤左衛門の顔を見てから、さらりと言った。

「では、こういたしましょう。わたくしどもが京で使う旅籠が三条にございます。そこに参りましょう」

藤左衛門はぎょっとした。

「これからか。まだ、昼間だぞ」

「お約束を果たすのは、早いほうがよいのではありませんか」

千代が何食わぬ顔で言うと、藤左衛門はうろたえて額に汗を滲ませた。

「いや待て、かようなおり、女子には心の支度がいるのではないか。さように急いではいかん」

訝しげに首をかしげて千代は藤左衛門を見た。

「心の支度なら、できております」

藤左衛門は、はは、と元気なく笑った。顔が赤くなっている。

「いや、そんなものではない。わたしにはわかっておるのだ。それゆえ、千代殿も無理はせずともよい」

「ですが、いま約束を果たすようにと言われたではありませんか」

千代は茶を飲みながらゆったりと言った。藤左衛門はせわしなく茶碗に手をのばして口元に運び、一口飲むなり、猫舌なのか、

——熱いっ

と思わずうめいた。あわてて茶碗を置いて、空咳をしてから口を開いた。

「約束のことを忘れていなければそれでいいのだ。約束を果たすのは日を改めて、千代殿の心が定まってからにいたそう」

「さようですか。わたくしは今日でもかまいませんが」

千代が目を転じて言うと、藤左衛門は、いやいやいや、と口にしながら、無理は禁物じゃ、と言い足した。

ところで、と真顔になって藤左衛門は口調を変えた。

「話したかったのは約束のことだけではない。雨宮蔵人のことなのだが」

「雨宮様がいかがされたのですか」

千代は眉をひそめた。

「雨宮蔵人は大坂城に乗り込むつもりであろう」

藤左衛門の目が鋭くなった。

「存じませぬ」

千代はあっさりと答えた。

「千代殿が知らんでも、越智右近様はそう睨んでおいでだ。雨宮蔵人と冬木清四郎が大坂城に入れば討ってとるおつもりだ」

「なぜ、さようなことをわたくしに話されるのでしょうか」

千代は藤左衛門の顔をうかがい見た。

「何とのう、そうならぬほうがよいような気がするのだ。雨宮蔵人にとっても、越智様にとってもな」

「さようなことに考えをめぐらせるのは、隠密の役目ではありますまい」

「何を考えようとわたしの勝手であろう。隠密のあるべき姿を千代殿に説教される筋合いはなかろう」

千代はうんざりした顔で応じた。

「説教はいたしませぬが、さような話をわたしに聞かせてどうなさるおつもりですか」

「雨宮蔵人は大坂城に乗り込まず、西国か九州に逃げたほうがよいのではないか」

「それは雨宮様がお決めになることです。隠密の指図はお受けにならないと存じます」

千代は立ち上がると茶代を置いて、

「ご無礼いたしました」

と頭を下げて去っていった。千代の後ろ姿を見遣りつつ、奥の床几に座っていた旅商人が藤左衛門のそばにやってきた。

旅商人の姿をしているが、藤左衛門の配下の彦蔵だった。

「お頭、じれったいのう。あの女忍に惚れているのなら、なぜ、さっさとやってしまわぬのだ」

藤左衛門は顔をしかめた。

「何というあさましい物言いをするのだ。先ほどのやりとりは、浮かれ男が女子をからかっただけだ」

「あの女忍は、からかわれているようには見えませんでしたぞ」

「胸の内は違うのだ」

藤左衛門は意気揚々と言った。

「まことでございますか」

彦蔵は疑わしげに言った。

「まことだとも。だからこそ、あれほどの女忍が雨宮蔵人が大坂城に乗り込もうとしていることを知らず知らずのうちに認めたではないか」

藤左衛門が蔵人は大坂城に乗り込まないほうがいいと言ったことに、それは蔵人が決めることだ、と千代は答えた。

「なるほど、あれであの女忍は仲間が大坂城に忍び込もうとしていると認めたことになりますな」

彦蔵は感心したように言った。

「そういうことだ」

藤左衛門は得意げに鼻をうごめかした。

「まあ、それはたしかにそうではございますが。それは思いを遂げてから聞いてもよかったのではありませんか」

彦蔵が言うと、藤左衛門は下賤な者を相手にする暇はないと言わんばかりに勢いよく立ち上がった。

「いずれにしても、今宵から大坂城に詰めるぞ。雨宮蔵人と冬木清四郎は必ず来る」

藤左衛門は言い残して茶店を出た。そのときには、彦蔵も茶店の裏口からそっと外へ出ていた。

茶碗をかたづけに来た小女は千代が置いた茶代のほかに、ふたり分の茶代が置かれているのを見て目を丸くした。思わず、

――お客様

と飛び出したが、店の近くの路上には、いま店を出たばかりの客の姿はなかった。

この日、お初と長八は大坂の道頓堀にある飛脚問屋、相模屋を訪れていた。

お初夫婦と昔からの知り合いで気心が知れている相模屋の主人、茂兵衛は、耳が布袋

様のように大きくて耳たぶが分厚く、福々しい顔をしている。しばらく逗留したいという お初たちの願いにも、

「なんぼでも居りなはれ」

と深い事情も訊かずに応じてくれた。

お初たちは通された部屋で着替えて、ほっとくつろいだ。間もなく、茂兵衛が茶を持った女中とともに入ってきた。

女中が茶を出して部屋を出ていくのを待ってから、茂兵衛は懐から書状を取り出し、

「これは、町役人からまわってきた人相書や」

と言って広げて見せた。そこには、雨宮蔵人という名の後に、

一、丈高きほう
一、色黒く、眉ふときほう
一、牢人体なり
一、物言い丁寧にして尋常に見え候

などと書かれていた。

さらにもうひとり、名は不詳としたうえで、

一、小柄にて細きほう
一、女人の如く色白し
一、若衆の姿いたしおり候

と清四郎の人相書まで書かれていた。

「これはどうしたことでしょう」

お初が訊ねると、茂兵衛は重々しくうなずいた。

「以前、お初はんから、雨宮蔵人というお武家様の名を聞いたことがおましたさかい、気づきましたのや。なんでも、京の島原で柳沢美濃守様のご家来を斬らはったそうで、大坂の町奉行所でもご手配になっているのや」

「そうだったんですか」

お初は長八と顔を見合わせた。長八は茂兵衛に向かって、

「雨宮様はそんなことをなさる方ではないんです。これにはいろいろ事情があって――」

と言いかけると茂兵衛は手を振って制した。

「そんなことはわかってますがな。ただ、ご手配がまわっているから用心しなはれと言うてるだけだす」

お初は両手を合わせて茂兵衛を拝んだ。

「相模屋さん、ありがとうございます。わたしにとっては昔から恩義のある方で、何としてもお助けしたいんです」

茂兵衛は笑顔になった。

「そうでしたんか。ただ、これだけ人相書がまわってますさかい、雨宮様という方には身なりや髷を変えてもらわななりまへんやろうな」

お初は吐息をついた。

「そうなんですけど、まずは雨宮様にお会いしないことにはどうにもできませんし」

「会う段取りは決めてまへんのか」

茂兵衛は顔をしかめた。

「そうなんです。相模屋さんを頼ることだけはお伝えしているのですが」

お初は肩を落とした。そこへ女中が入ってきて、

「お客様がお見えでございます」

と告げた。茂兵衛が怪訝な顔をした。

「わしにか――」

「いえ、こちらのお客様にでございます」

女中の言葉を聞くなり、お初はさっと立ち上がった。

お初は部屋を出ると廊下を足早に進んで店に出た。

見れば、店の土間に網代笠をかぶったふたりの僧侶が立っていた。墨染の衣で手に錫

杖を持っている。

雨宮様、と声が出そうになって、お初はあわてて口を押さえた。

蔵人は網代笠をとってにこりとした。髷は落としておらず、いかにもにわか坊主という出で立ちだった。

「鞍馬山を出る前に、鞍馬寺で僧の衣装を借りた。なに、かねてから懇意にしていたので、すぐに応じてくれて、かような姿にしていただいた。鞍馬寺では、わたしがまことに得度しようとしていると思われたようだ」

僧としての名は、わたしが慧海、こちらは慧空だ、と小声で言った。

お初はうなずいて、

「とりあえず、奥へおあがりください」

と言うと、女中に頼んで濯ぎを持ってきてもらった。蔵人は悠然と上がり框に腰かけた。

足を清めたふたりが奥に通ると、茂兵衛は簡単に挨拶しただけですぐに店へ戻った。詳しい事情は知らないほうがいいと思ったようだ。

お初たちと向かい合った蔵人は苦笑しながら、

「京都所司代の手配があるからには、大坂には容易に潜り込めまいと思ってな」

と言った。

お初は茂兵衛が残していった人相書を見つつ案じ顔で応じた。

「それがようございました。よほどに用心いたさねば危のうございます」

「そうであろうな」

蔵人はしげしげと人相書を見つめて、なるほど、わたしは物言い丁寧で尋常なのか、と言ってからっと笑ってから、清四郎に渡した。

清四郎は人相書を眺めて、

「雨宮様のお名前がかような人相書とともに出まわるなど、まことに申し訳ございません」

と苦しげに言った。

「なに、そんなことはかまわん。それよりもこれからどうするかだ」

蔵人は目を光らせて考え込んだ。

「どうなさいますか」

お初が訊くと、

「まずは山本常朝に会おうと思う」

と言って、蔵人はにやりと笑った。

お初が膝を乗り出した。

「山本様が使った飛脚問屋はどこなのか、相模屋さんに調べていただいております。訊いて参りましょう」

お初が言うと、長八が手を振って、

「それは、おれが茂兵衛さんに訊いてこよう。もし、わかっているようだったら、その問屋に行かなくちゃならねえしな」

と口を添え、身軽に立ち上がった。長八が部屋を出ていくのを見送ってから、お初は、蔵人に顔を向けた。

「山本様の行方がわかったら、いかがなされるおつもりなのですか」

「大坂城へ乗り込むのを手伝ってもらおうと思ってな」

蔵人はあっけらかんとした表情で応じた。

「あの生真面目な山本様に、さようなことを頼まれるのですか」

お初があきれたように言うと、蔵人は、

「なに、死んだつもりになれば、なんでもできる。それがあの男の信条ゆえ、案じることはない」

と答えて、からりと笑った。

このころ、越智右近は大坂城内で新井白石からの手紙を読んでいた。

白石は右近に、

――くれぐれも短慮なされませぬよう

と書いてきていた。右近が清四郎の一件ですべてを背負ってしまうことのないようにと慮っての手紙だった。

「焦りはせぬ、焦りはせぬぞ」

右近はつぶやいた。しかし、白石は将軍家宣と弟である自分のまことの気持はやはりわからぬのだ、と思った。

将軍となった家宣は寛文二年（一六六二）、甲府宰相、徳川綱重の長男として、江戸の谷中千駄木邸で生まれた。

父が正室を迎える前の十九歳のおりに身分の低い年上の女中、お保良が生んだ子であったことから、世間を憚って家臣の新見正信に預けられ、養子として育てられて、

――新見左近

と呼ばれた。お保良は家宣を産んで二年後に死去した。綱重は正室との間に男子に恵まれなかった。このため家宣は九歳のとき、綱重の世嗣として呼び戻され、元服して伯父である四代将軍、徳川家綱の偏諱を受けて綱豊と名乗った。

延宝六年（一六七八）に父の綱重が死去し、綱豊は十七歳で家督を継承した。

一方、右近は家宣よりもひとつ年下である。

綱重の次男として生まれたが、家宣同様に家臣の越智喜清に養われた。

家宣が家督を相続した二年後、右近は越智家の家督を継いだ。

家宣と右近が初めて顔を合わせたのは、右近が家督を継いで間もなくであった。

ふたりともまだ十代だった。このころ、右近の名は平四郎だった。

当時、綱豊という名だった家宣は、越智家で養育されていた弟の平四郎が自分と同じ

境遇であることに関心を抱いた。

御座所で人払いして兄弟水入らずで話した。綱豊はじっと平四郎を見つめて、

「どうだ、悔しくはなかったか。いや、悔しかろう」

と口にした。

平四郎は怪訝な顔をした。

「悔しいとはどういうことでしょうか」

「わたしとそなたは大名の子でありながら、母親の身分を理由に家臣の養子となった。わたしは世継ぎがいなかったため呼び戻された。しかし、もし、世継ぎがいれば、家臣のまま生涯を終えただろう。わたしとそなたは一歳しか年が違わぬ。それなのに主君と家臣だ。悔しいであろう」

綱豊は平四郎の目を覗き込んだ。平四郎は当惑して答える。

「それは運命とでも申すべきことで、それがしはただ、おのれに与えられた場で力を尽くすのみでございます」

「では、その運命とやらに抗ってみたいとは思わぬのか」

「思いませぬ」

平四郎がきっぱり言い切ると綱豊は深々とうなずいた。

「さようか、そなたは素直な心根を持っているのだな。わたしは自らが何者であるかを証してみたいと思っておるのだ」

平四郎は首をかしげた。

「自らが何者であるかを証すのでございますか」

「そうだ、わたしはまわりの都合で家臣となり、主君となった。だからこそ、わたしは自らが何者であるかを証してみたいと思っておる」

不意に平四郎の胸は熱くなった。

「そのことは——」

平四郎が言いよどむと、綱豊はやさしい目を向けた。

「どうなのだ。そなたの本心を言うてみよ。そなたもさように思うのではないか」

平四郎は首を大きく縦に振った。

「まことに仰せの通りでございます」

「ならば、わたしとともに夢を見てみぬか」

厳かな表情で誘いかける綱豊に、平四郎は問うた。

「夢でございますか？」

綱豊は大きくうなずいた。

「そうだ。そなたも存じておろう。将軍家の家綱公はお体が弱く、いまだ世継ぎがおられぬ。万が一の際には、われらの叔父である上野館林藩主(こうずけたてばやし)、綱吉様かあるいはわたしに将軍の座がめぐってくることになる」

二人きりだとは言え、将軍の逝去を口にする大胆な綱豊に平四郎は目を瞠った。綱豊はさらに話を続ける。

「わたしは若年ゆえ、まずは綱吉様ということになろうが、それならば綱吉様の次ということもありうる」

「それは、あまりに恐れ多いことではございませんか」

平四郎が思わずあたりを見回しながら言うと、綱豊は微笑んだ。

「何の、そういうことになるかもしれぬ、という話をしておるだけだ。ひとに聞かれても障りはあるまいぞ」

「さようでございますか」

平四郎は兄の大胆さに気圧される思いだった。

「わたしが望んでいるのは、生まれてきたからには、ひとに操られる木偶人形（でくにんぎょう）で終わりたくはない、ということだ。自らの考えで世の政を行いたいのだ」

綱豊は目を光らせて言った。その言葉が平四郎の胸に響いた。

「わかりましてございます。それがしにとっては、兄上が天下の政を行うのをお助けすることが、自らの証になると存じます」

「そう考えてくれるならば、嬉しく思うぞ。わたしが夢を果たさず倒れたら、そなたが行え」

綱豊は凜乎（りんこ）として言い放った。綱豊の言葉を受けて、平四郎は、

（わたしは、兄上の影となろう）

と決意した。影となって兄を助けることが自らの生き甲斐だと思った。

延宝八年（一六八〇）、将軍家綱が重態となった。

家綱に男子がなかったことから、綱重の弟である上野館林藩主、綱吉とともに綱豊も第五代将軍の候補にあげられたが、老中堀田正俊が強力に推した綱吉が将軍となった。

だが、綱吉は世継ぎに恵まれなかったため、綱豊は六代将軍となることに希望を託し、平四郎もまた、兄がかつて新見左近と名のっていたことから、自らを、

——右近

と称して影としての働きをしてきたのだ。

ようやく将軍となる望みが果たせたのは、家宣が四十八歳のときだった。

「随分と時がかかってしもうた」

右近は往時を思い起こして大きく息を吐いた。三十年におよぶ悲願の末であることは、新井白石や間部詮房にもわかりようがないだろう。

ようやく天下の権を得た家宣は、

——正徳の治

を行おうとしていた。

（誰にも兄上の邪魔はさせぬ）

そのために、自分は影として働いてきたのだ、と右近はあらためて思った。

右近が物思いにふけっていると、月丹が部屋に入ってきて、

「御城代様より、願いの儀があるそうでございます」

と告げた。見ると、敷居際に城代の家臣が来て頭を下げている。

「何事だ」

右近が声をかけると家臣は、

「九州より、江戸表に送られる囚人のことでお願いの儀がございます」

と言った。右近は眉をひそめた。

「囚人のことでわたしに何をせよと申すのだ」

「この囚人は江戸の新井白石様がお取り調べになられることになっております」

「ほう、白石殿が――」

「さようでございます」

と言った城代の家臣は小声で、異国から来たキリシタンの伴天連（パードレ）でございます、と言い添えた。

「なんと――」

右近は表情をこわばらせた。

九州でキリシタンの一揆、〈島原の乱〉が起きたのは、七十二年前の寛永十四年（一六三七）のことである。

キリシタンは厳しく弾圧され、宣教師が密入国することも絶えていたはずだ。それな

のに、また、伴天連が来たというのか、と右近は困惑した。

伴天連は昨年八月、鹿児島の屋久島に上陸した。月代を剃り、和服を着て帯刀しており、日本人に変装したつもりであるらしかった。しかし、髪や肌の色、彫の深い目鼻立ちですぐに異国の者だとわかった。

伴天連は薩摩藩の役人に捕まり、長崎に送られて牢に入れられたという。

「いずこより参った伴天連なのだ」

右近に問われて、役人は当惑しつつ答えた。

「それが、イタリアという国らしゅうございます」

伴天連は片言の日本語を話し、またラテン語で会話ができることから、長崎通詞の中でラテン語がわかる者が通訳をした。

それによると伴天連はシチリア島に生まれたという。ローマ教皇クレメンス十一世の命を受けて日本を訪れた。

日本がキリスト教を禁じていることは承知しており、捕まってからの態度も穏やかだということだった。

新井白石は捕まった伴天連から西洋の事情を聞き出したいと、間部詮房に江戸に送るよう願ったらしい。

伴天連は長崎で入牢している間に足を痛めており、大坂でしばらく治療させねばならない。だが、そうなると江戸到着が遅れるのでどうしたものか、と城代の家臣は右近に白石への申し開きの口添えを頼みにきたのだ。

「さようなことならば、かまわぬ。ゆっくり治療をさせよ。白石殿にはわたしからその旨、書状で伝えておこう」

右近が言うと、城代の家臣はほっとした表情になって、ありがたく存じます、と頭を下げた。うなずいた右近は問いかけた。

「その伴天連はいまどこにいるのだ。牢屋に押し込めておるのか」

「いえ、足を痛めておりますし、はなはだおとなしく、逃げる素振りなどはありませんので、城内の長屋に入れております」

「そうか――」

と右近はしばらく考えた後で口を開いた。

「その伴天連にちと会ってみたい。通詞の者が付き添うように手配してくれ」

右近の言葉を聞いて城代の家臣は目を瞠った。

「越智様が伴天連に会われるのでございますか」

城代の家臣に問い返されて右近は微笑んだ。

「そうだ。仮にも異国の伴天連が江戸に入るのだ。その前にどのような者か、わたしの目で確かめておきたい」

将軍の弟である右近に言われて、城代の家臣は逆らうわけにもいかず、かしこまりましてございます、と両手をつかえた。

右近のもとに案内の者が来たのは、それから一刻（約二時間）後のことだった。

幕府は、豊臣家が亡んだ大坂夏の陣の後、大坂を直轄地とし、大坂城には城代を置いてきた。

夏の陣で焼亡した大坂城は、藤堂高虎（とうどうたかとら）の縄張りで再築されていた。本丸、二の丸、三の丸が再建され、内濠（うちぼり）や外濠の普請も伏見城の石などを使って行われた。

右近が案内された長屋は平屋で板葺き屋根だった。入口に長崎の通詞らしい男が控えていた。薄暗い長屋に入ると、奥の部屋に男がうずくまるようにして座っていた。痛めているのか、右足を投げ出すような座り方をしている。

黒い髪を長く伸ばし、後頭部で紐でくくっている。痩せた細面に、温和な表情を浮かべていた。

右近は部屋に上がって伴天連の前に座ると、

「訊きたいことがある」

と告げた。通詞があわてて、伴天連にラテン語で話しかけた。伴天連は言葉が通じたのか、黙って右近を見つめた。

右近は、まず、伴天連の名を訊いた。通詞によって伝えられた伴天連の名は、

――シドッチ

だという。右近はよく光る目をシドッチに向けた。

「そなたは、万里の波濤を越えて、わが国にやってきたのであろう。しかも、この国で

はキリシタンを禁じておるゆえ、捕らえられて死罪となることも覚悟しておったはずだ。そうとわかっておって、はるばるやってきたのはなにゆえだ。なにがそなたにかような難行苦行をなさしめたのだ」

通詞が苦労して通訳すると、シドッチの目に明るい光が宿った。シドッチは右近に向かって十字を切ってから、厳かに、

――caritas（カリタス）

と口にした。

右近は首をかしげて訊いた。

「カリタスとは何だ」

カリタスとはラテン語で愛徳であり、神の愛に通じる。イエス・キリストが十字架において磔刑（たっけい）に処せられた際に、なおも人間に注いだのが、神の愛である。

通詞は汗をかきながら、懸命に訳したが、キリスト教の知識がないだけに、どういう言葉にしていいのかわからず、ついに黙り込んだ。

右近は通詞に顔を向けた。

「無理に訳さずともよい。この者の顔を見ておれば、何とのうわからぬではない。おの

れが大切に思うもののために身を捧げる覚悟のことであろう」

右近は家宣に仕える、自分自身の心情を見出す思いで言った。伴天連に会ってみたかったのは、何者かに仕え、献身する生き方が異国にもあるのだろうか、と考えたからだ。いま、目の前にいるシドッチには不思議な落ち着きがあった。おそらく、信じる者のために自らを捧げて悔いることがないという境地にいるからだろう。

「わたしには、そなたの心根がわかるぞ」

右近はつぶやくように言った。

シドッチは右近を見つめると、微笑して、ふたたび十字を切った。


このころ、天満の旅籠にいた山本常朝のもとを、お初が訪れていた。

「よくここがわかったな」

常朝が驚くとお初は笑った。

「飛脚問屋は地獄耳ですからね。飛脚を頼んだひとがどこにいるのかぐらいはすぐに探り出しますよ」

「そういうものなのか」

感心する常朝に、お初は小声で告げた。

「雨宮様と清四郎様が相模屋という飛脚問屋におられます。お出でくださいまし」

「そうか、雨宮殿は鞍馬山を下りたか。いよいよ、肥前に戻られるのだな」

常朝がつぶやくと、お初はゆっくりと頭を横に振った。

「いいえ、雨宮様は大坂城に乗り込まれるおつもりです。山本様にそのお手伝いをしていただきたいとのことでございます」

「なんだと――」

常朝は口をあんぐりと開けた。

お初に連れられて相模屋に着いた常朝は、さっそく問い質さねばと蔵人と向かい合った。かたわらには清四郎と長八、お初も控えている。

常朝は苦い顔をして、

「雨宮殿、どういうおつもりなのですかな。わたしは雨宮殿を肥前に連れ帰ることができると思えばこそ、佐賀藩の侍に乱暴を働いて逃げ出し、飛脚で危機を伝えたのですぞ。それなのに、大坂城に乗り込もうとするなど、このうえない乱暴でございますぞ」

と言った。蔵人は苦笑して手を振った。

「まあ、そう怒るな。このことが片付けば、佐賀に戻ることになるやもしれん。しかし、片付かぬうちに九州に逃げ帰れば、御家に迷惑をかけてしまうではないか」

いなすように蔵人に言われて、常朝は不承不承にうなずいた。

「それで、いかがなされるのですか」

「逃げても始まらぬゆえ、越智右近殿と決着をつけようと思う」

「そのために大坂城に乗り込むと言われるか。失礼ながら浪人の雨宮殿が大坂城の門をくぐれるわけはござりますまい。門前にて捕らえられるのが落ちでござろう」

　わかりきったことだ、と言わんばかりの常朝の物言いだった。

「それゆえ、佐賀藩の大坂蔵屋敷に連れていってもらいたいのだ」

　蔵人は平然と言った。

「蔵屋敷にですと」

　常朝は目を剝いた。

「そうだ。常朝殿の手紙によれば、越智右近は佐賀藩にわたしを匿うな、と告げたそうだが、ならば、匿わずに大坂城に連れていけばよい」

「それでは島原で柳生内蔵助を斬った下手人として雨宮殿は捕らえられ、獄に入れられますぞ。あげくは打ち首、獄門になるのは必定ではありませんか」

　膝を乗り出し、案じるように常朝は言った。

「いや、わたしは柳生内蔵助に傷を負わせたが、殺してはいない。あくまで濡れ衣であると訴える。越智殿は将軍家宣公の治世を正しき徳で治めようとしているようだ。それを行うためであれば、闇の中でひそかにひとを殺めることも辞さぬだろう。しかし、佐賀藩というれっきとした大藩の前では、さようなことはできまい。わたしの言うことに耳を傾けぬわけにはいかぬ」

　蔵人はきっぱりと言い切った。

「さて、そのようにうまくいきますかな」

蔵人の言葉に常朝は当惑した。

「うまくいくとも。常朝殿が力を貸してくれるならばな」

「わたしの力など――」

言いかけた常朝は、はっとして蔵人を見つめた。

「まさか、大坂城に連れていくよう、わたしに佐賀藩に掛け合えと言うのではありますまいな」

「さようなことができるのは、常朝殿のほかに誰がいるというのだ」

「いや、できませんぞ。わたしは大坂蔵屋敷を逃げ出す際に、藩士に乱暴を働いた。いまさら蔵屋敷にどの面下げて行けと言われるのですか」

常朝は必死で言い返した。しかし、蔵人はかぶせるように、

「謝ればよい」

とさらりと告げた。常朝はうんざりした顔になった。

「謝るですと」

「そうだ。過ちを改むるに憚ることなかれ、というではないか。蔵屋敷から逃げ出すという不始末をしでかしたからこそ、わたしと清四郎を連れてきたと言えばいいだけのことだ」

蔵人は微笑んで言ってのけた。

「さように容易く言われますが――」

常朝は思わず考え込んだ。蔵人は追い打ちをかけるように言い立てる。

「かようなことは難しく考えぬがよい。相手の気を奪って、あっさりやってしまうのがよいのだ」

「なるほど、それが雨宮殿の兵法というわけですか」

「いかにも、雨宮流兵法の秘伝の技だ」

楽しげに蔵人は口にした。そんな蔵人を常朝は胡散臭げに見て、

「まことでしょうな」

と訊いた。

「まことだとも」

蔵人は大きく首を縦に振った。

常朝はため息をついた。

翌日——

常朝は佐賀藩の大坂蔵屋敷を訪れた。

蔵役人の天野将監は、逃亡しながら平然と戻ってきた常朝と奥座敷で向かい合って苦り切った。

「どういうつもりでござるか」

「いや、先日は申し訳なかった。御家のために調べねばならぬことを思い立ったが、外出のお許しは出まいと思い、やむなく窮余の一策を取り申した」

「外出を許すか、許さぬか、聞いてみねばわかるまい。見張りの者に当身を打ち、築地塀を乗り越えて逃げるなど、あまりに乱暴な振る舞いではござらぬか」

天野はかたわらに控えた若い藩士をちらりと見た。若い藩士はどうやら常朝が当身を打って昏倒(こんとう)させた相手らしく、常朝を睨みつけていた。

常朝は素知らぬ顔で話す。

「まことに申し訳ない。されど、それがしは御家のためを考えたのですぞ。何となれば、大坂御城代と将軍家弟君の越智右近様は、わが藩に雨宮蔵人を匿わぬようにとの仰せであったということですな。ならば、雨宮蔵人を大坂城に伴って参れば、お覚えがめでたくなるのは明らかでございましょう」

天野ははっとした。

「では、山本殿は雨宮蔵人の行方をご存じでござるか」

「行方を知っているどころではござらん。すでに会って、大坂城に連れて参る話をつけましたぞ」

天野は当惑の色を顔に浮かべた。

「しかし、われらは雨宮蔵人を捕らえよと望まれているわけではござらんが」

「連れていけば、それだけ手間が省けるというものでござる。それに、われらが大坂城に伴って参れば、佐賀藩と雨宮蔵人は関わりなし、とはっきり証することができるのですぞ」

常朝に熱心に説かれて、天野はううむ、とうなった。

その様子をうかがい見た常朝はさりげなくつけくわえた。

「されど、雨宮蔵人を引き渡すにあたっては、咎人としてではなく、元小城藩の藩士として遇さねばなりますまい。雨宮殿を呼び戻そうとされている小城藩の元武公の面目に関わることはご承知ありたいものですな」

天野はさらに渋面になり、若い藩士は常朝を睨み続けた。

三日後――

大坂城内の城代屋敷の広間で右近は沈思していた。

広間に辻月丹と右平太、それに磯貝藤左衛門も会していた。

右近は昨日、城代の家臣から思わぬことを告げられた。佐賀藩の役人が雨宮蔵人と冬木清四郎を召し連れてくるというのだ。

右近は、さすがに蔵人が正面から堂々と大坂城に乗り込んでくるとは思っていなかった。

夜の闇に紛れて忍び込み、右近を討ち果たそうとするのではないかと考えていた。忍んできた蔵人を月丹たちに返り討ちにさせるつもりだったが、目論見がはずれた。

「雨宮蔵人め、やはりしたたかだな」

右近がつぶやくと、月丹は応じた。

「されど、自ら罠に入ってくるのです。後は始末をいたすだけでござる」

右近は頭を振った。

「いや、そうもいかぬ。佐賀藩の者が居合わせ、城代の家臣たちもいる前でいきなり、雨宮の弁明も聞かずに斬るわけにはいかぬ。それではわれらに後ろ暗いところがあると詮索されよう」

藤左衛門が大きく首を縦に振った。

「いかにもさようでございます。闇の中ならば、辻様たちを煩わせずとも、それがしが討ち取ってごらんにいれますが、昼間に乗り込んでこられては、いかんともしがたく存じます」

大仰に言う藤左衛門を、右近はちらりと見た。

「なるほどな、闇の中ならば討てると申すか」

藤左衛門はぎょっとして、右近を見た。

「あくまで忍びの技を振るってよければでございますが」

右近は腕を組んで考え込んだ。

「つまり、昼間に来た雨宮蔵人を闇に引きずり込めればこちらのものだ、ということだな」

月丹が眉をひそめて言い添える。

「どうやら、駆け引きが必要なようでございますな」

「そうだ。雨宮との闘いはもう始まっておるというわけよ」

右近の目が光った。

蔵人と清四郎は天野将監と山本常朝に伴われて大坂城の城門をくぐった。

かつて秀吉が築いた大坂城は焼亡し、建て直されたとはいえ、壮大さは目を驚かせるのに十分だった。

蔵人たちは大きな石垣の間を抜けて、城代屋敷の広間へと通された。待つほどに越智右近が辻月丹と右平太、磯貝藤左衛門を従えて現れた。

天野が平伏して、

「元小城藩士、雨宮蔵人と浪人、冬木清四郎を召し連れましてございます」

と恐る恐る述べた。右近は無表情にうなずいて、

「匿うな、とは申したが、連れて参れとまでは言っておらぬ」

とつぶやくように言った。

天野ははっとして、顔をわずかに上げた。

「出すぎたことをいたしたのでございますれば、どうかご容赦を願い奉ります。本人が蔵屋敷に参りましたゆえ、捨て置くわけにも参りませず、召し連れましてございます」

かしこまって申し開きする天野に右近は苦笑した。

「いや、よいのだ。窮鳥(きゅうちょう)懐に入れば猟師も殺さずという。まさか、窮鳥にそれほど知恵がまわるとは思わなかっただけのことだ」

蔵人と清四郎、常朝は手をつかえて平伏したままである。

右近はじろりと蔵人に目を遣った。

「雨宮蔵人、そなたは柳沢殿の家臣、柳生内蔵助を殺めた罪で京都町奉行所から追われておる。わたしの前に現れたからには、捕り方の手に引き渡すまでだ」

蔵人は手をつかえたまま、

「お答えいたしてよろしゅうござるか」

と声を発した。右近は皮肉な笑みを浮かべた。

「何なりと申せ、そのためにここに乗り込んできたのであろう」

蔵人は上体を起こし、右近と目を見合わせた。

「されば、申し上げる。それがしが柳生内蔵助を殺したというのは濡れ衣でござる」

「さような詮議は町奉行所がするものだ」

「いや、越智様に聞いていただきたいのでござる」

蔵人は膝をにじらせた。

「何を聞け、と申すのだ。お主が柳生内蔵助を殺していないという話なら、わたしが聞いてもしかたのないことだぞ」

「さにあらず、これなる冬木清四郎のことでございます。越智様には清四郎を見知っておられましょう」

蔵人はちらりと清四郎を見遣った。

「知らぬな。辻道場にて見かけたような気もするが、会って話したことはない」

蔵人の問いに右近は平然と答えた。

「さようでございますか。では、清四郎のなしたることも越智様はご存じないと言われますのか」

蔵人は淡々と言葉を重ねていく。右近は眉根を寄せて、

「雨宮、何を言おうとしているのか知らぬが、あらぬことを口にするなら、そこに控える佐賀藩の者どもも、無事には大坂城を出られぬと心得よ」

と言い放った。

蔵人はにやりと笑った。

「さて、何のことを仰せなのかわかりかねまするが、それがしが申したいのは、この清四郎は亡くなられた吉良左兵衛様の家来であったということでござる」

「それがどうしたのだ」

右近は突き放すように答えた。

清四郎は無表情で眉一つ動かさず、座っている。

「清四郎がなしたるは、吉良様の仇討でござる」

気合のように蔵人は大きな声を発した。

右近の顔色が変わった。

「仇討だと」

「さようにございます。聞けば、清四郎は柳沢様にご無礼があったようでござる。されど、それは主君の無念を晴らしたいがためのことでござれば、武士ならばおわかりいただけようと存ずる」

どうやら、蔵人は清四郎の綱吉暗殺に関わったという話にはふれず、柳沢吉保を襲ったことだけについて話すつもりのようだと右近は眉を開いた。

清四郎が柳沢を襲い、その清四郎を追った柳生内蔵助と蔵人が闘っただけの話ならば、佐賀藩の者や城代の家来たちに聞かれても差し障りはなかった。

大坂城に堂々と乗り込んできた蔵人の目論見を察して、右近は微笑を浮かべた。

「つまり、すべては主君の仇討にからむことゆえ、武士の情けでお主と冬木清四郎を見逃せと言いたいのか」

「さよう、それではいかぬとあれば、この場でわれらをお斬り捨てになられるがよろしかろうと存ずる」

蔵人は傲然として言った。

「斬れと申すか」

右近が厳しい目を向けると蔵人は言葉を継いだ。

「されど、それがしが城中から戻らねば、清四郎がなしたることを公家衆から大名、旗本にいたるまで知れ渡ることになるよう手配をいたしておりまする」

蔵人の言葉を聞いた右近は少し考えてから、うなずいた。

「そうか、あらかじめ認めておいた書状を飛脚によって、あらゆるところにばらまくと申すか」

蔵人は右近を見つめるばかりで答えない。

右近は嘲笑を浮かべた。

「馬鹿者め、浪人者がどのような書状を発しようと世間は相手になどせぬのが、わからぬか」

「それがしが書状を認めて発するなどとはひと言も申しておりませんぞ」

蔵人はゆっくりと言った。

右近が訝しむように蔵人を見つめると、藤左衛門が低頭してから口を開いた。

「恐れながら、公家の中院通茂様が発せられる書状なのではございますまいか」

右近は頬に朱を上らせた。

「馬鹿な、中院様がさようなことに加担されるわけがない」

蔵人はからりと笑った。

「まさにその通りでござる。中院様は自らさようなことはなされません」

「そうであろう」

右近は深々とうなずいた。だが、蔵人は不敵な表情で話を続けた。

「しかし、かねてから幕府が朝廷を圧することに深い憤りをお持ちでございます。わが妻の咲弥は中院様のもとに出入りを許され、信頼を得ております。中院様は御名を貸すことをお許しくださいましたぞ」

　落ち着いた表情で右近は答える。

「雨宮蔵人、つまらぬ脅しを申すものではない。すべてはこの場を逃れるための虚言に相違あるまい」

　右近に鋭く決めつけられて蔵人はにやりと笑った。

「嘘だと思われるなら、試しにわれらを斬られるがよい。されど、嘘でないとわかったときには、無辜の者を殺したとして正徳の治に大きな傷がつくことでしょうな。それでよろしゅうござるか」

　蔵人と右近は睨み合った。

　右近はふっと気を抜くと微笑して、

「そなたは見かけによらず、駆け引きが巧みだな。いかに虚言だとわかっておっても言われてしまえば気になる。それに、われらが正徳の治を傷つけることができないのもまことだ」

　と口にした。蔵人は油断なく右近を見据えた。

「では、いかがなされる」

「京の中院様のもとへ使いを出そう」

「中院様は、それがしの企みに同調していると、自ら仰せられることはありませぬぞ」

　蔵人は強い調子で言葉を返した。

「わかっておる。だが、いま中院邸には、そなたの妻子が匿われているそうではないか。中院様がそなたの申し条に応じたのは、そなたの妻が頼んだからに相違あるまい。だとすれば、そなたの妻子を人質にとれば話はすむことだ」

「なんと――」

蔵人は顔色を変えた。右近が咲弥たちの居場所を知っているとは思わなかった。

清四郎は怒気を含んだ声で口をはさんだ。

「越智様、それはあまりに汚うございます。武士のなされようとは思えませんぞ」

清四郎の言葉に右近は眉一つ動かさない。

「わたしは武士ではない。上様の影である。卑怯も未練も持ち合わせてはおらぬ」

右近は、つめたく清四郎を睨んだ。

「ひとを卑怯者呼ばわりする前に、自らがなしたことの責めを負わず、雨宮蔵人にかばわれているおのれを見つめてはどうなのだ。わが命が助かりたいがゆえに、ひとにすがり、さらには、その家族にまで危害が及ぶのを見過ごすのは卑怯ではないのか」

決めつけるように右近に言われて、清四郎は見る見る蒼白になった。

「ならば、それがしをここにてお斬りください。それにて、すべての決着といたし、雨宮様にはお咎めなきよう願いとうございます」

清四郎が手をつかえて言うと、蔵人はすかさず、

――ならぬ

と大喝した。蔵人は清四郎に厳しい眼差しを向けた。

「そなたは、香也の許嫁であるからして、すでにわが子同然だと前に言ったはずだ。子を守るは親の務めぞ。わたしに遠慮などいらぬことだ。咲弥も香也も、そなたを犠牲にしてまで助かりたいなどと、毛ほども思ってはおらぬ」

蔵人の言葉に清四郎はうつむいた。

「そなたを死なせたら、頼み甲斐のない父だと、わたしは恨まれるであろう」

蔵人が言葉を添えると、清四郎は肩を震わせ、

「雨宮様――」

とうめくように言った。しかし、右近は容赦のない声音で言った。

「愁嘆場はそれぐらいにしてもらおうか。いずれにしても、京よりそなたの妻子を連れて参るのは明日になろうゆえ、そなたたちには大坂城に留まってもらわねばなるまい」

「ほう、今日は帰さぬとの仰せにござりますか」

蔵人は苦笑した。

右近は天野と常朝に目を遣った。

「当然のことであろう。そなたも覚悟して参ったのではないか」

「佐賀藩の者はもはや、下がってよいぞ」

と告げた。

天野はすぐに手をつかえ、承知つかまつりました、と答えたが、常朝は傲然と胸を張

って、きっぱりと言った。

「それがしは、雨宮蔵人を肥前に連れ戻せとの命を受けておりますれば、片時も離れるわけには参りません。それゆえ、ここにお留めくださりませ」

右近は片方の眉をあげて皮肉な目を常朝に向けたが、

「勝手にいたせ」

と告げただけだった。

常朝はにこりとして、蔵人に目を転じ、

「お許しが出ましたぞ」

と嬉しげに言った。蔵人はさりげなく、

「物好きだな」

とつぶやいたものの、清四郎とふたりだけで大坂城に留められれば、城内の者たちに襲いかかられて密殺される恐れがある。

だが、佐賀藩士の常朝がともにいれば、乱暴な暗殺は仕掛けられまいとほっとする思いだった。

右近は藤左衛門と右平太に目を向けて、

「そなたたちはともに京に向かい、雨宮の妻子を引っ立てて参れ。もし、抗うようであれば、斬って捨ててもかまわぬぞ」

と底響きのする声で命じた。それを聞いて、蔵人は、はは、と笑って、

「わが妻は戦国のころ、肥前の雄として名高かった龍造寺隆信の末裔のひとりでございます。いささか手強うござるゆえ、ご用心めされよ」

と言い放った。

蔵人の言葉に右平太が、

「笑止なことを言う」

とつぶやくように言い捨てた。

蔵人は右平太に言い返さず、胸の内で、

(中院邸には清厳がいる。何とか咲弥たちを守ってくれるだろう)

と願った。右近はそんな蔵人をじっと見つめた。

この日は曇り空で、夜になっても月が雲に隠れて見えなかった。

通茂の看病をしていた咲弥が当てられている部屋に戻ると、すでに燭台の灯りが点り、香也は清厳の前で素読をしていた。

部屋に入ってきた咲弥を見て、香也は素読をやめて向き直り、

「母上、父上はいま大坂で、何をしておられるのでございましょうか」

と訊いた。咲弥は微笑んで首をかしげた。

「わかりませぬが、清四郎殿を懸命に守っておられましょう」

「まことですか」

香也は目を輝かせた。

「まことです。父上は昔からさような方でしたから」

咲弥はそう言いながら香也のそばに座り、清厳に目を向けた。

「さよう、蔵人殿はいつも咲弥様を命がけでお守りしてこられました」

清厳がにこやかに答えると、咲弥は少し考えてから口を開いた。

「わたくしだけをというより、何か思うところがあって、心の赴くままに動かれているのではないかという気がします」

咲弥の言葉に清厳はうなずいた。

「さよう、蔵人殿は、たとえば十一面観音菩薩のようなひとであると言えましょうか」

香也が首をひねった。

「父上は十一面観音菩薩のようにたくさんのお顔をお持ちなのでしょうか」

「そうではありません。十一面観音菩薩は、この世のひとをすべて救い終わるまで人間界に留まり、菩薩界に戻らぬ、救わで止まんじ、という誓願を立てておられるそうです。蔵人殿も、できればこの世のひとすべてを救いたいと思われているのではありますまいか」

「清厳殿は面白いたとえをされますこと」

咲弥は珍しくあえかな笑みを浮かべた。

蔵人がひとの難儀を見過ごしにできぬ漢であることを、咲弥はよく知っている。さらに言えば、情けをかけた者への思いはさらに強い。

蔵人は、自分と香也のためなら火や水の中にためらわず飛び込むに違いない。それだけに、時おり、咲弥の胸に不安が兆すことがある。

ひとのため、危うい目に遭うことを恐れぬ蔵人がいつか、逃れられない窮地に陥ってしまうのではないだろうか、と思うのだ。

そんなとき、自分に何ができるのだろう。座して、蔵人の悲報を聞くことになるのだろうか。できることなら蔵人の窮境にともにありたいと思う。

命が果てる最期のおりまでも、ともにいてこそ夫婦ではないか。しかし、そのような運命に香也を道連れにするわけにはいかない。

蔵人はそれを許さないだろう。必ず、香也を自分に託し、ひとりで死地に向かうに違いない。

そう考え及ぶと、咲弥は胸がふさがる思いがする。蔵人のやさしさは、いつか自分にとっての悲しみに変わるときが来るのではないか。

咲弥がそんな物思いにふけっていると、清厳はやわらかな声で、

「ですが、蔵人殿の生き様が報われぬということはありますまい。俗に申すではありませんか、情けはひとのためならず、と。救わで止まんじ、との悲願は御仏の心にかないますゆえ、蔵人殿には必ずや神仏のご加護がありましょう」

と言い添えた。咲弥は、清厳のひと言で心が安らぎ、

「まことにさようでございますね」

と静かに答えた。香也は手にしていた書物を閉じながら、

「父上にお会いしとうございます」

とつぶやいた。蔵人は言うまでもなく、本当は清四郎に会いたいのを、さすがに乙女の身でそれは口にできない。

咲弥は香也の心持ちを察しつつ、

「わたくしも同じ気持ですよ」

とさりげなく応じた。清厳はうなずきながら、

「しかし、蔵人殿が大坂から戻られて後は、いかがされますか。山本殿の勧めに従って肥前へ戻られますか」

と訊いた。

「それは蔵人殿しだいですから」

咲弥は答えながらも、天源寺家のひとり娘であることも思わずにはいられない。

先のことはともかくとして、一度は小城藩に戻り、祖先の墓参りなどもしたいという気持が咲弥の胸にはあった。

そのことを蔵人に伝えたものか、どうか、と咲弥が考えをめぐらせているとき、中院家の家宰が廊下に控え、

「咲弥様を訪ねてきた方がおられます」

と告げた。咲弥は家宰に顔を向けた。

「どなたでございましょうか」

家宰は当惑した顔で応じた。

「何でも大坂城代様のお使いとのことで、磯貝藤左衛門様と名のっておられます。京都町奉行所のお役人も同道しておられます」

「大坂城代様のお使い――」

咲弥は緊張した。

「何の御用でしょうか」

「それが、お会いしてからお伝えするとのことでございます」

咲弥は清厳と顔を見合わせた。清厳は落ち着いて、

「京都町奉行所の役人を同道しているとあっては、お会いにならぬわけには参りますまい」

と口を添えた。咲弥はうなずいて家宰に告げた。

「お通しください」

家宰が玄関に向かうと、清厳は不意に立ち上がって中庭に面した縁側に出た。

座敷には燭台の灯りが点っているが、空は雲におおわれて月明かりがなく、中庭は真っ暗な闇に沈んでいる。

清厳は黒々とした松の根方に蹲る者がいるのに気づいた。

「千代殿でございますか」

清厳は小さく声をかけた。松の根方から柿渋色の忍び装束に身を包んだ望月千代が立ち上がって縁側に近づいた。

「雨宮様は大坂城にて、越智右近と直談判に及んでおられます。越智右近は咲弥様と香也様を人質にいたして、雨宮様を追い詰める腹積もりです。すぐにお逃げください」

口早に千代が言うと清厳は眉をひそめた。

「わかりました。使いに会ったうえで、隙をついて逃げましょう。そのおりは、ご助勢をお頼みします」

「承知しました。されど、使いの磯貝藤左衛門は幕府隠密にて腹の底が知れぬ男で、なかなかの腕利きでございます。ご用心を――」

清厳はうなずくと、部屋に戻った。

千代と清厳の会話を聞いていた咲弥は、心得た様子で座っていた。

間もなく家宰に案内されて、藤左衛門が京都町奉行所の役人とともに入ってきた。

すでに千代は闇に潜んでいたが、藤左衛門はにやりと笑った。

藤左衛門は座りながら、ちらりと中庭に目を遣った。

「何の御用でございましょうか」

咲弥が問いかけると、藤左衛門は真面目な顔になって告げた。

「大坂城代様の命でございます。大坂城にご同道願いたい」

「それはまた急なお召しでございます。なにゆえ、参らねばならぬのでしょうか」

咲弥はひややかな言葉付きで訊いた。

「大坂城にて雨宮蔵人殿と冬木清四郎殿の詮議が行われております。その証人として来ていただきたいのでござる」

藤左衛門は丁寧な口調で言った。

咲弥は首をかしげる。

「夫に関わりがあることでございますなら、わたくしに大坂に参るようにとの夫の手紙があろうかと存じます。それをお示しくださいませ」

「雨宮殿の手紙ですと――」

戸惑った藤左衛門が訊き返すと、咲弥はゆっくりと答える。

「武家の妻は夫の許しなくば、他出はいたしませぬ。まして京から大坂まで参るとなれば、夫の命であるとの証がなければ行くわけには参らぬのです」

藤左衛門はうんざりした顔で、

「さように固いことを申されずとも、よろしいではございませんか」

とくだけた口調で言った。咲弥はかすかに笑みを浮かべた。

「武家の作法に固いもやわらかいもございますまい。できぬことはできぬと申し上げるほかございませぬ」

藤左衛門は目に角（かど）を立てた。

「では、力ずくでも同道願うと申し上げたらどうなされますか」

「江戸や上方の武家がどのようにされるか知りませぬが、九州の武家ならば、さようなおりの作法は定まっております」

「何とされる」

藤左衛門はかたわらに置いた刀に手を伸ばしながら訊いた。

咲弥は藤左衛門の動きを目の端に置きながら、

「力ずくで言うことを聞かそうとする者には、弓矢をとってお手向かいつかまつるのが、九州の武家にございます」

と凜(りん)として言い放った。

同時に、清厳は墨染の衣の袖をふわりと翻して燭台の灯りを消し、部屋を闇とした。さらに清厳は隻腕で咲弥と香也をかばいつつ縁側からそのまま中庭に下りた。

「逃さぬぞ――」

藤左衛門が追おうとしたとき、中庭から風のように千代が飛び込み、忍び刀を抜いて斬りかかった。藤左衛門も素早く刀を抜いてこれを受けた。だが、刃が嚙み合った瞬間、千代は懐から目つぶしの粉を入れた卵の殻を取り出して藤左衛門に投じた。藤左衛門は目をつぶって避けたが、肩に当たった卵の殻は砕け、白い粉があたりに飛び散った。

千代はすかさず跳び退き、さらに目つぶしを部屋に投じた。白い粉がさらに散乱して部屋に残された者たちの目を晦ますうちに、清厳と咲弥、香也は裏木戸から外へ抜け出た。

千代は清厳たちが外へ出るまで中庭に留まっていたが、藤左衛門がようやく縁側に出てくると、

「今夜はここまでじゃ」

と声をかけてから、身を翻して闇に消えた。

藤左衛門は刀を右手にぶら下げ、肩についた目つぶしを左手で払いながら、

「あの女子は遠慮という心遣いがないようだ」

とつぶやいて、真っ暗な夜空を見上げた。

「漆黒の闇か。逃げたつもりでも手強い敵が待ち受けているぞ」

清厳は左手で香也の手を引きながら、咲弥をうながして暗い夜道を走ったが、不意に立ち止まった。

前方にひとが立っている気配を感じた。

「何者だ」

清厳が問うと、闇の中から、

「辻右平太だ」

という声が返ってきた。清厳は右平太が目が不自由な剣士であることを知っていた。

その右平太が闇の中にいる。

（闇で戦うならば、目が見えようと見えまいと同じことか）

清厳は香也の手を放して、背にさした半棒を取り出した。

月明かりがない中では、右平太の姿は闇に溶け込んで定かではない。

それでも、清厳は迷うことなく半棒を右平太に向かって構えている。

咲弥は香也を後ろ手にかばいつつ、清厳の闘いの邪魔にならぬよう退いた。振り向かず、前を見据えたままの清厳には、咲弥たちの動きを心の目で見ている気配があった。

（清厳殿は、すでに目を閉じ、観を行っているのではないだろうか）

咲弥はふとそんな気がした。

仏法の修行では、

――止観
などと称する。心の動きをとどめ、同時にすべてを見るのだ。

目が不自由な右平太は、相手が起こす風に向かって剣を振るう。だが、実は観を会得して、すべてが見えているのではなかろうか。そうでなければ、剣において勝ちを制することはできないだろう。

もし、そうだとすると、清厳と右平太は闇の中で、たがいに観で戦っていることになる。厳しくも静かな気が咲弥にも伝わってくる。

右平太がそろりと前に出た。

清厳は、不動の、

の構えである。いかなる波が打ち寄せようとも、大きな岩のように動かず、反撃の機をうかがうのだ。

——巌(いわお)の身

いまの清厳には、相手が斬りかかってくれば、一瞬で打ち倒すことしか念頭にないのだろう。香也が咲弥を守ろうとするかのように、そっと寄り添った。咲弥もまた応じて香也の肩に手をまわして抱き寄せる。

右平太は爪先でじりじりとうかがうように前に出てくる。闇の中で対峙するふたりの気魄が濃密にぶつかり合う。

たがいに相手の姿が見えぬ対決で、間合いはどうやって測るのだろう、と咲弥が思った瞬間、右平太は放胆にもふわりと跳んだ。

刀を大上段に振りかぶり、真っ向から斬り下ろす。

がっ

清厳は半棒で右平太の刀を払った。しかし、跳び込んだ右平太はそのまま清厳に体当たりした。

清厳はくるりと体をかわしたが、避けきれずに肩がぶつかって体勢が崩れた。

右平太は刀を斜めに薙いで清厳の背に斬撃を見舞おうとした。だが、右平太の刃は虚しく空(くう)を斬った。

清厳は自ら地面に転がり、素早く立ち上がって腰をかがめ、半棒を手に右平太の動きをうかがう。

目は閉じたままだ。

右平太は首をかしげ、清厳がどこにいるかを察知しようとする。

ゆるやかな風が吹いた。

右平太はにやりと笑った。

「抹香臭い匂いがするぞ」

僧侶である清厳の体には、抹香の匂いがしみついている。

「もはや、お主がどこに潜んでもわかるぞ。覚悟いたせ」

右平太は続けてつぶやくと、すっと清厳の方へ足を進めた。清厳は退いた。

さらに右平太は間合いをつめる。

清厳はもう一歩下がったが、背中が築地塀にぶつかった。これ以上は下がれない。

清厳の動きが止まったのを察知した右平太は、

「塀があるのだな。どうやら、ここまでのようだ」

とひややかに言った。

「どうであろうな」

清厳が落ち着いて答えるや否や、

――死ね

と叫んで右平太は斬りつけた。

そのとき、清厳は墨染の衣を瞬時に脱いで宙に放った。同時に塀沿いに転がって右平太の刃を避ける。

右平太の刀は墨染の衣を裂いた。抹香の匂いが墨染の衣と清厳の体に分かれた。

「咲弥様、香袋を奴に投げてください」

清厳がとっさに叫んだ。

咲弥は応じて胸もとから香袋を取り出し、白刃がわずかに光るあたりに投じた。

「何をする」

右平太は飛んで来た香袋を斬り捨てた。両断された香袋から芳香が匂い立った。

右平太は刀を下段に構えた。

「そうか、わたしの体にも匂いをつけて、動きを探ろうというのか。これで、五分と五分というわけだな」

清厳は低い姿勢のまま、じりじりと横に動いた。右平太は清厳の動きに刀を合わせる。刀がゆるやかに円を描きだす。

「来いよ、来い――」

右平太は惑わすようにつぶやく。

刀の構えが脇からしだいに上段へと変わっていく。清厳に打ち込ませて斬ろう、と誘っているのだ。

清厳はじりっと前に出た。咲弥は思わず、

「清厳殿、相手は待ち受けております。かかってはなりませぬ」

と声を発した。清厳は動きを止めず、

「承知しております」

とだけ答えた。右平太はにやりと笑う。

「よい覚悟だ」

右平太が言い終える前に、清厳は跳躍した。右平太が斬りつけてくる刀を半棒で払う。

右平太は続けざまに何度も清厳に斬りつける。

がっ
がっ
清厳はこれを受けつつ、右平太に迫る。

たがいに体がぶつかりそうになったとき、弾かれたようにふたりの体は離れた。相手の様子をうかがう。構えは崩さない。

今度は右平太が仕掛けた。

八双に構えるなり、

——ええぃ
と裂帛（れっぱく）の気合を発して、踏み込み、斬りつける。刃風（はかぜ）が凄まじく、さすがに清厳も半棒で受けることはできなかった。

身をよじって危うくかわす。だが、右平太の動きは流れるようで、止まることがなかった。右平太の振るう刀は吸い付くように清厳の動きを追う。

がっ

執拗(しつよう)な攻めに、清厳は思わず足をすべらせた。

不覚にも地面に膝をついた。

右平太はあたかも清厳の姿が見えているかのように、

「命はもらった」

と叫んで、振りかぶった刀を斬り下ろそうとした。その時、風を切る音がして礫(つぶて)が右平太に向かって飛んできた。右平太はこれを刀で払い、咲弥に向かって、

「立ち合いの邪魔をいたすと、たとえ女であっても容赦はせぬぞ」

と怒鳴った。しかし、咲弥は落ち着いて答える。

「礫を投じたのはわたくしではありません」

「なんだと――」

右平太はあたりをうかがった。

咲弥は道の前方を見つめた。提灯の明かりがゆっくりと近づいてくる。

右平太は憤怒の声音で叫んだ。

「何者だ。わたしは将軍家弟君の命により、この者たちを捕らえようとしているのだ。妨げればお咎めがあるぞ」

提灯を持った影は淡々と答えた。

「それは、武家への脅しにはなりましょうが、それがしには効きませんな」

「効かぬだと」

はっとして右平太は刀を下ろした。

影はなおも近づいてくる。提灯の明かりに浮かび上がった顔を見て咲弥は目を見開いた。

「進藤様――」

提灯を手にしているのは進藤長之だった。

長之はにこやかな声で、

「それがしは、前関白近衛家に仕える進藤長之と申します。わが主は将軍家御台所、熙子様の実の父上にて、将軍家の岳父にあたられます。それゆえ、それがしがお手前のなされようとすることを妨げてもお咎めはござるまい」

右平太はうめいた。

「近衛様の家来が、なぜわたしの邪魔をするのだ」

長之は提灯をかざして、咲弥と香也、清厳の顔をたしかめると口を開いた。

「それがし、主の命により、かねてから中院家の動きを見張っております。中院家の方々に害をなすためではございません。将軍家岳父たる力を以て京のひとびとを守らんがためでございます。どうやら、今夜、その役目が果たせそうですな」

長之は笑った。

このとき、雲間から月がのぞいた。青白い月光に長之のひとを食ったような笑顔が浮かんだ。

同じころ、蔵人と清四郎、常朝は大坂城内の長屋にいた。

燭台の灯りが明々と点ってはいるものの、なすこともないままにあれこれ話して、寝に就こうとしていたところ、ひとの声がして長屋の戸が開けられた。

城代の家臣がふたりの男を連れてきていた。

蔵人は目を瞠った。連れられてきたひとりは着物を着ているが、彫の深い顔立ちをしており、異国の者だとひと目でわかったからだ。城代の家臣は、連れてきたふたりに板敷へ上がるよううながした。

蔵人は眉をひそめた。

「何事でござるか。今宵はもうお調べはないはずだが」

城代の家臣はうなずいた。

「お調べではござらん。越智様が、おふたりは退屈しているであろうゆえ、異国の者と問答をいたさせよ、との仰せにございます」

「異国の者と言われるが、オランダ人ではないのか」

蔵人は訊ねた。

オランダ人ならば、長崎のオランダ商館に出入りしていることを肥前生まれの蔵人はよく知っていた。

城代の家臣は、ゆっくりと首を横に振った。

「いや、この者は薩摩からひそかにわが国に入り込もうとした伴天連でござる。新井白石様のお調べがあるゆえ、江戸に向かう途中でござる」

うんざりした顔で蔵人は口を開いた。

「それならば、ご禁制のキリシタンではござらぬか。さような者と問答いたせば、それだけで罪に問われよう。迷惑でござる」

突っぱねるように蔵人が言うと、城代の家臣は手を上げてなだめた。

「越智様は、さようなことはせぬ、と仰せでござる。この伴天連が申すことを聞いて、いかように思ったか話してくれればよいとのことでござる」

「なぜ、そのようなことをわたしがしなければならぬのだ」

蔵人が腹立たしげに言うと、城代の家臣は困った顔になった。

「それはわかり申さぬ。この伴天連をこのまま江戸へ送っていいものかどうかを確かめたいのではありませぬか」

蔵人は鼻を鳴らすと、伴天連に顔を向けた。

「お主、名は何と言うのだ」

伴天連は蔵人の声の調子で問われたことを察したのか、

「シドッチ――」

と答えて、にこりと笑った。

蔵人はため息をついた。

右近はこの伴天連とどのような話をさせようとしているのだろう。

その思惑がはかりかねた。

なによりも九州の武士にとってキリシタンは鬼門である。

蔵人は警戒する目でシドッチを見つめた。

シドッチは当惑したような、悲しげな目で蔵人を見つめ返した。

蔵人は苦笑して通詞に目を転じ、

「わたしは昔、黒滝五郎兵衛(くろたきごろべえ)というおひとに会ったことがある。キリシタン武士の子であったが、キリシタンではなかった。しかし、生涯、キリシタンの神のごとき信じられるものを探していたおひとのようであった。その黒滝殿が、そなたのような哀しい目をしていたと伝えてくれ」

と告げた。するとシドッチは通詞が口を開く前に、

「ソノヒトハ、心ニ神ヲ抱イテイタノダト思イマス」

と言った。蔵人はぎょっとして目を丸くした。

「そなたは、われらの言葉がわかるのか」

シドッチは答えず、黙って蔵人を見つめる。通詞が顔をしかめて言葉をはさんだ。

「この者はわが国に来る前に、ルソンのマニラに四年いたそうです。マニラには、かつ

てわが国から追放された日本人キリシタンの子孫がいて、その者たちから日本語を学んだようです。ただし、都合の悪いことになると日本語がわからぬふりをいたしますが」

蔵人はからりと笑った。

「なるほど、それは面白いな」

蔵人を見つめていたシドッチは通詞に顔を向け、低い声で何事か言った。通詞はしばらく考えていたが、思い定めたように部屋の片隅に置いていた黒い袋を持ってくると、シドッチに渡した。

シドッチは袋の口を結んでいた紐をほどくと、中身を取り出して蔵人の前に並べ始めた。黒い袋には、金貨や銅銭、衣類のほか、挿画つきの覚書、唐金(からかね)の人形、びいどろ(ガラス)の十字架、銀製の杯、苧縄(おなわ)の鞭などミサのための道具があった。

興味深げに蔵人と清四郎、常朝が見守るなか、シドッチは縦一尺(約三〇センチ)、横八寸五分(二五・八センチ)のびいどろ板が張られた紫檀(したん)の額を取り出した。

木枠の中には青い衣服を着た女人が描かれた絵が入っていた。

女人は頭を斜めにかしげ、目を伏せている。清々(すがすが)しく悲しげな表情をしており、何事かを告げるかのように青い衣から指先をそっとのぞかせている。

やさしく、儚(はかな)げな女人の絵だった。

「美しい絵でございますね」

清四郎が嘆声を発すると、常朝は感に堪えたように、

「どことなく面差しが咲弥様に似ていますな」

と言った。蔵人は言葉を返さない。常朝が言う通り、咲弥に似ていると感じたものの、それだけに、

（咲弥はこのように悲しげな面立ちはしておらぬ）

という思いがまさった。しかし、見れば見るほど咲弥に似ている。蔵人はそんな思いを打ち消そうと、

「これは、キリシタンが聖母と崇めるマリア像であろう」

と口にした。シドッチはにこりとした。

「ヨク知ッテオラレル。コレハ、カルロ・ドルチ、トイウ絵師ガ描イタ〈マーテル・ドロローサ〉、悲シミノ聖母トイウ絵デス」

「そうか、だが、キリシタンであることを証し立てるものに違いはあるまい。江戸まで持っていかぬほうがよいのではないか」

蔵人がさりげなく言うと、シドッチは首を横に振った。

「コノ絵ハワタシヲ慰メ、ドノヨウナ苦難ニモ耐エルコトガデキマシタ。手放スコトハデキマセン」

そうか、と言って蔵人はうなずいた。

後に江戸でシドッチを取り調べた新井白石は、この聖母像を「サンタマリアと申す宗門の本尊」と記録し、さらにその印象を、

――年の頃四十近きほどに見えて、目はくぼんで、鼻筋が高く、うるわしき面体也

と書き残した。聖母マリアが悲しんでいるのは、わが子、イエスの悲劇的な運命を思ってである。青は哀しみを表す色だという。この絵を描いたフィレンツェの画家、カルロ・ドルチは、マリアが腕を組んだ像と袖から親指の先だけを出した像の二つを描いた。シドッチが日本に密入国するにあたって持ってきたのは、

――親指のマリア

と呼ばれる像である。じっくりと眺めていた蔵人は思わず、マリアの顔の涙の跡を指でなぞった。その様を見たシドッチが、

「アナタハ優シイ方デスネ」

と言い添えると、蔵人は陰鬱な顔になった。

「やさしくなど、ないぞ。いましがた話した黒滝五郎兵衛殿はどうなったと思う」

蔵人はため息とともに言った。

「ドウナッタノデスカ」

シドッチは蔵人をうかがい見た。蔵人は目を閉じて答える。

「わたしが斬った。わたしが黒滝殿の命を奪ったのだ」

かつて黒滝五郎兵衛は、柳生内蔵助と同様に柳沢吉保に仕えていた。

柳沢吉保と敵対した蔵人は、五郎兵衛と闘わざるをえなかった。しかし、蔵人は陰影を帯びながらも深みのある五郎兵衛の人柄に惹かれるものを感じていた。

「ソノヒトヲ殺シタトキ、ドノヨウニ思イマシタカ」

シドッチは静かに訊いた。蔵人は瞼を上げてシドッチを見すえた。

「黒滝殿を斬ったおり、わたしは、黒滝殿の怒りと悲しみを真正面から受け止めて生きていこうと思った。いまもわたしは黒滝殿の思いを胸に抱いて生きていると思っておる」

シドッチは微笑した。

「ヒトノ思イヲ胸ニ抱イテ生キル。ソレガカリタスデス」

蔵人は首をかしげて、通詞に、

「カリタスとは何のことだ」

と訊いた。通詞は当惑した。

「さて、何のことか、わたしにはうまく言い表せませぬ。ただ、越智右近様は、おのれが大切に思うもののために身を捧げる覚悟のことであろう、と仰せになりました」

シドッチは笑顔でうなずく。

「ソウデス、アノ方ハ神ノ愛ガヨクオワカリデス」

蔵人は面白そうにシドッチの顔を見た。

「そうか、越智右近にはキリシタンの心がわかるのか」

シドッチは真剣な眼差しで蔵人を見つめる。

「アナタモ、ソンナヒトダト思イマス」

蔵人は手を振って笑った。

「わたしは越智右近とは違う。無学ながさつ者だ。とてものこと、異国の神の教えなど頭に入らぬ」

「ソウデショウカ。ソレナラセメテ、ワタシガ尊敬シテイル方ノ教エニツイテ聞イテクダサイマセンカ」

蔵人が黙っていると、シドッチは語り始めた。

シドッチの話は、およそ次のようなものだった。

わたしは、今から二百四十年ほど前にローマカトリック教会の枢機卿で教皇代理を務められたこともある神学者のニコラウス・クザーヌス様という方を尊敬しております。クザーヌス様は、このように説かれました。

人間というものは、自分の知識を何物にも比べられない、並ぶものがないものだと信じ込んだとき、他人の立場や気持を汲み取ることができなくなり、

――独善

に陥るというのです。

そうなると自らを省みることなく他人を咎め、責め立ててしまいます。しかし、われ

われの知識は闇夜の蠟燭（ろうそく）のようなものなのです。

光は弱く周辺しか照らすことはできません。

われわれが知るということで得た光は、むしろまわりの闇の暗さ、影の濃さを知らせてくれるのです。それが、本当に知るということなのです。

だから、われわれは知識を得たからといって、他人を断罪し、さらに他人への過酷な攻撃に走ってはなりません。

真のカトリック教徒は、宗教が違うという理由で迫害も侮辱もしてはならないのです。異なる習慣や伝統に生きている民や国を寛容にキリストの愛へ誘（いざな）うのです。

それが神の愛を知った者の使命なのです。

このようなクザーヌス様の教えを知り、わたしはまことにそうだ、と思いました。

わたしたちは、真実を知っているのであれば、ひとを攻撃したりせず、わかりあうための努力ができるはずです。

そのような知恵を持ったとき、ひとは神の愛に近づくことができるのではないでしょうか。

本当に知識を得た者は争わず、おたがいを大切に思うことができるのです。

そうすることこそ、神の御心にかなうのではないでしょうか。

クザーヌス様はそう唱えました。

わたしもそう思います。だから、この国に来たのです。

シドッチは目を輝かして熱く語り終えた。

「なるほど、そういうことか」

蔵人がうなずくと、常朝は眉をひそめた。

「雨宮殿、伴天連の口車にだまされてはなりませんぞ。こ奴らは、かようにうまいことを言って他国を乗っ取ろうとするのです」

常朝が懸命に言い募ると、清四郎は首をひねった。

「そうでしょうか。わたしにはいまの話に得心がゆきましたが」

常朝は苦虫を嚙み潰したような顔を清四郎に向けた。

「若い者はそれだからいかん。すぐにひとを信じてだまされるのだ。国を乗っ取られてからでは遅いのだぞ」

蔵人は、はっはと笑った。

「若い者は信じやすく、年寄りは疑い深い。それは昔から変わらぬのであろう」

だが、わたしもこの伴天連は嘘を言ってはいないと思うぞ、と言いつつ、蔵人は青い衣をまとったマリア像に目を落とした。

「そのことは、この絵を見ておればよくわかる。たしかにこの世は嘘が多いが、ひとがひとを思って哀しむ心に嘘はあるまい」

蔵人がつぶやくように言うと、シドッチは十字を切った。

いつの間にか部屋の燭台の灯りは細くなり、まわりは夜が明ける前の漆黒の闇となっていた。

シドッチはこの後、江戸に送られ、新井白石から取り調べを受ける。白石はシドッチの話を聞いて、

第一、かれを本国へ返さるることは上策也
第二、かれを囚となしてたすけおかるる事は中策也
第三、かれを誅せらるることは下策也

として故国に送り返すのを上策、誅するのは下策であるとした。しかし、この進言は幕閣に受け入れられなかった。

刑死を免れたものの、シドッチは小石川の「山屋敷」と呼ばれるキリシタン屋敷に幽閉された。当初は相応の扶持が与えられ、優遇された。

だが、後にシドッチの世話をする牢番夫婦がキリシタンの受洗をしたことが発覚すると、過酷な地下牢に移された。

正徳四年（一七一四）十月、シドッチは病死した。四十七歳だった。

新井白石はシドッチの死に衝撃を受けて、シドッチから聞いた話をまとめて、

——西洋紀聞

を著すことになる。

十

翌日――

昼過ぎになって、蔵人たちは城代屋敷の広間に呼び出された。

蔵人たちが広間に入ると、右近のほか、月丹と右平太、藤左衛門が控えているだけだった。

蔵人はにやりと笑った。

「咲弥たちを引っ立ててこられるはずではなかったのですか」

蔵人に訊かれて、右近は鷹揚な笑みを浮かべた。

「さすがにそなたの妻女だな。いささか手こずったようだ」

右近はちらりと藤左衛門に目を遣った。藤左衛門は手をつかえて、

「申し訳ございません。もう一歩で右平太殿が捕らえるところでしたが、邪魔が入ってございます」

と言った。

蔵人は片方の眉をあげて訊いた。

「ほう、邪魔ですと」

藤左衛門は蔵人に顔を向けた。

「さよう、そこもとは運がよろしゅうござる。たまたま、近衛家の家宰である進藤長之殿が通りかかられ、そこもとの妻女と娘を引き取られたのだ」

「なるほど、さようなしだいでござったか」

蔵人が大きくうなずくと、右近は皮肉な目を向けた。

「ただいま、京都所司代より、妻女たちを引き渡すよう近衛家に掛け合っておるが、相手は将軍家岳父ゆえ、強く言うわけにもいかぬ」

「それはお困りでございますな」

蔵人は素っ気なく応じた。

右近は厳しい目を蔵人に向けた。

「妻女が無事であるからと安心するのは早いぞ。なるほど、近衛様はそなたの妻女を匿われるかもしれぬが、そなたたちをいかようにするかまで口はさしはさまれまい。そなたたちがわが手の内にあることは変わらぬのだ」

「われらが戻らねば、いかなることになるかはすでに話したはずでござる」

蔵人は動ずる色もなく言葉を返す。

「笑止な。もはや妻女たちが近衛様のもとにあるからには、そなたたちがいかなることを企もうとも近衛様に止めていただくまでだ」

右近ははねつけるように言った。

右近はさらに言葉を継いだ。

「忘れるな、近衛様は将軍家岳父であるということは、将軍家のお味方なのだ。決してわれらに悪いようにはされぬ」

蔵人は首をかしげた。

「では、何とされるおつもりでござるか」

「ほかのふたりとともに、そなたをこの大坂城から生きては出さぬということだ」

右近はきっぱりと言い切った。

「なるほど、されど、同じことなら、昨日のうちにさようにされたほうがよかったのではありませんかな」

蔵人はあわてることなく返す。右近は苦笑して月丹たちに顔を向けた。

「雨宮蔵人は多少は骨のある男かと思ったが、見掛け倒しのようだ。まだ、かような未練を申しおるぞ」

月丹は無表情にうなずいて答える。

「まことにさようと存じますが、かような物言いをするとき、この男は何かを企んでいるようでございます。ご油断なきよう」

右近はちらりと笑みを浮かべた。だが、蔵人が平然としている様を見て右近は、

「この期に及んで、まだ口先でごまかそうとするのであれば見苦しいぞ、雨宮蔵人――」

とつめたい口調で決めつけた。

蔵人はゆるゆると頭を横に振る。

「さにあらず、咲弥は近衛様の懐に入ったからには、なす術をなくしてはおりませんぞ。かつて仕えたこともある大奥での争いも見聞きしてきた女子にございます。それがしと清四郎が危うきにあると知って、手をこまねいてはおりますまい」

蔵人の言葉に右近は息を呑んだ。そのとき、城代の家臣が藤左衛門のかたわらに来て、何事か囁いた。

藤左衛門は驚いた表情になると、右近のそばに膝行した。右近の耳元に顔を寄せて、藤左衛門はひそやかな声で告げた。

右近は藤左衛門の話を聞き終えるや、はっはと笑った。

「雨宮蔵人、そなたの申す通りだ。たったいま、近衛家より使いが参った。そなたの妻女は近衛様の使者としてこの大坂城に参るそうな。亭主殿を救い出すつもりなのであろうが、それにしても、何という大胆な女子だ」

「それが、わが妻、咲弥にございます」

蔵人はさらりと言ってのけた。

咲弥と清厳、そして思いもよらず香也までもが進藤長之に付き添われて大坂城に着いたのは、この日の夕刻だった。

右近は城代屋敷の広間で咲弥たちを迎えたが、蔵人に引き合わそうとはしない。広間の上段に咲弥を据えて、向かい合った。広縁に清厳と香也が控え、長之は咲弥の随従として近くに座った。

右近はかたわらに辻月丹、右平太、藤左衛門と城代の家臣を控えさせ、

「近衛様からのお使いの趣、承りたく存じます」

と丁重に言った。

咲弥は黙したままだ。代わって、長之が口を開いた。

「その儀は、それがしよりお伝えいたしとう存じますが、よろしゅうございますか」

「はて、面妖なことをうかがう。使者の趣は使者の口からうかがうのが筋でござろう。ほかの者が言うべきことではあるまい」

右近は傲然として言い放った。

長之はやんわりとした口調で返す。

「まことに仰せの通りでございます。それがしのような近衛家の家宰に過ぎぬ者がおこがましいとお怒りになられるのは当然至極のことと存じますが、わが主より申しつかったことでございますれば、なにとぞお許しいただきたい」

右近は眉をひそめた。

「近衛様の命と――」

「さようにございます。されば、申し上げます」

長之は右近の返事を待たずに言葉を継いだ。

「咲弥様はかつて、わが主の密命を受けて大奥に入られたことがある方でございます」

右近はうかがうように長之を見た。長之はうなずいて答える。

「詳しくは申せませぬが、前将軍綱吉公の御台所信子様は、かつて桂昌院様叙位につきまして不満を持たれ、綱吉公との間で確執がおありになりました。有体に申せば、咲弥様はさような信子様を諫め、不測の事が起きぬようなだめるために京から大奥へ遣わされたのでございます。しかしながら、信子様の憤りが発端となり、殿中で浅野内匠頭の吉良殿への刃傷が起きました。浅野内匠頭は信子様の意を受け、勅使が桂昌院様叙位を伝えるのを妨げるために騒動を起こしたのでございます」

「さようであったか」

右近は眉根を寄せた。

長之は素知らぬ顔をして話を続ける。

「さればわが主は、信子様のために努めていただいた咲弥様の、夫の雨宮蔵人殿、娘の許嫁である冬木清四郎殿を救いたいとの訴えを退けることはできぬとお考えになられたのでございます」

「それゆえ、雨宮たちを解き放てと近衛様は仰せであるのか」

右近が訊くと、長之は頭を振った。

「さにあらず、わが主は上様のご政道に口をさしはさむつもりは毛頭ございません。主が望んでおりますのは、咲弥様の話を聞いていただきたいとのことのみでございます」

右近はちらりと咲弥を見遣った。

「聞くだけでよいのだな。その後で、わたしがどのようにいたそうとも近衛様からお叱りを被ることはないのだな」

長之は手をつかえて、

「さようにございます」

ときっぱり答えた。

右近はゆったりと首を縦に振った。

「ようわかった。ならば、雨宮の妻女殿から使者の趣をうかがおう。断っておくが、わたしは上様の御ために働く覚悟をいたしたときから、武士であることを棄て、影として生きておる。それゆえ武士の情けなどは持ち合わせておらぬぞ」

咲弥は手をつかえ、頭を下げた。

「近衛様におすがりし、かような仕儀とあいなりました。ご無礼の段、ひらにお許しくださりませ」

咲弥のあいさつに、右近は眉ひとつ動かさず黙したままだ。

咲弥は顔を上げると、ひたと右近を見つめた。

「多くを申してもいたしかたのないことでございますゆえ、ただひとつだけを申し上げます。わたくしと娘の香也が大坂に参ったのは、夫と冬木清四郎殿が窮地にあると知ったからでございます。夫と清四郎殿をお斬りになるのであれば、わたくしどももご成敗くだされませ。わたくしと香也は夫、清四郎殿とともに死ぬ覚悟を定めて参りました」

咲弥が落ち着いた物腰で言い終えると、右近は厳しい口調で、

「さように殊勝なことを申せば、わたしが情にほだされるとでも思ったのか。言ったはずだぞ、わたしは武士の情けは捨てたと」

と言った。

咲弥はやわらかに微笑した。

「いかにも承りました。されど、武士の情けは捨てましょうとも、ひととしての情はいかがでございましょうや。上様をお助けする越智様が、武士の情だけでなく、ひととしての情をも捨てられたならば、上様はひとでなしに助けられているということになりはいたしませぬか」

右近は憤りを抑えるように、目を閉じた。ひと呼吸置いて瞼を上げた右近は苦笑をもらした。

「さすがに夫婦だな。口の利きようが亭主殿によく似ている。搦め手から攻めるつもりのようだが、そのような戯言にわたしは耳を貸すつもりはない。たとえ、ひとでなし、鬼と謗られようともなさねばならぬご政道はあるのだ」

咲弥は穏やかに応じる。

「お覚悟のほど、お見事に存じます。されど、そのお覚悟を自らにだけでなく、他の者にも強いられるのはいかがでございましょうや」

「どういうことだ」

　右近は咲弥を見据えた。

「前将軍家が亡くなられて間もなく、御台所の信子様も身罷(みまか)られました。このため世間には御台所様が前将軍家を殺めたなどと噂する者があったと聞いております」

「根も葉もない噂である。御台所様は流行り病で逝去されたのだ」

　右近は顔をしかめた。

「さようでございましょうか。たしかに病で亡くなられたに相違ないと存じますが、御台所様のお胸の内は別ではございますまいか」

「何が言いたいのだ」

　右近はあらためて咲弥を見据えた。

「わたくしは先ほど、夫とともにあの世に参る覚悟だと申し上げました。わたくしだけではございません。世の夫婦の多くは連れ添った相手が亡くなったおりに、ともに逝きたいと思うものではございますまいか」

「御台所様もそうであったと言いたいのか」

　質すような口ぶりで右近は訊いた。

「わたくしは大奥に入りましたおり、御台所様に拝謁いたしたことがございます。京より江戸城に輿入れした女人は悲しゅうございます。夫婦と言いながら、将軍家との間柄は心通わず、冷たく閉ざされているように拝察いたしました。なれど、夫婦となったたからには、女子は夫となったひとを信じ、慕いたいという心持ちを抱くものでございます」

咲弥は諄々と説いた。

右近は頭を振った。

「信じられぬな。大名家にあっては、女子は子を生すか生さぬかだけの違いしかない。女子の思いなど誰も考えぬ。われらの母上は身分卑しき出自であったため、生した子をすぐに養子に出されて手放さざるをえなかった。女子の心など忖度せぬのが大名家だ。まして、将軍家はなおさらである。そなたが申しているのは、未練がましい愚痴だ」

吐き捨てるように右近が言うと、咲弥は包み込むような笑みを浮かべた。

「なるほど、この世は女子の思いを受け止めてはくれませぬ。それゆえ、女子は愚痴を生きるしかないのでございます。とは言え、愚痴に込められた思いが真のものであることは申し上げるまでもございませぬが」

右近はうんざりした顔で答える。

「面倒な女子じゃ。そなたの申す通りだとして、では、どうせよと言うのだ」

「越智様の、ご政道へのお覚悟はお見事だと感じ入ってございます。しかしながら、そのお覚悟ゆえに、ご政道の陰にて無念をこらえて生き、死んだ女子たちへ思いをいたされぬのは、ひととして不覚悟の至りかと存じます」

「なんと、驚いた女子だ。将軍家実弟であるわたしに向かって、ひととして不覚悟と謗るか」

あきれ顔で右近が言うと、咲弥はすぐさま手をつかえ、頭を下げた。

「ご無礼を申し上げました。わが夫は日頃より、主君に仕えず、天地に仕えると称し、ひととしての覚悟は身分や血筋に関わらぬと申しております。されば、夫の心を伝えたいとの思いで一存を述べさせていただきました」

右近は皮肉な目で咲弥を見つめた。

「そうであるか、そなたの申し状は十分に伝わったぞ。もはや、思い残すことはなかろう。雨宮蔵人とともにあの世に行ってもらおうか」

右近の言葉を聞いても咲弥は表情を変えない。

「わかりましてございます」

頭を低くする咲弥から目を転じて、右近は広縁に控える香也を見遣り、

「そこな娘御、母御はかように仰せだ。そなたもともに逝かねばならぬが、それでよいのか」

と声をかけた。香也はおもむろに手をつかえ、

「わたくしは母と同じ心持ちでございます。母が申したことと一言半句も違わず、思いは変わりませぬ」

と涼やかに言ってのけた。

「なるほど、そろいもそろって頑固者の一家だな」

右近は苦笑いしながら長之に顔を向けた。

「かようなしだいだ。この母娘には雨宮蔵人らとともに死んでもらわねばならぬ。それで構わぬのだな」

右近に言われて、長之はあごに手をやり、

「それはいかがなものでございましょうか」

とのんびりした口調で返した。

右近はひややかに長之を睨んだ。

「先ほどは、この者たちをどのようにいたそうとも苦情は述べぬと口にしたと思うが、違うか」

長之はぽんと膝を叩いて応じる。

「いかにもさように申しました。されど、咲弥様はわが主の使者として大坂城に参っております。その使者が大坂城で斬られたとあっては、わが主の体面に傷がつくだけでなく、朝廷と幕府の間が不穏なことになるやもしれませんな」

「さようなことを言い出すのではないか、と思っていた。では、どうすればよいのだ」

長之は膝を進めて、したたかな笑顔で口を開いた。

「されば、わが主の使者を斬られるのはあまりに不穏当ゆえ、今日のところは、このままお返しください。しかれども家族を残したまま引き揚げるのは咲弥様も後ろ髪を引かれる思いがいたしましょうほどに、ここはひとつ、とりあえず雨宮様たちもともに返していただき、斬るの斬らぬのという騒ぎは、後日、あらためてということでいかがでございましょうか。さすれば、わが主も咲弥様を使者として遣わした甲斐があったと、ことのほか、お喜びになられましょう」

長之の言葉を聞いて、右近は乾いた笑い声をあげた。

「まことに図々しい申し状だが、近衛様の御名前が出ているからにはむげにはできぬな」

長之はにこりとして頭を下げた。しかし、右近は長之が下げた頭を皮肉な目で見つめて、

「安心するのはまだ早いぞ。このまま、雨宮たちを召し放つわけはなかろう」

と低い声でかぶせるように言った。

「何を仰せになられます」

長之はぎょっとして顔を上げた。

右近は右平太の後ろに控える藤左衛門に、

「磯貝、支度はできたか」

と問うた。

「はい、すでに中庭に設えてございます」

藤左衛門は手をつかえて答える。

右近はうなずくと、月丹と右平太に顔を向けた。

「そうか、ならばよし。月丹と右平太、ぬかるなよ」

「承ってございます」

月丹と右平太はそろって頭を下げた。

長之があわててすがるように訊いた。

「お待ちください。これはいかなることにございましょうや」

右近は薄く笑った。

「雨宮の妻女殿が近衛様の使いで来ると聞いて、もはや、ふたりを大坂城にて斬り捨てるわけにいかぬのはわかっておった」

「なんと——」

長之は息を呑んだ。

「それゆえ、ふたりにはこの城を出る前に辻月丹、右平太と立ち合ってもらう。木刀での試合ゆえ、近衛様もお許しくだされよう。ただし木刀でも当たり所が悪ければあるいは命はあるまいがな」

「それでは、斬り捨てるのと同じではございませぬか」

長之がなおも食い下がると、右近は咲弥を見遣った。

「立ち合いは斬り捨てるのとは違うぞ。わたしはそう思うが、雨宮の妻女殿はいかが思われるか」

咲弥は落ち着いた声音で応じる。

「越智様の仰せの通りかと存じます。わが夫は、かつて剣をとってひとに後れをとったことがございません。此度も生き延びてくれると信じております」

　右近が目をやわらげた。

「雨宮はさほどに妻女殿に信を置かれておるのか。さてさて、うらやましい気もいたすが、無外流の辻月丹にかなう者は天下にそうはおるまい。いかに雨宮が達人とは申せ、月丹にはおよぶまいぞ」

　右近に言い切られて、さすがに咲弥の顔に緊張の色が浮かんだ。

　辻月丹が天下の名人であることは咲弥も聞き知っていた。

　そんな月丹に蔵人は勝てるのであろうか、と咲弥は落ち着かない心持ちになった。

　さらに話の流れでは、清四郎は右平太と立ち合うことになりそうだ。

　咲弥は〈ののう〉にかどわかされたときに右平太の腕前を見たことがある。

　昨夜も暗闇の中で清厳と闘った右平太の凄まじい剣技を咲弥は目の当たりにした。

　せっかく前関白、近衛基熙に願って蔵人と清四郎を助けようとしたのに、これでは却って窮地に陥れることになるかもしれない。

　不安に思った咲弥は清厳と香也に目を遣った。

　清厳は咲弥を安堵させるような眼差しを返し、黙ってうなずいた。いや、清厳は蔵人を信じるところが厚いだけに、誰と立ち合おうとも蔵人が勝利すると疑わないのかもしれない。

香也もまた、気丈な様子で咲弥を見つめ返した。清四郎が闘って勝てるかどうかわからないにしても、ともに同じ場所にいられるだけで、香也の気持は昂揚しているのだろう。

咲弥は、自らに言い聞かせた。

(いま、ここに家族がともにいて、苦難に立ち向かっているのだ。それ以上、何を望むことがあろう。死なねばならぬのなら、ともに死のう)

咲弥は大きく吐息をついて手をつかえ、

「武門にとりまして、闘って果てることは本望にございます。立ち合いの場をお与えいただき、ありがたく存じます」

と言上した。

右近はさりげなく咲弥に目を向けただけで何も言わず、立ち上がった。

藤左衛門の案内で咲弥たちが中庭に赴くと、城代の家臣や女中たちが見物席と思しきあたりにひしめきあっていた。

立ち合いの場所のまわりには幔幕(まんまく)が張られている。

藤左衛門は立ち合い場所の真中に出ると、扇子を手に、

「双方、出ませい」

と声を甲高く張り上げた。

声に応じて幔幕がはね上げられ、襷がけで鉢巻をした蔵人と清四郎が木刀を手に出て

きた。袴の股立ちをとり、勇壮な出で立ちだ。

これに対し、反対側の幔幕をはね上げて月丹と右平太が、やはり木刀を手に出てきた。月丹は羽織を脱いだだけで襷も鉢巻もしていない。右平太も同じように別段の身支度もせず、片手に木刀をぶらりとさげている。

「まずは冬木清四郎と右平太が立ち合え」

幔幕に囲まれた見物席の中ほどに置かれた床几に座った右近が声を発すると、蔵人は一歩前に出て口を開いた。

「恐れながら、勝負の見届け人はどなたがされるのでござろうか」

「わたしがいたすつもりだが、それでは不承知か」

右近はひややかな笑みを浮かべて言った。

「滅相もございません。されど、われらのような浪人の立ち合いに将軍家弟君ともあろう御方が立ち会ってくださされるとは、あまりにもったいのうございます」

もっともらしい顔をして述べる蔵人を、右近は鼻で嗤った。

「そなたが、わたしの身分を気遣うてくれるとは思いもよらなかったぞ。それで、どうせよというのだ」

「されば、せっかく近衛家の家宰をしておられる進藤長之様がおられるのですから、見届け人をお願いいたしとうござる」

蔵人はさりげなく言った。

咲弥たちのそばで事の成り行きを見守っていた長之は、蔵人にいきなり名指しされて戸惑った顔をした。

　右近が泰然として、

「近衛家の者を見届け人にするのは構わぬ。だが、たとえ近衛家の者の前であろうとも、月丹と右平太は勝負に手加減はせぬぞ」

　と応じると蔵人はうなずく。

「もとより、さように心得ております。わたしと清四郎も手加減いたさぬつもりでおりますゆえ、存分に御覧くだされ」

　右近は笑った。

「よう申した。ならば、高言通りであるか見せてもらおう」

　右近に目でうながされて、長之は渋々、前に出た。

「勝負の見届けを仕ります」

　長之が言葉を発すると同時に、清四郎と右平太は間合いをとって向かい合い、蔵人と月丹は幔幕のそばへ下がった。

　咲弥と香也、清厳、常朝は見物席の片隅で固唾(かたず)を呑んで見守る。

　右平太は片手に木刀をぶらりとさげただけで構えようとはしない。清四郎は腰を沈め、木刀を正眼に構えた。

　そのまま清四郎は横に動いた。

右平太には応じる気配がなく静かに佇んでいる。

——おうりゃ

清四郎が気合を発したが、右平太は柳に風と受け流す。清四郎は一瞬、伸びあがるような動きを見せたかと思うと、また腰を落とした。

同時にするすると無造作に前に進む。見物している者たちが緊張して息を詰めると、清四郎は弾かれたように跳躍して打ちかかった。

かん

かん

木刀を打ち払う音が響いた。右平太は無造作に清四郎の木刀を弾き返しながら、不意にくるりと体をまわして、清四郎に背中を向けた。

目が不自由な右平太は常に立ち合う相手の動きに聞き耳を立てて感じ取り、風で気配を探っていた。背中を向けてもさしたる変わりはない。

だが、背中を向けられた清四郎は、右平太の次の動きが読めずに戸惑った。

清四郎はゆっくりと横に動いた。すると、右平太も背中を向けたまま清四郎の動きに合わせて体をゆるやかにまわす。清四郎は右平太の背中を見つめながら額に汗を浮かべた。

右平太がどのような出方で反撃をしてくるのか読めない。不用意に打ち掛かれば、とっさに体をかわした右平太が木刀で脳天を打ち据えてくるのではないかという気がするのだ。

清四郎は気合を発しつつ、横へ素早く動いた。

その瞬間、右平太は木刀を振りかぶって清四郎の頭を襲った。清四郎はかろうじて木刀を跳ね上げてこれをかわした。

かん

かん

右平太は続けざまに打ち込んでくる。清四郎は懸命にこれを受けた。ようやく打ち込みをしのいだかと思えたのも束の間、右平太はまたもや清四郎に背中を向けていた。

見物席で常朝は、

——ううむ

とうなって、かたわらの清厳に囁いた。

「これはいかん。やられるぞ」

清厳が答える前に、香也が、

「清四郎様は必ず勝たれます」

と祈るように口にした。

「気を静めて口を慎みなさい。うろたえずに清四郎殿の闘いをしかと見届けてこそ、武門の女子ですよ」

咲弥がきっぱりとたしなめた。

咲弥の言葉に香也は黙ってうなずき、真剣に立ち合いを見つめる。

清四郎は、つつっと後ろへ下がった。

右平太は振り向いたが、清四郎を追おうとはしない。先ほどまでと変わらず、木刀を片手にさげて立っている。ゆっくりと背を向けた。

清四郎が打ち掛かってくるのを待つつもりのようだ。

——おおっ

大声で気合を発するなり、清四郎は猛然と右平太に向かって走り出した。

右平太は駆け寄る清四郎を打ち据えようと木刀を脇につけて八双に構えた。あたかも不動明王が持つ降魔の利剣のごとくである。

清四郎が駆け寄れば、頭であれ、肩であれ、一打ちに打ち据えようという気組みだった。

しかし、右平太に打ち掛かろうとした清四郎の気配が突然、消えた。

右平太は、あたりの気配をうかがった。右平太がうろたえる素振りを見せたとき、

（どこに行った——）

——上だ

という月丹の声が響いた。

清四郎は、右平太に駆け寄りながら跳躍し、頭上から襲いかかろうとしていた。

「小癪な真似を——」

右平太は頭上から襲ってくる気配に向かい、木刀を振るった。

がきっ

凄まじい音が響いて、清四郎と右平太の木刀はそれぞれ中ほどから折れた。

右平太は半分に折れた木刀を投げ捨てて歯嚙みした。

「それまで。相打ちにござる――」

長之が叫んだ。だが、清四郎は、がくりと跪いた。

「ただいまの勝負はわたしの負けです」

清四郎は絞り出すような声で言った。

長之が眉をひそめた。

「何を言われる。双方の木刀が折れたのを、いずれ劣らぬ力量であると見たそれがしの見届けが誤っていると言われるのか」

「いえ、さようではございません。剣の勝負でありますのに、わたしは忍びの技の〈天狗飛び切り〉の術を使いました。さもなければ辻様に撃ち据えられていたと存じます。それゆえわたしの負けだと存じました」

清四郎は頭を振った。

忍びの術では幅跳びでは三間（約五・四メートル）、高跳びでは九尺（約二・七メートル）を跳ばねばならないとされている。

清四郎が使った〈天狗飛び切り〉は跳び越えて、闘う相手の背中を斬る技である。

しかし、もともと背中を向けていた右平太に対しては、空中から正面に斬りつけた形となった。このため、右平太は清四郎の〈天狗飛び切り〉を受けとめ、ふたりの木刀は折れたのだ。

清四郎が自らの敗北だと言ったのは、術が破られたからでもあった。

なるほどな、とうなずいた長之は右近に顔を向けて問うた。

「いかがいたしましょうや」

右近は穏やかな表情で答える。

「わたしに是非を問うより、右平太に訊くべきであろう」

右平太は口辺に薄い笑みを浮かべた。

「冬木清四郎は、目が見えぬそれがしに、情をかけたようでござる。そのことが片腹痛うございますが、いずれ真剣にて立ち合うことになりましょう。今日は相打ちにてようござる」

右平太が言い終えると、長之はすぐさま、

——相打ち

と宣した。

立ち上がって一礼した清四郎は、幔幕のそばに下がって控えた。

悔しげに顔を伏せている。

かわって、蔵人がゆらりと出てくる。そして気づいたときには、辻月丹が陽炎のように蔵人と向かい合って立っていた。

月丹の様子には何の気負いも感じられず、動きも流水のなめらかさだった。

長之がふたりの間に立って、

――始め
と告げた。

蔵人は白い歯を見せて笑うと、

「それがし、卑怯を仕る」

とはっきりした口調で言った。

「卑怯とは何事でござる」

長之が訝しそうに訊くと、蔵人は、これでござるよ、と言って手にしていた木刀を地面に投げ捨てた。そのまま腰を落とし、両手を前に出す。

柔の構えである。

蔵人は肥前に伝わる角蔵流柔術に長けている。木刀を捨てたのは、組んでの闘いを月丹に示すために他ならない。

月丹はつめたい目で蔵人を見据えた。

「愚かな、自ら木刀を捨てれば、わしが素手の者は打てぬと思い、木刀を捨てると目論んだのか。さようなことはせぬ。そのかわり――」

言いながらつかつかと幔幕に近づいた月丹は、そこに置いていた刀を手にすると腰に差した。

月丹は試合う場に戻ると、右近に向かって、

「雨宮蔵人は木刀を捨て、組んでの勝負に持ち込もうという腹づもりのようでござる。されど、それがしはさようなことは斟酌いたしませぬ。柔ならば素手でも真剣勝負でございましょう。なれば、それがしも真剣にて相手をいたしとうござる」

と言ってのけた。

右近はからりと笑った。

「さすがは辻月丹じゃ――」

右近は蔵人に顔を向けた。

「どうじゃ。そなたの悪だくみは月丹に見透かされておるぞ。真剣での勝負は勘弁してくれと願うたらどうだ」

蔵人はふてぶてしい顔つきで、

「ご随意になされませ、真剣での勝負は望むところでございます」

と嘯いた。右近は蔵人を睨み据えて、

「後悔いたすなよ」

と低い声で言い捨てた。

「それがし、事において後悔いたしたことはござらぬ」

蔵人が淡々と応じると、右近は目で長之をうながした。長之が短く、

——始めっ

と声をかけると同時に、蔵人はつむじ風のように黒い影となって月丹に向かった。刀の柄にかけた月丹の手を蔵人は押さえつけた。

月丹はどうにかして抜こうとするが、剛力の蔵人に抗えない。それでも月丹は、手に力をこめてじりじりと刀を抜いていく。ふたりは角を突き合わせる猛牛のように押し合っていたが、不意に月丹は腰を入れ、足をからめて蔵人をすくい上げた。蔵人は月丹をつかんでいた手を放し、くるりととんぼを切った。

その瞬間、刀を抜いた月丹は蔵人に斬りつけた。蔵人は弾かれたように後ろに跳ぶ。

これを執拗に月丹が追いかけ、袈裟懸けに斬り下げた。

蔵人はふたたび、とんぼ返りをして刀をかわし、地面すれすれに身をかがめて肩を丸め、両手を前にぶらりと下げた。

蔵人の構えを目を細めて見た月丹は、

「〈無刀取り〉を仕掛けるつもりだな。馬鹿め、わしには効かぬぞ」

と言い放つなり、地面を蹴って斬りかかった。

白刃が光る。

見物席の香也は、思わず、

——父上

と声をもらして目を閉じた。香也の手をぎゅっと握った咲弥は、

「大丈夫です。父上は負けません」

と緊張した声でつぶやいた。

その声が聞こえたのか、蔵人は巧みに刃を避けて、月丹に体をぶつけた。ふたたび二人の体がもつれあったかに見えたそのとき、

「おのれ――」

月丹が右手の甲を押さえてうめいた。月丹のかたわらで、奪った刀を手にした蔵人はにやりとして、左手をかかげて見せた。手には小柄が握られていた。

「貴様、さようなものを隠し持っていたのか」

月丹はいまいましげに蔵人を睨み据えた。

もつれあった際、蔵人はあらかじめ帯に差していた小柄を素早く抜き取り、月丹の右手を突き刺した。さすがの月丹もひるんだその隙をついて刀を奪い取ったのだ。

「勝負あった」

間髪をいれず長之は叫んだ。

「待てっ」

と声を張り上げて床几から立ち上がった右近は、

「ただいまの勝負は無しだ。卑怯なだまし討ちにしか見えぬではないか。勝敗をつけることはわたしが許さぬ」

と大声で告げた。蔵人は抜き身の刀を背に隠し、片膝をついて右近に顔を向けた。

「それがし、勝負の前に卑怯を仕ると申し上げたはずでござる。それゆえ、辻殿は真剣をとっての勝負を挑まれた。そこからは戦場での闘いと同じでござる。それがしに小柄の備えがあることに気づかなかったのは、辻殿の油断でございましょう」

堂々と蔵人が言い放つと月丹は苦笑して片膝をつき、口を開いた。

「小癪にさわりはいたしますが、こ奴の申す通りでござる。たしかにそれがしの油断でございました。右平太同様、いずれあらためて立ち合うしかございますまい」

右近は吐息をついた。

「そうか、試合にかこつけて、この者らを始末しようと考えたわたしの不始末と言うべきかもしれんな」

蔵人は膝を進めた。

「ならば、われらは、このまま引き揚げてもよろしゅうございまするか」

右近は冷然と蔵人を見つめた。

「やむを得ぬ。近衛家の家宰の前で、これ以上の無様は見せられぬゆえな。されど、わたしがこのままには捨て置かぬことを承知しておけ」

「承ってござる」

蔵人は悠然と立ち上がると、刀をその場に置いて、幔幕のそばに戻った。

咲弥と香也、清厳、常朝が笑顔で駆け寄った。

立ち去りかけた蔵人は、ふと振り向いて右近に声をかけた。

「ひとつだけおうかがいしたい。なぜ、わたしに、あのシドッチなる伴天連を会わせたのでござろうか。わたしがキリシタンになるとでも思われたか」

右近は無表情に答える。

「いや、そなたがあの者に会って、何を思うか知ってみたいと思ったまでのことだ」

蔵人はうなずく。

「ならば申し上げましょう。それがしはあの伴天連が持っていた女人の像にいたく感銘を受けました。それは越智様も同じではございませんでしたか」

「なんだと」

右近は息を呑んだ。たしかに青い衣服の聖女の絵は右近も見ていた。

「あの悲しげにいとおしいひとのことを思う女人の像を見て、わたしはわが妻である咲弥のことを思いました。それは越智様も一緒ではありませんか」

右近はせせら笑った。

「なぜ、わたしがそなたの妻のことを思わねばならぬのだ」

蔵人は頭を振った。

「咲弥をではございません。越智様と将軍家は幼いころ、身分をあげつらわれて母上様から遠ざけられたと聞いております。兄弟、力を合わせて正徳の治を行おうとするのは、理不尽に別れさせられた母上様を偲ばれ、力弱き者も生きていける正しき世にしたいと思われてのことではございませんか」

「世迷言を申すな。さようなことはない」

右近は蔵人を睨みつけた。

「さようでござるか。それがしの早とちりならば、何も申し上げることはござらん。ただ、もし将軍家が亡き母上様の面影を偲び、善政を行いたいと思われているのであれば、それがし、さような政のために命を投げ出すのを厭いはしませんぞ」

蔵人はにこりとして言った。右近はまじまじと蔵人を見つめた。

「まことにさように思うのか」

「いかにも。それがし、若きころより、ひとに仕えず、天地に仕えると思い定めて生きて参りました。天道に恥じぬ生き方をしたいと思うたからでございます。将軍家が亡き母上様の心に添う政を行おうとされているのであれば、それは天道に恥じぬ政でございましょう。それがしの志と同じであろうかと存じます」

蔵人は真っ直ぐに右近を見つめた。右近は険しい表情になった。

「なるほど、それがそなたの考えか。われらが目指す〈正徳の治〉のために、その命、投げ出すと申すのか」

「まことに天道に恥じぬ政であるならば、さらに申せば越智様が母君に恥じぬ政であると固く信じておられるならば、いかにもそれがしの命を差し出しましょう」

蔵人がきっぱり言い切ると、右近は吐息をついた。

「何をもって恥じぬというか、わたしとそなたでは考えが違うかもしれぬぞ」

「さようでござろうか。それがしは死んだ黒滝五郎兵衛殿の無念を背負って生きております。また、冬木清四郎は亡き主君、吉良左兵衛様への忠義の心を片時も忘れておりません」

「それがどうしたというのだ」

「されば上様と越智様が亡き母上様を偲ばれるのと同じではございますまいか。誰もがこの世を去ったひとの影を慕いつつ生きているのかもしれませぬ」

蔵人は淡々と口にした後、それがしは、かような歌を存じております、と言って和歌を詠じた。


色も香も昔の濃さに匂へども植ゑけむ人の影ぞ恋しき

かつて清四郎が鞍馬の蔵人の家に泊まったおり、自らの心根を古今和歌集にある紀貫之の和歌に託して書状に認めた歌である。

右近は少し戸惑った様子で耳を傾け、

「影ぞ恋しきか――」

とつぶやいた。

「されば、おのれが恋しく思うのは、誰の面影かを越智様にお考えいただきとうござる」

蔵人は右近に向かって頭を下げた。

右近が答えずにいると、蔵人は清四郎たちをうながして中庭から整然と出ていった。

素早く右近に近づいた月丹が、

「あの者たち、このまま去らせてよろしいのでございますか。冬木清四郎だけでも討ち取る手立てはございますぞ」

と声を低めて進言した。

「雨宮蔵人め、言葉巧みにわたしの殺気をくじきおった。母上のことまで持ち出されては、この場でひとは斬れぬ」

右近は苦笑した。そのとき、幔幕の陰から慌ただしく出てきた武士に耳打ちされた城代の家臣が、急いで右近のそばに寄り、小声で言上した。

「なに、荻原重秀が来ておると申すか」

眉をひそめる右近のかたわらで月丹は目を瞠った。

「勘定奉行の荻原様でございますか」

右近は苦い顔になってうなずいた。

「うむ、荻原めが大坂に来ておるらしい。わたしに何か話があると申して、面会を求めておるようだ」

「それは、ただいまの雨宮蔵人たちに関わる話でございましょうか」

月丹の目が光った。

「おそらくな。あの男は上様の弱みをつかんで生き延びようと躍起になっておる。わたしが上方に赴いたと聞いて、何かあると思い、理由を設けて大坂にまでやって来たのであろう」

右近は藤左衛門を振り向いた。

「藤左衛門、雨宮たちに見張りはつけておるな」

「ぬかりはございません」

藤左衛門は手をつかえて頭を下げた。

「ならば、そなたは荻原の動きをつかめ。奴は間もなくわたしに会いにくるようだが、狙いがあってのことであろう。荻原から目を放すな」

右近に命じられて藤左衛門は顔を上げた。

「勘定奉行は代々、遠国勤めをいたす隠密のうち、根来衆を使っております。そのことをご存じでございましょうか」

「知っておる」

右近はうなずく。

「荻原様を探ろうとすれば根来衆が邪魔いたしましょう。そのおりはいかがいたしましょうか」

藤左衛門の問いに、右近は即答した。

「根来衆たちがわたしのなすことを妨げるのであれば、すなわち上様の命に背くことになる。その場合はかまわぬゆえ、斬り捨てよ」

根来衆は戦国時代、紀伊国の根来寺の僧兵だった。同じ紀州の雑賀衆とともに鉄砲の導入を進め、砲術に長けた特異な軍事集団となった。

天正十三年（一五八五）、根来衆は雑賀一揆勢とともに、豊臣秀吉に抗したため、豊臣軍の来襲を招いて壊滅した後、分かれて各地の大名に仕官した。徳川家に仕えた根来衆は伊賀、甲賀組とともに根来組として隠密を務めるようになった。元々が僧兵だったことから、遠国での探索の際は山伏の姿となるのが習いだった。

隠密同士での争いを気にする風もなく、

「かしこまってございます」

とあっさりと承知する藤左衛門に、月丹は訝しげに、

「隠密同士で争えば血で血を洗う闘いになろう。お主の一存でできることなのか」

と訊いた。藤左衛門はにこりとして答える。

「われら伊賀組が受けねば、甲賀組に話がまわりましょう。それではわれらの面目がござらん。所詮、命には従わねばならんのですから」

「なるほど。悟っているようだな」

月丹が皮肉めいた言い方をするのに応じず、藤左衛門は右近に顔を向けた。

「では、荻原様との面談のおりは天井裏にひそみますが、よろしゅうございますか」

と問うた。右近はうなずき、

「片時も荻原から目を放すでないぞ」

と言い置いた。ははっと頭を下げた藤左衛門は一瞬の間にその場から去った。

右近は幔幕のそばに下がって控えていた城代の家臣を呼び寄せ、

「いまから参るゆえ、大広間に荻原を待たせておけ」

と命じた。城代の家臣が下がった後、右近はしばらく床几に座って考えていたが、やおらつぶやいた。

「荻原重秀まで動き出したとあっては、やはり冬木清四郎をそのままには捨ておけぬ。雨宮蔵人と決着をつけねばなるまい」

月丹と右平太は、

――御意
と殺気を漲らせて応じた。


咲弥をはじめ香也や清四郎、清厳、常朝とともに蔵人が大坂城の城門から出るとすぐさま、白い着物に笠をかぶった巡礼姿の望月千代が近づいてきた。蔵人のそばに寄った千代は、

「雨宮様、これから何処（いずこ）へ参られますか」

と訊いた。

「いったん、道頓堀の相模屋へ行く。お初と長八が待っているであろうからな。その後、

旅支度をととのえて九州の肥前に向かう」

　蔵人はそう言うと、咲弥を振り向いた。

「もはや、われらを受け入れてくれる場所は故郷しかない。国許に帰るぞ。それでよいな」

　咲弥はにこりとしてうなずいた。

「わたくしは何処なりともついて参ります」

　そうか、と嬉しげに言った蔵人は千代にちらりと目を遣り、それとなく口にした。

「とは言っても旅支度をととのえるまで、しばし時がかかろう。その間、隠密につきまとわれては面倒だな」

「おまかせください。つけて来る忍びの者は追い散らしてごらんにいれます」

　千代はひそやかに言った。

「それは、ありがたい。だが、相手は幕府隠密だぞ、大丈夫か」

「隠密頭の磯貝藤左衛門は手強いですが、どうやら配下の者に雨宮様たちを追わせているようです。その者たちであれば、われら〈ののう〉が何とでもいたしまする」

　千代は自信ありげに応じると、すっと離れていった。蔵人は歩きながら清厳のそばに寄って、

「〈ののう〉がわれらを助けてくれるようだ。しかし、隠密の中には手強い者がいるだろうから、〈ののう〉の手に余ることもあろう。すまぬが〈ののう〉の動きに気をつけ

ていてくれ」

と囁いた。

「承知しました」

清厳は答えるなり、つつっと蔵人たちから離れた。付かず離れず後ろからついて行きながら、〈ののう〉の動きに目を光らせるつもりなのだろう。やがて蔵人たちが相模屋についたころには、清厳の姿は一行の中になかった。

蔵人たちが相模屋の土間に入るや否や、お初があわてた様子で飛び出してきた。

「雨宮様、ようこそご無事で――」

お初は目に涙を浮かべている。

「お初、泣いている暇はないぞ、われらは九州に向かうのだ」

蔵人は笑った。

「九州に戻られるのでございますか」

部屋に落ち着いて、蔵人たちと向かい合ったお初は目を丸くした。

「そうだ。そなたたちには随分と世話になったが、ここらでお別れだ。長八もお初も、上方に来てからひさしくなっておるではないか。そろそろ江戸に戻らねば留守を預かる者たちが心配するだろう。厄介をかけた。礼を言うぞ――」

蔵人が頭を下げると、お初と長八は顔を見合わせた。お初が膝を乗り出して、

「そんな、水くさいじゃありませんか。ここまで来たんですから、九州までお供をさせ

てくださいまし」

と言うと、長八も言葉を添えた。

「さようですよ。わたしは飛脚ですから旅慣れております。奥方様と香也様もおられるのですし、旅のお供に女手があったほうがようございます。夫婦ともどもお連れくださいまし」

お初と長八に頭を下げられて蔵人は当惑した。大坂城で右近たちをさんざん翻弄した後だけに、九州へ向かう旅は危ういものになるのは目に見えている。

辻月丹と右平太との闘いは試合という形だったからこそしのげたので、街道や山野で襲撃を受ければ、大坂城での立ち合いのようにうまくはいかないことは明らかだ。

ともに連れていけば、お初や長八の命にもかかわるだろう。しかし、危ない道中だからと断りを言えば、お初たちは意地でもついてこようとするのに決まっている。

蔵人があごに手をやって考え込んでいると、咲弥が口を添えた。

「おふたりのお気持はまことにありがたく存じます。ですが、おふたりとも此度の旅は江戸から上方までの手形で来られているのではありませんか」

咲弥に言われて、お初と長八は、はっとしてふたたび顔を見合わせた。たしかに江戸を発つ前に町役人に届け出てもらった道中手形は京、大坂への旅となっている。

九州まで赴こうとすれば、途中の関所を避けて間道を行くしかないが、あからさまな〈関所破り〉は飛脚問屋のご法度だった。

「九州の外様大名は江戸からの旅人には隠密の疑いをかけて厳しく詮議いたします。たとえ肥前までたどり着けても、とても関所は越えられないと存じます」

　咲弥は言いながら、ちらりと常朝を見た。

　咲弥の言わんとするところを察して、常朝は、

「さようだな。雨宮殿と咲弥様はもともと肥前の生まれで、わたしも一緒なのだから佐賀に入ることもできるが、江戸者であるそなたたちは難しかろう」

　と言った。そして、香也も笑顔で、

「お初さん、長八さん、大変お世話になりました。案じてくださるのはとてもありがたいのですが、わたしも大分おとなになりましたから、父上や母上に迷惑はかけずに九州へ旅ができると思います」

　と言い添えた。

「ではございましょうが、なにぶんにも気がかりでなりません。どうかお供に加えてくださいまし。道中の手形のことならば何とかいたします」

　お初が心配げに再度、懇願すると、香也はあどけなさの残る面差しで、

「清四郎様もいらっしゃるのですから、何も案じることはないと思っております」

　と言って微笑んだ。清四郎が面映ゆそうにしながらも、

「皆様のことはわたしが必ず、お守りいたします」

　と力強く言い切ると、お初はようやく得心がいった顔をした。

「皆様がさように仰せでございますなら、お供してもわたしども夫婦が足手まといになるかもしれませんね」

「そういうことかもしれねえな」

と長八も思い切ったような笑顔で応じた。

「やはりあきらめるしかないみたいですね」

お初はため息をついた。

お初が同行をあきらめて肩を落としたのを見た蔵人はほっと胸をなで下ろした。

「また、会うこともあろう。今生(こんじょう)の別れではないのだから、悲しむことはないぞ」

笑いながら言ったものの、自分の口から出た、今生の別れ、という言葉に蔵人はどきりとした。

右近たちの追跡を振り切って、はたして肥前までたどり着くことができるだろうか。

咲弥と香也を守り通すことができるのか、と不安な思いに駆られた。

その時、お初が何気なく、

「そう言えば清厳様のお姿が見えませんが――」

と口にした。お初の言葉に蔵人ははっと息を吞んだ。

幕府の隠密をまこうとしている〈ののう〉が手強い敵にあうかもしれないから気をつけてやってくれ、と蔵人は清厳に頼んだ。

清厳が遅くなっているのは、〈ののう〉が隠密と闘っているからに違いない。

（しまった。わたしも〈ののう〉を手助けするべきだったか）

　蔵人は唇を噛んだ。

　そのころ大坂城の城代屋敷の大広間で、右近と荻原重秀が向かい合って座っていた。

　重秀は自ら面会を願い出ながら、先ほどから当たりさわりのない話しかしようとしなかった。

　右近は苦笑して、

「荻原殿、そなた、わたしに何ぞ用があったのではないか」

と訊いた。重秀ははたと膝を打った。

「これは話がそれて申し訳ございませぬ。よくこそ、お訊きくだされました。危うく失念いたすところでございました」

「そなたが思い出してくれなければ、わたしも無駄な時を過ごすところであったぞ」

　右近が皮肉な口調で言いかぶせるが、重秀はそれにかまわず言い立てる。

「実は、新井白石殿がそれがしのことを金銀改鋳で私腹を肥やした悪人であるかのように言いふらしておられますゆえ、はなはだ困っております」

　右近は片方の眉をあげた。

「異なことを聞く。そなたは悪人なのか」

　重秀はゆっくりと頭を振った。

「さようなことはございません。また、私腹を肥やしたことなど、これまでにただの一度もございません」

「ならば、よいではないか。ひとの噂も七十五日と申す。根も葉もない噂ならば、ほどなく消えるであろうゆえな」

右近が突き放すような物言いをすると、重秀はくくっと笑った。

「越智様もわたしを悪人なのではないか、とお疑いなのですな。しかし、真の悪人は新井殿かもしれませんぞ」

「馬鹿なことを申すでない。聖賢の道を説く儒学者である白石殿が悪人であるはずがない。新井殿は将軍家の学問の師である。さような世迷言を申すと、お咎めがあるぞ」

右近は目を怒らせて重秀を睨みつけた。

しかし、重秀はなおも笑みを浮かべて話し続ける。

「さように気色ばらず、それがしの話をお聞きください。新井殿はわたしが行った金銀改鋳を悪しざまに言われますが、もとはと言えば、佐渡で金銀の産出量が目減りしていたにもかかわらず、商いは盛んで、金子、銀子がどれほどあっても足らなかったのでございます」

重秀はしたり顔で話した。右近が黙っていると、にやりと笑って話を継いだ。

「それゆえ、小判などの金の分量を減らし、その分、小判が数多く出回るようにいたしました。これによって商人たちは商いに精を出すことができたのでございます。ところが、商人の中にもわたしが行った金銀の改鋳に不満を持つ者が出て参りました」

「ほう、どこの商人が不満を申したのだ」

「上方商人でございます。ご承知のように江戸は小判などの金遣ですが、大坂はじめ、西国は丁銀などの銀遣でございます。最初に行いました金銀改鋳では小判の金を大幅に減らしましたが、丁銀はさほど減らしませんでした。このため銀の相場が高騰いたしました。これにより、上方商人たちは江戸商人との取引で大儲けいたしたのです。しかし、それではよろしくございませんから、宝永三年にいわゆる〈二ツ宝丁銀〉の改鋳を行い、銀の分量を減らしました。これで金子と銀子のつり合いがとれたのですが、上方商人は儲けを失い、わたしを憎むようになったのでございます」

　淡々と述べる重秀に右近はうなずく。

「なるほど聞いてみねばわからぬこともあるな。しかし、そのことと白石殿が悪人だという話はどうつながるのだ」

　重秀はうかがうように右近を見た。

「新井白石殿は長く浪人をしていたそうでございますな。その間に上方の豪商、角倉了仁から知人の娘を娶って跡を継がないか、と誘われたそうではございませんか。そのような話があったのでございますから、いまも親しく援助など受けておられるのではございませんか」

「そのようなことは知らぬ。たとえ、そうであったとしても――」

言いかけて右近は口をつぐみ、しばらく考えをめぐらせてから、

「そうか、銀の改鋳のことでそなたに憎しみを募らせた上方商人が白石殿に手をまわして、そなたを引きずり下ろそうと謀っておると勘繰ったわけか」

と言って笑った。

「それだけではございません。新井殿にはどうも不審なところがございます。たとえば、この大坂城にはいまシドッチなるキリシタンの伴天連が留め置かれているそうでございますな」

重秀はしたたかな顔つきで問うた。

「江戸で尋問を受けるために護送される途中だ。何の不審があろうか」

右近は切り捨てるように言った。重秀は首をかしげて含み笑いした。

「さて、キリシタンはご禁制と決まっております。いまさら何を訊かねばならぬのでございましょうか。伴天連から話を聞きたがるのは隠れキリシタンだけでございます」

重秀はひややかに言ってのけた。

「さようなことはない。先ごろ、わたしもシドッチから話を聞いたぞ。そなたは将軍家弟のわたしに向かって、隠れキリシタンだと申すのか」

右近が厳しい声音で質すと、重秀は笑いながら手を振った。

「滅相もございませぬ。さようなことがあるはずもないことは、それがしとて存じております。ただ――」

重秀はじろりと右近を見据えた。

「ただ、何だと申すのだ」

「新井殿に隠れキリシタンではないかとの疑いをかける者は出てくるやもしれませぬ。さようなおり、越智様にも不審の目が向けられる恐れもございますゆえ、ご用心召されたほうがよろしいかと存じます」

重秀はことさらな猫なで声で言った。

右近は嗤った。

「そなたの言いようはわたしを脅しているとしか聞こえぬが」

「決してさようなことはございませぬ。ただ、それがしの配下である根来組がさまざまな噂を聞き込んでまいります。越智様が上方まで参られたのは、冬木清四郎なる浪人を追いかけてのことだそうでございますな」

鎌をかけるような重秀の問いかけに右近は表情を変えず、口を閉ざしたままで応じない。

重秀は薄く笑った。

「お言葉がないのは、図星であるとのお答えかと存じます。されど、その冬木清四郎をいったん大坂城に留め置かれたのにもかかわらず、先ほど召し放たれたと聞いております。なにゆえでございましょうや」

「さようなことは、そなたに関わりなきことだ」

右近は冷然として突き放した。

重秀は右近に執拗に食い下がった。

「たしかに仰せの通りでございますが、それがしもいつ新井殿に勘定奉行の座から追い払われるかわからぬ身でございます。されば窮鼠(きゅうそ)猫を嚙むではございませぬが、自らの身は自ら守らねばならぬと心得ております」

「それがために、大坂まで来てわたしのまわりを嗅ぎ回っているのだとすれば、不埒なことだと申すほかない」

「いえ、決してさようではございませぬ。此度、大坂に参ったのは米相場の仕組みを何とか変えられぬものかと思案して参ったしだいでございます。こちらに着きましたおり、たまたま耳にしたことを口にしただけでございます。何とぞお許しくださいませ」

重秀は手をつかえ、頭を下げた。

「詫びずともよい。ただこれよりは、いらざることに首を突っ込まず、勘定奉行の職責のみを果たしておればよいのだ」

厳しい口調で右近が言うと、重秀はゆっくりと顔を上げた。

「仰せ、うけたまわりましてございます。なれど、ひとつだけ申し上げたき儀がございます。新井殿は上様の学問の師でこそあれ、勘定奉行のなすべきことは何もご存じありますまい。であるのに、それがしを追放しようと謀るのは、それこそ不埒な所業でございましょう。越智様もご承知おきください。窮鼠は猫を嚙むのでございます」

落ち着いた物腰で言葉を返した重秀はふたたび頭を下げてから、ゆったりと部屋を出ていった。右近は重秀の背中を目で追った後、

「藤左衛門――」

と声をかけた。

「御前に――」

藤左衛門は応じるや右近の前に跪いた。

「荻原め、どうあっても冬木清四郎を捕らえ、われらの秘事を暴くつもりのようだ」

「御意にございます」

藤左衛門は目を光らせて言った。

「油断はできぬ。荻原の命を受けて根来衆が冬木清四郎に近づくようであれば、ことごとく始末いたせ」

「根来衆を、でございますか」

藤左衛門は驚いて顔を上げた。

「そうだ。荻原に秘事を知られては、上様の政の障りとなる」

右近の言葉に藤左衛門は首をかしげた。

「それならば、荻原様の一命をもらい受けたほうが話が早うはございませぬか」

藤左衛門から言われて、右近は苦笑した。

「荻原は幕府の勘定奉行だ。そう容易くは殺せぬ。荻原の命を狙うよりも彼奴(きやつ)の目とな

り、耳となっている者たちを始末いたせ」

かしこまってございます、と手をつかえた藤左衛門は、そのまますするすると後退りした。

手もかけぬのに襖が開き、藤左衛門は頭を下げて跪いたまま、襖の間に吸い込まれるように退いた。と同時に襖が閉まった。

右近は藤左衛門がいなくなると眉をひそめて、

「荻原め、厄介な男が出てきおった――」

とつぶやいた。

そのころ、笠をかぶり白衣を着た巡礼姿の千代は、道頓堀へ向かう道筋にある神社の境内で三人の男と対峙していた。

境内は参道に沿って木々が茂っている。

千代が相手をしている男たちはいずれも行商人や職人の身なりをしているが、藤左衛門の配下の隠密たちだった。

千代は、〈ののう〉に命じて蔵人の跡をつける隠密たちを巧みに一カ所に追い込んだのだ。

行商人のなりをした男が片手を懐に入れて、

「貴様、〈ののう〉だな。われらの邪魔立てをすると、容赦はせぬぞ」

と鋭い言葉つきですごんだ。

「それはこちらが言いたい。雨宮蔵人様たちをこれ以上、つけるのはおやめなさい」

千代は動じない声音で言い返した。

「そうはいかぬのだ」

男たちはすっと分かれて三方から千代を囲んだ。三人とも手練れの身ごなしで短刀を構える。

千代は眉ひとつ動かさずに言った。

「気づいておらぬのですか。すでにまわりは〈ののう〉で囲まれています。毒を塗った吹き矢であなた方を狙っています。このまま立ち去れば何もいたしませぬが、あくまで雨宮様たちを追うと言うのであれば、命はちょうだいします」

三人の男はとっさにあたりの気配をうかがった。行商人のなりをしている男が、ほかのふたりに、

――散れっ
と声をかけてとんぼをきった。職人のなりをしたふたりも瞬時にそれぞれの方角に跳躍した。そのうちのひとりがうめき声をあげてその場に倒れた。首に手を当ててもがいている。

倒れた男の首に〈ののう〉の吹き矢が刺さっていた。苦しむ男を見て、もうひとりの男が、

「おのれ――」

と叫んで枝をつかみ、するすると木によじ登った。樹上に柿色の忍び装束を着た〈ののう〉が吹き矢の筒を手に潜んでいた。

樹上でふたりがもつれあったかに見えたと同時に〈ののう〉は木の上から地面に落ちた。

〈ののう〉は胸から真っ赤な血を流して倒れている。

〈ののう〉の胸を短刀で突き刺した男が隣の木の枝に飛び移ろうとしたとき、まわりの木に潜んでいた〈ののう〉たちが、いっせいに吹き矢を放った。

宙に飛んだ男は隣の木の枝に飛び移れず、そのまま真っ逆さまに地面に落ちた。

男の背中には数本の吹き矢が刺さっていた。男が絶命しているのを見定めた千代は、逃げた行商人の身なりの男を追った。

男は木立の間を縫うようにして走った。

千代は帯から棒手裏剣を抜くなり逃げる男に向かって投じた。

棒手裏剣は男の足に刺さった。もんどり打って倒れた男のそばに駆け寄ろうとした千代は、はっとして足を止めた。

倒れた男のまわりに突如、兜巾（ときん）をつけ、鈴懸（すずかけ）の衣を着て手に金剛杖を持った六人の山伏が立っていた。

山伏たちは、倒れた男をひややかに見下ろした。

「隠密ともあろうものが、女忍風情にやられるとは不覚だな」

山伏のひとりが言うと、かたわらに立つ別の山伏が、

「かような者がいては隠密の名折れだ」

と低い声で言う。それを追うように、そのまた隣の山伏がつぶやいた。

「しくじった隠密を始末するのもわれらの役目だ」

さらに大柄な山伏が、どんと金剛杖で地面を突いた。

「ならば、命をもらうか」

すると痩せた山伏が、

「やむを得まい。これもめぐり合わせだ」

と何でもないことのように続ける。

「そうだとも、そうだとも――」

最後のひとりが節をつけて言うと、金剛杖を振り上げた。ほかの山伏たちもつられたように金剛杖を振り上げる。

倒れていた男は顔をゆがめてあおむけになり、怯えた目で山伏たちを見まわした。

「貴様らは――」

男がさらに何かを言おうとしたとき、

――えいっ
山伏たちはいっせいに声を発すると同時に倒れている男の頭に金剛杖を振り下ろした。

骨がくだける鈍い音がして、男の手足の動きが止まった。

山伏たちは男の脳漿にまみれた金剛杖を何食わぬ顔をして引いた。その様を見た千代は駆け寄ると、

「何をするのです」

と怒鳴った。髭面で眼光の鋭い山伏が振り向いた。

「何をするとは言いがかりにもほどがある。貴様らは、この隠密たちを殺そうとしていたではないか。わしらはそれを手伝ってやったまでだ。文句を言われる筋合いはないぞ」

山伏がよく通る声で言うと、ほかの山伏たちは金剛杖で地面を突きながら、
もっとも
もっとも
と声を合わせて唱えた。千代はすかさず棒手裏剣を帯から抜いて構えた。

「あなたたちは何者です。この男が幕府の隠密だと知って殺したのですか」

髭面の山伏がにたりと笑った。

「知っているとも」

浅黒い顔の山伏がうなずいて、

「わしらも隠密だからな」

とすごみのある声で告げた。

隠密と聞くなり、千代は腰を落とし、身構えた。

「山伏の姿でいるところを見ると、根来衆ですか」

そうとも、そうとも、と山伏たちは声をそろえて言うと、ひと際強く、金剛杖で地面を突いた。

どん
どん
どん
と腹にこたえる音が響いた。

「その根来衆がなぜ、仲間である隠密を殺したのです」

千代は咎め立てする目を山伏たちに向けた。

「邪魔だったからな」

髭面の山伏は答えた。

「何の邪魔なのです」

千代は油断なく身構えたまま、重ねて山伏に訊いた。問答の間にまわりの木立に隠れていた〈ののう〉たちが木から下りて千代を守るように囲んだ。しかし、山伏たちにはそのことを気にする様子はなかった。

髭面の山伏が一歩前に出て、

「われらは冬木清四郎という浪人を捕らえるよう命じられておる。そなたは冬木の居場所を知っておろう。案内いたせ」

と野太い声で言った。

「誰に命じられたのです」

千代に訊かれて髭面の山伏は笑った。

「言えぬな」

山伏が答えた瞬間、千代は髭面の山伏に棒手裏剣を投げ打った。山伏はこれをやすやすと金剛杖で叩き落とした。

「ほう、助けてやったわれらに、随分と乱暴をするのだな」

山伏はほかの山伏を見まわしながら言った。

「その女子は礼を知らぬようだな」

痩せた山伏が言った。大柄の山伏が出てきて千代を睨み据えた。

「懲らしめてやったほうがこの女子のためではないか」

髭面の山伏はにやりと笑った。

「のう、皆、かように申しておるぞ。いかがいたす」

千代は笑った。

「身の程知らずの山伏たちだ。世間は山で暮らしているそなたたちが考えているほど甘くはないと知れ」

千代はさっと後ろに下がった。とっさに七人の〈ののう〉が千代のまわりを囲んで吹矢の筒を構えた。

それに応じて、山伏たちも金剛杖を構えた。

ゆっくりと前に出てきた髭面の山伏は、唇を湿して説いた。

「のう、悪いことは言わぬ。案内せい。さすれば、そなたたちの命を取ろうとは言わんぞ」

「取れるものなら、取ってみよ」

千代が棒手裏剣を投じた瞬間、髭面の山伏は法衣に隠し持っていた黒い玉を地面に叩き付けた。破裂音がして白い煙があたりに広がった。

〈ののう〉たちはいっせいに吹き矢を放ったが、矢は空を切るばかりだ。

「退けっ」

危険を感じて、千代は叫んだ。

〈ののう〉たちが逃げようと踵を返したとき、白煙にまぎれて眼前に現れた山伏たちが金剛杖を振った。すると金剛杖の先端から鎖分銅（くさりぶんどう）が飛び出した。杖の中に鎖分銅を仕込んだ、

――振り杖
である。逃げようとした〈ののう〉の足に鎖分銅が巻き付いた。うっとうめいて倒れた〈ののう〉を、大柄の山伏が金剛杖で打ち据える。

浅黒い顔の山伏が鎖分銅を別の〈ののう〉の首に巻き付けて引き倒した。そのそばで

金剛杖を回して次から次に〈ののう〉を打ち据えようとした山伏の背に、千代は棒手裏剣を投じた。

棒手裏剣が背をかすめ、身を伏せた山伏は瞬時に体を反転させ、千代に向かって金剛杖を振り下ろす。

さらに棒手裏剣を投じようと構える千代の腕に、鎖分銅が蛇のようにからみついた。

千代はとっさに地面に転がって鎖分銅のからみから逃れた。

「おのれ――」

山伏が再度、千代に打ち掛かろうとしたとき、間に割って入った黒い影が金剛杖を弾き返した。

「何者だ」

怒鳴る山伏の前に半棒を構えた清厳が立っていた。

「何者だとはこちらの言うことだ。お主らは、山伏のなりをしているからには修験の僧であろう。仏道修行の身で女人を殺傷するとは何事だ」

清厳に大声で一喝されて、一瞬、山伏たちはたじろいだが、髭面の山伏が金剛杖を振り上げ、

「戯言(たわごと)は冥途で言うことだな」

と言い放って、猛然と打ち掛かった。清厳が半棒で受けた反動で金剛杖の先端から鎖分銅が飛び出し、清厳の首に危うく巻き付きかけた。

清厳は身を沈めてこれを避ける。軽やかな身のこなしで髭面の山伏の足元めがけて跳ぶや、半棒で両足を薙ぎ払った。髭面の山伏は清厳の半棒を避けきれずに転倒した。

「こ奴」

〈ののう〉を追い回していた山伏たちがいっせいに清厳に打ち掛かろうとした。そのとき、千代が、

――吹き矢を

と鋭く叫んだ。清厳が山伏たちの相手をしている間に、千代は倒れた〈ののう〉を助け起こしていた。逃げようとしていた〈ののう〉たちは千代の叫ぶ声を聞いて踏みとどまり、清厳に迫っていた山伏たちに吹き矢を放った。

山伏たちは袖で顔をおおってこれを避けたが、手や足に吹き矢は突き刺さった。身を翻して次々に飛んでくる吹き矢を払ったが、山伏たちは刺さった吹き矢の毒が回って足元がふらつく。

よろめく山伏たちを清厳が容赦なく半棒で打ち据えていく。そのとき、

だーん

鉄砲の音が響いた。清厳と千代や〈ののう〉たちは地面に身を伏せた。

まだ薄く漂っていた白煙の向こうから、ひとりの山伏がゆっくりと近づいてくる。手に短筒の、

――馬上筒

を構えている。清厳に打ち据えられて地面に膝をついていた山伏たちが振り向いて、

「お頭――」

とうめくように言った。

新たに現れた山伏は顔を黒い布で覆い、目だけを出している。背後に従っている配下の山伏がたったいま発射したばかりの馬上筒をお頭と呼ばれた山伏から受け取り、素早く弾を込めた。常に馬上筒を二挺（ちょう）持ち、連射するのだ。

お頭と呼ばれた山伏はゆっくりと近づいて、

「〈ののう〉を見つけたのなら、なぜ短筒で討ち取らぬ。手間暇かけるゆえ、邪魔者が出てくるのだ」

と低い声で言った。山伏たちはそろって片膝つき、頭を下げた。髭面の山伏が、

「申し訳ございません。町中で鉄砲の音をさせては騒ぎになろうと思いまして」

「さようなことはかまわぬ。ひとが集まる前に去ればよいことだ。われら根来者の武器は火術であることを忘れるな」

なおも抑えた声で言いながら山伏は馬上筒を静かに構え、清厳に狙いを定めて言葉を継いだ。

「何者か知らぬが、いらざる邪魔立てをしたな。僧形の者をむやみに殺したくはないが、やむを得ぬ」

山伏が引き金を引こうとしたとき、

「それは少し待ってもらおうか」

とゆったりとした男の声がした。

とっさに山伏は清厳たちの後方の樹上に向かって馬上筒を放った。

だーん
雷鳴のような音が響いて、樹上から全身黒ずくめの忍び装束の男が落ちてきた。しかし、弾は当たっていない様子で、忍び装束の男はゆらりと立ち上がった。

「あいかわらず、気短じゃのう。根来の幻斎殿」

笑みを含んだ声で言いながら、男は口をおおっていた頭巾を指でずらして顔をさらした。

磯貝藤左衛門だった。

「やはりお主か。われらの邪魔をするつもりか」

幻斎と呼ばれた山伏はひややかに応じる。

「何を言う。すでにわたしの配下がお主らに殺されておる。邪魔をいたしておるのはそちらではないか」

藤左衛門は言いつつ幻斎に近づいた。幻斎は配下が差し出した馬上筒を手に取ると藤左衛門に筒先を向けた。

「それ以上、近づくと命はないぞ」

幻斎が鋭く言うと、藤左衛門は素直に足を止めた。しかし、にやりと笑って、

「命がないのはそちらも同じだろう」

と言い返した。幻斎は首をかしげ、目を閉じてあたりの気配を探ると、瞼を上げ、藤左衛門に鋭い視線を注いだ。

「配下を率いてきたか」

「いかにも。ひとりで来るほど向こう見ずではないゆえな」

藤左衛門は薄く笑いながら言った。

「何やら火縄の臭いがするぞ」

「われらにも鉄砲の備えぐらいはあるゆえな」

言うなり、藤左衛門は口に指をくわえて指笛を吹いた。落ち葉にまぎれて地面に伏し、身を潜めていた黒装束の忍びの者たちが六人ほど鉄砲を構えて立ち上がった。

「隠形しておったのか」

つぶやくように言う幻斎の言葉を聞いて、藤左衛門はにやりとした。

「どうであろうか。今日のところは引き分けで、いったん矛(ほこ)を収めては。隠密同士が戦うのであれば、もっとひと目につかぬ場所でなければなるまい」

「言うに及ばず」

幻斎はすっと後退った。ほかの山伏たちも足並みをそろえて幻斎に続いて退く。馬上筒を手にしたまま後退りした幻斎は、不意に背を向けて去っていった。

藤左衛門のそばに黒い忍び装束のひとりが寄って、

「お頭、根来者たちをこのまま見逃してよいのでございますか。いま、討ち取ったほうが手間が省けますぞ」

と囁いた。

「いや、根来の幻斎の火術は侮れぬ。いま討ち取ろうとすれば、こちらも死人がさらに出るぞ」

藤左衛門はさりげなく言い置いて、清厳に近づき、頭を下げた。

「このたびは千代殿をお助けいただき、ありがたく存じます」

礼を言われて清厳は怪訝な顔をした。

「千代殿をはじめ〈ののう〉は皆でわれらを守ってくれている。だから助けたまでのこと。礼を言われる筋合いはないと思いますが」

清厳が言うと、かたわらで千代も口を開いた。

「さようでございます。あなたは口をはさまないでください」

手厳しく千代に言い立てられて、藤左衛門はおどけた表情になった。

「はて、想う女子を守ってもろうた礼も言えぬとは辛うござるぞ」

清厳は眉を曇らせた。

「おふたりにいかなる関わりがあるか拙僧は存じません。だが、まずは命を失った者たちの亡骸を葬るのが僧侶の務めでございます。慎んでいただきたい」

清厳が言うと、藤左衛門は真面目な顔になって頭を下げた。

「ご無礼つかまつった。わたしはどうもへらず口が過ぎるようでございますな」

千代はため息をついた。

「やっと気づかれましたか」

うなずいた藤左衛門は清厳に顔を向けた。

「お詫びのしるしに申し上げるが、ただいまの根来者たちは、勘定奉行の荻原重秀の命で動いております。同じ隠密とはいえ、われらとはつながりがござらぬゆえ、何をいたそうとしておるのかわかりません。ただ根来の幻斎は酷い忍びゆえ、ご用心なさるがよい」

「では、あの者たちは、雨宮殿たちを狙っておるというのですか」

清厳が訊くと藤左衛門は口辺に笑みを浮かべて答えた。

「そのこと、間違いはございますまい」

言い終わると藤左衛門は厳めしい顔つきで振り向き、

「いつまでも屍をさらしておけぬ。運ぶぞ」

と配下の者たちに声をかけた。神社の境内に散らばる亡骸を黒装束の男たちがかつぎ去るのを見とどけた藤左衛門は、

「ご免——」

と清厳に声をかけて、瞬く間に走り去った。

十一

清厳は、蔵人たちが身を寄せている道頓堀の飛脚問屋、相模屋に向かった。

千代はいつの間にか姿を消している。根来衆が執拗に追ってくるかもしれないと警戒しているのだろう。

相模屋に着いた清厳は人目を憚(はばか)って托鉢を装い、店の裏手にまわった。すでに宵闇がせまっていた。店の者に声をかけて蔵人を呼んでもらい、小部屋でほかの者を交えず話した。

根来衆という思いがけない新たな敵が現れたことを、ひそかに告げるためである。

清厳と向かい合って座った蔵人は、根来衆に襲われたという話を聞いて顔をしかめた。

「そうか、さような者たちまで出てきたのか」

「幕府隠密の磯貝藤左衛門の話では、根来衆は勘定奉行の荻原重秀の命で動いているようなのです」

清厳は言葉を添えた。蔵人は眉をひそめる。

「幕府内部の争いにまでなってきたのか。越智右近の胸三寸でどうにかなるかもしれぬと思ってあ奴の懐に飛び込んでみたが、荻原まで出てきたとあっては、どうやらうまく切り抜けるのは難しいようだな」

「どうされますか」

清厳に訊かれて蔵人は苦笑した。

「どうしようもない。九州へ一刻も早く行くまでだが、通行手形を得るのに時がかかる。それまで、どうしのぐかだ。さらに、大坂から海路をとって博多まで行くか、それとも陸路を行くか、ここは思案のしどころだな」

「日和さえよければ、船のほうが早く博多に着きましょう。まして咲弥様と香也殿をつれての旅なれば、海路のほうがよいかと思われますが」

清厳は考えをめぐらしつつ言った。

「それはそうなのだが、もし、船中で襲われでもすれば、逃げ場はない。船を沈めなどするなら、ほかの旅人に迷惑がかかるだろうしな」

「それはそうですが」

清厳は眉根を寄せてしばらく考えてから口を開いた。

「こうしてはいかがでしょう。常朝殿に、咲弥様と香也殿に付き添って船で博多へ向かうよう頼み、わたしたちは、山陽道を参りましょう」

蔵人は同ずる素振りを見せず、黙ってあごに手をやった。

清厳は怪訝な顔をして言葉を継いだ。

「清四郎殿はわれらとともに九州へ参ることに難色を示しましょうか」

「根来衆は清四郎を見逃さないであろうからな。それに、わたしたちと分かれて船で行くとなれば、咲弥も香也も納得はせぬであろうな」

蔵人がため息をつくと、清厳は諭すように言った。

「それを得心させるのは夫であり、父である蔵人殿の役目でございましょう」

「まあ、そういうことになるが」

蔵人は浮かぬ顔でうなずいた。


蔵人と清厳が店の裏手で話し合っていたとき、相模屋の庭先で香也と清四郎は言葉をかわしていた。清四郎が庭で物思いにふけっているのを見て香也が声をかけたのだ。

闇が深くなっていた。

「清四郎様、わたしたちとともに九州に行ってくださるのでございますね」

香也はたしかめるように訊いた。

「雨宮様からさように言われましたので、そのようにいたそうと思っております」

清四郎は目を伏せて答える。

目を合わせて話をしない清四郎に香也は顔を曇らせた。

「では父上から言われなければ、清四郎様はわたしたちと一緒に行ってくださるお気持にならなかったのでしょうか」

「いえ、そうではありません。香也殿をお守りしたいと思っております。ですから九州に参ります」

清四郎は自分に言い聞かせるように言う。

「九州の肥前にたどり着いたら、どこかへ行かれるおつもりなのですか」

目に涙をためて香也は訊いた。

清四郎は顔をそむけてつぶやくように答える。

「わたしは幕府に追われている身です。わたしがいると皆さまに迷惑がかかります」

「まだ、そのようなことを言われるのですか。父上は清四郎様もわたしたちと同じ家族だと言われました。家族なら苦しい思いをともにするのは当然ではないでしょうか。決して迷惑だなどと、わたしたちは思いません」

香也が悲しげに言う。

「家族だと思うからこそ、悲しい思いを香也殿にさせたくないのです」

清四郎はようやく香也の目を見つめた。

「もし、わたしを守るために雨宮様が命を落とすようなことになったらどうします。そのとき、香也殿はわたしを恨むのではありませんか」

香也はゆっくりと頭を振った。

「さようなことはございません。父上はいままで間違ったことはなさいませんでした。父上が命を落とすような目に遭ったとしても、それは父上がなそうと思うことのために違いありません。決して父上は間違ったりはいたしません」

清四郎はため息をついた。

「わたしは忍びの家に生まれ、親子の情愛というものをよく知りません。なぜ、そのように父上を信じられるのですか」

「母上が信じておられるからです。母上は父上と夫婦になってすぐのころ、心を許そうとしなかったそうです。婚儀のおりに母上は、父上に自身の心を示す和歌を求められ、父上は十七年かけて心に適う和歌を届けたのです」

香也は思い入れを込めて告げた。

「わたしには、眩しすぎるお話です」

「でも、わたしは清四郎様とさように思いが通う夫婦になりたいと思っているのです」

香也はほんのりと頬を染めて言った。

「わたしは――」

清四郎は何か言いかけたが、言葉を飲み込み、口を閉ざした。

「清四郎様――」

思いがあふれて、香也は清四郎のそばに寄ろうとした。清四郎は頭を振って香也を手で制した。

「どうか、そのままでいてください。わたしはこれまで死ぬことばかりを考えてきました。しかし、いまは雨宮様を頼りに香也殿とともに生きたいと思っています。ですが、そう願うことは許されないのではないかと思うのです」

「どうしてさように悲しい思いを抱かれるのでしょうか。人は誰しも幸せになっていいはずだと思います」

「それは、罪を、犯していなければです」

清四郎は途切れ途切れに言った。

「清四郎様が何をなされたか、わたしは詳しいことは知りません。ですが、亡き吉良左兵衛様の仇を討つためになされたのだ、ということは知っております。もし、清四郎様が自分がしたことを罪であると思われるのであれば、吉良家の血を引くわたしも、ともに罪を背負わねばならないと思います」

香也は真剣な眼差しで清四郎を見つめた。

「さようなことはさせられません」

清四郎がきっぱり言うと、香也は恐る恐る訊いた。

「許嫁であるわたしが、清四郎様の罪をともに背負いたいと思ってはいけないのでしょうか。もう、清四郎様はわたしのことを許嫁だと思っておられないのですか」

「いや、そんなことはありません」

清四郎がうろたえて答えると、香也は涙が一筋、頬を伝う顔を寄せて訴えた。

「でも、清四郎様は決して心の内を語ってはくださいません」

「いままでも、そしてこれからもわたしが香也殿を大切に思う気持に変わりはありません」

清四郎は思わず香也の肩に手をまわした。香也は清四郎の胸に頬を埋めながら、和歌をつぶやいた。

　春ごとに花のさかりはありなめどあひ見むことはいのちなりけり

蔵人が幾多の試練を乗り越えて咲弥のもとに届けた和歌である。

(父上、母上、わたしもいま、命の出会いを知りました)

香也は目に涙をあふれさせて、そう思った。


そのころ咲弥と常朝は座敷で話をしていた。

「ようやく咲弥様に、肥前にお戻りいただけることになりましたな」

嬉しげに常朝が言うと、咲弥は心もち首をかしげた。

「さて、しばらくの間、戻りはいたしましょうが、そのまま居つくことになるかどうかは、蔵人殿しだいでございましょう」

「何の、雨宮殿にとっては咲弥様はこのうえなく大切なおひとなのですから、咲弥様のよきようにするに決まっております」

常朝は自信ありげに言った。

「それはさて置き、わたくしが肥前に帰ることの善し悪しは、まだわからないと思いますが」

咲弥は微笑んで言った。

常朝は身を乗り出して言葉を継いだ。

「咲弥様、花は土で咲くものでございます。そして、その花を見事に開かせるのに最も良き土は故郷の土でございますぞ。先祖伝来の故郷の土こそ、咲き誇る花にふさわしいのです」

「そうに違いないとは思いますが、そう言い切られますと、女子は花としてしか生きられぬと言われている気がしてしまいますね」

咲弥が言うと、常朝は激しく頭を振った。

「滅相もない。女人は花として生きるのではなく、生きることがすなわち花なのでございます」

「では、殿方が生きることは何にたとえられるのでしょうか」

「花に注ぐ雨であり、遠くから何かを伝える風であり、さらには花に照りつける熱い陽射しを生い茂らせた枝葉の影でやわらげる大樹でございましょうか」

淡々と言う常朝に咲弥は目を瞠った。

「はて、孔孟(こうもう)の教えにさようなことがございましたか。初めて耳にしたような気がいたします」

ははっと常朝は笑った。

「何の、初めてではございますまい。雨宮殿は常にかように生きておられるのではございませんか。咲弥様は、ご自分の頭上で熱い陽射しをやわらげてくれている大樹の影を感じたことはないのでございますか」

咲弥は常朝の言葉にはっと胸を突かれた。

「たしかに日ごろ、蔵人殿の仁慈を当たり前のことといたしてきたかもしれません。もし大樹の影が無くなれば、そのときは随分と寂しい思いがして、影を恋い慕うのでしょうね」

「さよう、花も大樹も身を安んじられる故郷の土のもとへ戻られるのが、一番よろしいのです」

常朝は自信ありげに胸を張って言った。

咲弥はうなずきつつも、もし、いつか蔵人という大樹が自分から去る日が来たらどうしたらいいのだろう、と以前にも感じた不安があらためて胸に去来するのに戸惑いを覚えた。

翌日――、一晩、寝ずに考えた蔵人は、これからどの道を通って九州へ赴くかについて皆を集めて話した。

「わかりやすく言えば、わたしと清厳、清四郎は山陽道を行く。常朝殿には、咲弥と香也とともに海路を博多に向かってもらいたい」

「なるほど、よい思案じゃ」

常朝はわが意を得たりという風に、ぴしゃりと膝を打った。

常朝が膝を打つのと同時に香也が、

「それは困ります」

ときっぱりした口調で言葉をはさんだ。蔵人は香也に顔を向けた。

「なにゆえだ」

「わたしは、清四郎様と離れ離れになるのは嫌だからでございます」

香也は蔵人の目を真っ直ぐに見て言った。

蔵人は顔をしかめて口を開いた。

「わたしが言ったことを聞いていなかったのか。一緒にいては危ないゆえ、分かれて参るのだ。そなたの申していることは皆を危うくする我がままだぞ」

蔵人がなだめるように言い聞かせるが、香也はなおもすがるように言い募る。

「わたしは我がままを言っているつもりはありません。家族は離れ離れになってはいけないと思います」

香也の言葉を聞いて清四郎は顔を伏せた。

「先々、ともに暮らすためにしばらくの間、分かれると言っておるのだ。それがわからぬのか」

蔵人が厳しい声音で言うと咲弥が口を添えた。

「お前様、わたくしも十七年もの間、お前様と離れていたおりは辛うございました。香也の申すこともわからぬではございません。なろうことなら、かなえてやりたいと思います」

得心させようと口を開きかけた蔵人を清厳は手で制した。

「蔵人殿、ここは香也殿の気持も考えてしかるべきでございましょう。無理に二手に分かれても、得心がゆかずに香也殿がわたしたちの後を追ってくれば同じことです」

清厳が淡々と言うと、蔵人は腕を組んだ。

「そうされては困るが、ほかに手はあるまい」

「いや、ひとつだけあります。わたしたちは山陽道を参り、清四郎殿には香也殿たちとともに船で九州に行っていただいてはどうでしょう」

清厳のとりなす言葉を聞くなり清四郎が顔を上げて、

「それでは咲弥様と香也殿に危害が及ぶやもしれません」

と張り詰めた表情で言った。清厳は微笑んで答える。

「咲弥様たちに害が及ばぬように、清四郎殿には身なりを変えていただきます」

「身なりを――」

怪訝な顔をして考え込んだ清四郎は、はっと思いいたった顔になった。

「女子の姿になれと言われますか」

清四郎は顔を曇らせた。

「さようです。蔵人殿とわたしが先にここを出れば、追手の目を引き付けることができるのです」

ましょう。その間に清四郎殿は女人の姿を装って港に向かい、咲弥様たちと同じ船に乗

清厳が言うと、またもや常朝が膝を打った。

「なるほど、それは名案ですな」

常朝の軽佻(けいちょう)な言葉を聞きながら蔵人は首をかしげた。

いかに清四郎がうまく女人の姿を装うことができようとも、越智右近の手の者なら易々(やすやす)と見抜くだろう。とはいえ、根来衆は清四郎が忍びで女人に化ける術を心得ているとは知らないのではないだろうか。

(〈ののう〉の千代殿の手を借りれば、うまくいくかもしれぬ)

そう考えた蔵人が、

「わかった。清厳の言う通りにしてみるか」

とあっさり言うと、香也の顔がぱっと明るくなった。

「父上、まことでございますか」

声を弾ませる香也に、蔵人は渋い顔をした。

「まことだが、そなたの言い分を通したわけではないぞ。清厳の言うのももっともだと思ったまでだ」

香也は蔵人の言葉に神妙にうなずきながらも嬉しげに微笑んだ。

しかし、清四郎はなおもうつむいたまま沈んだ表情で考え込んでいた。

その日の夕刻、相模屋の女中が夕餉の膳を蔵人たちが集う部屋に運んできた。少し離れて当てられた部屋にいる清四郎と常朝を清厳が呼びにいった。だが、間を置かずに常朝とともに部屋に戻ってきた清厳は、当惑した顔で蔵人に、

「蔵人殿、困ったことになった。清四郎殿が部屋から抜け出したようだ」

と言った。肘枕をして寝そべっていた蔵人はがばと起き上がった。

「なんだと――」

蔵人の前に座った常朝が、書状を差し出しながら、

「すまぬ。わしが気をつけておればよかったのだが、いつの間にか清四郎殿はかようなものを書き置きして出ていったようだ」

としおれて頭を下げた。すぐさま書状を手にした蔵人は、開いてざっと読んだ。

清四郎の書き置きには、

それがしのこと御放念下されたく候

皆様のご恩忘れませぬ。香也様とのご縁、もはや無きものと思し召し下されたく、まことに申し訳なく、伏してお詫びいたし候

冬木清四郎

と記されていた。蔵人は書状を投げ捨てた。

「清四郎め、ひとりで闘って死ぬつもりだぞ」

蔵人は顔を曇らせた。何事か考えるように蔵人は眉間にしわを寄せた。そんな蔵人の様子を見ながら清厳は書状を拾い上げて目を通し、

「まだ、遠くへは行っておりますまい。しかし、どこへ向かったのでしょうか」

とつぶやくように言った。清厳もまた、清四郎が自ら死地へ突き進んでいるのではないかと思って眉を曇らせた。いままで何度も死地を脱してきたものの、ふた組の隠密に追われてしのげるのだろうか、と案じられた。

「亡き吉良左兵衛様の墓前で腹を切ろうと考えておるのなら、中仙道を諏訪へ向かうかもしれぬ。それとも、江戸に出て咎めを受けるつもりなら、東海道を下るであろうな。しかし、おそらくいずれでもあるまい。清四郎がいま考えておるのは、追手をひとりで引き受けることであろう。だとすると、わたしたちに先んじて山陽道を駆けるのではなかろうか」

蔵人はちらりと清厳を見た。清厳は大きく首を縦に振った。

「わたしもそう思います。清四郎殿はかねてから、すべてをひとりで背負わねばならぬと思い定めていたようですから」

「その考えがまわりに迷惑だということに思いいたらぬのであろうか」

蔵人が慨嘆すると、常朝は笑った。

「まことによく似ていますな」

「笑いごとではない。誰に似ているというのだ」

蔵人が目を怒らせると、常朝は人差し指を突き出した。

「雨宮殿に決まっておる。冬木清四郎殿とは義理とはいえ、似た者親子になりましょう」

「馬鹿なことを言う」

蔵人が吐き捨てるように言うと、

「わたくしもさように存じます」

といつの間にか部屋の前の縁側に控えていた咲弥が言葉をはさんだ。咲弥の後ろに香也が緊張した面持ちで立っている。

香也をうながし、部屋に入って蔵人のそばに座った咲弥に、清厳は手にしていた書状を差し出した。咲弥は落ち着いて文字に目を走らせた後、香也に渡した。香也はいそいで書状を読んで、

「わたしが一緒に九州に参りたいなどと口にしたので、清四郎様はひとりで行ってしまわれたのでしょうか。申しわけないことをしてしまいました」

と嘆いた。蔵人は厳しい顔になり、

「悔いたところで始まらぬ」

と言い捨てた。そして、咲弥に顔を向けた。

「わたしと清厳は、いまから清四郎を追う。そなたは、二、三日、様子を見てから常朝殿とともに船で九州へ向かえ。わたしは清四郎の首に縄をつけてでも肥前に連れていく。そなたが船に乗れば、〈ののう〉の千代殿が手配りして守ってくれよう」

咲弥は表情を引き締めた。

「わかりましてございます。清四郎殿を必ずお連れくださいませ」

「わかっておる。わが家の大事な婿殿だ。決して死なせたりはせぬ」

蔵人は淡々と言った。そのあっさりとした声音を聞いて、咲弥は何気なく言葉を重ねた。

「清四郎殿だけではありません。お前様にも無事に戻っていただかねばなりません」

蔵人はすぐには応じる言葉を口にしなかった。黙って咲弥を見つめているだけだ。

静かな目である。

咲弥ははっとして、

——お前様

と声をかけると、蔵人は我に返ったように瞬きして、

「おお、清四郎がどこへ行ったのであろうと考えていた」

と言った。咲弥は念を押すように言い添えた。

「清四郎殿だけでなく、お前様も無事に肥前にお着きください、と申し上げました」

「安心してくれ。わたしはいままで何事も切り抜けてきたではないか」

蔵人が笑顔で言うと、咲弥は眉をひそめた。

「はい、さようでございます。とは申しましても、気にかかりますのは清四郎殿同様、お前様もすべてをひとりで背負い込もうとする方だからでございます」

案じるように言う咲弥に、蔵人はからりと笑った。

「心配はいらぬ。さようなことを案じるより、そなたたちこそ、無事に肥前にたどり着いてくれ。そばにいてやれぬだけに、気が気でないのだぞ」

蔵人の言葉に咲弥はようやく笑みを浮かべた。

「わかりましてございます。では、小城でお待ちしておりますゆえ、必ず清四郎殿とともに来てくださいませ」

「大丈夫だ。必ず、参る」

きっぱり言い置いて蔵人は立ち上がった。床の間の刀掛けから両刀を取ると、清厳をうながして部屋を出た。咲弥たちは縁側に出て蔵人と清厳を心配げに見送った。

蔵人と清厳が相模屋を出たときには、すでに日は暮れていた。

蔵人は足を速めた。清厳は一町ほど黙ってついていったが、不意に口を開いた。

「しかし、わたしは蔵人殿が咲弥様にできぬと思っている約束をするのを初めて聞きました」

「できぬ約束だと、何の事だ――」

蔵人はそっぽを向いて答えた。

「清四郎殿が死を決しているのを察した際、蔵人殿は清四郎殿の身代わりになって死のうと覚悟を定めたように見てとれました。違いますか」

「さてな」

蔵人ははかばかしい答えを口にせず、道を急ぐ。しばらくして、

「清四郎を追っているのはふた組の公儀隠密だ。しかも追わせているのは将軍家の実弟、越智右近と辣腕で知られる勘定奉行の荻原重秀だぞ。清四郎の命を救うためには、わたしの命ぐらいは捨てねばなるまい」

と低い声で言った。

「やはりそうでしたか」

「清厳、もしわたしが死んだら、咲弥に約束を破ったことを詫びてくれ。なに、生涯で一度だけのことだ。咲弥も許してくれるだろう」

「それは辛い役目です。できれば、わたしも蔵人殿と冥途への旅を共にいたしたいと思っています」

清厳が静かに言うと、蔵人は言葉を発した。

「ならぬ。わたしがいなくなった後、誰が咲弥の相談相手になってくれるのだ」

月明かりはあるものの、道の行く手は黒々とした闇におおわれている。蔵人は闇にまぎれて影のように道を急ぎながら、

——咲弥を頼む

と囁くように言った。

古代、京都から〈遠(とお)の朝廷(みかど)〉大宰府に通じた山陽道は、

——かげとものみち

あるいは、

——とものみち

などとも呼ばれた。遠い昔、山陽道は五畿七道に入っていたが、江戸時代に幕府が制定した、東海道、中仙道、日光街道、奥州街道、甲州街道の五街道に入れられず、主要な脇往還のひとつとされていた。

この時代は大坂の高麗橋(こうらいばし)から出発し、第一の宿場である尼崎(あまがさき)から九州、豊前の大里(だいり)まで五十一の宿場がある。山々が連なる街道沿いには龍野(たつの)、赤穂、備中松山(びっちゅうまつやま)、福山(ふくやま)、岩国(いわくに)、串崎(くしざき)城が続き、海路の港でいえば兵庫、尾道(おのみち)、三田尻(みたじり)、下関(しものせき)が宿駅でもあった。

陸路は五街道に入れられなかったものの、山陽道は商港が発達した。かつては西国周辺の物資を運ぶ内海航路だけだったが、北前船の西廻り航路が開発されると、下関を周回して北国の物資が廻送されるようになり、港はさらに繁盛した。

一晩、歩きとおした蔵人と清厳は未明に、松並木の続く街道を尼崎から西宮を目指して進んでいた。夜が白々と明けるころ、編笠をかぶり、三味線を持った鳥追い女がすっと近寄ってきた。鳥追いとは、鳥追い唄を歌って祝言を述べる門付(かどづけ)芸人をいう。

蔵人がちらりと目を遣ると、編笠の下から千代の顔がのぞいた。

「雨宮様、お探しの清四郎様はまっすぐにひとりで山陽道を行かれております。おそらく、いずこかで根来衆を引きつけて戦われるつもりではございますまいか」

千代の言葉に蔵人は苦い顔をした。

「やはりたったひとりで受けて立つつもりのようだな。相変わらず、清四郎はわれらを頼ろうとはせぬな」

「いえ、清四郎様には守らねばならぬひとができたからこそ、ひとりで立ち向かおうとされているのではありませんか」

「守らねばならぬひとだだと？」

「香也様でございます」

千代は含み笑いして言った。

「香也ならば、わたしが守るに決まっておる」

「とは申せ、雨宮様は咲弥様をまず守ろうとなされましょう」

千代に言われて蔵人は顔をしかめた。

「女子は自分をいの一番に守ってくれるひとをありがたく思うのでございます」

千代の声にはやわらかな響きがあった。蔵人がぶしつけに、

「千代殿も随分と艶冶(えんや)になられた。なんぞ好いことでもあったのか」

と訊いた。千代は珍しく慌てた様子で、何もございませぬ、と応じるなり離れていっ

た。

　蔵人は千代の後ろ姿を見送ってから、清厳に顔を向けた。

「清四郎め、根来衆を誘っておるつもりかもしれぬが、右近たちも後を追っているに違いあるまい。待ち受ける場所が死地となるぞ」

「覚悟の上なのでしょう。あるいは、清四郎殿は自らが大切と思う女人のために闘って死ぬことを真の幸せだと思っておるのかもしれません」

　清厳が淡々と言うと、蔵人は憤慨したように、

「だから、香也はわたしが守っておると言っているではないか。清四郎がいらざる思い入れをせずともよい」

「されど、婿となる男が香也殿の生死も気にかけぬようでは困るのではありませんか」

　清厳は笑いながら言うと足を速めた。

　折あしく、雲が低くなってきた。間もなく雨になりそうだ。

　清四郎はすでに西宮から夙川(しゅくがわ)を渡って芦屋(あしや)に入っていた。

　笠をかぶり、絣に袴姿で手甲、脚絆をつけている。

　芦屋川を越して、さらに進んでいくと生田の森に入った。

　笠を持ち上げてあたりを見まわした清四郎は、早朝の清々しい空気が満ちている森でしばし佇んだ。

源平の戦いの一ノ谷の戦いにおいて、平家軍は生田の森に砦を築いた。

さらにその東を流れる生田川を濠として竹垣や逆茂木（さかもぎ）などを設けて敵に備えた。そして生田川を挟んで源平両軍は対峙したのだ。

このおり、源義経は意表を突いて平家の陣の裏手から〈逆落とし〉の奇襲を仕掛け、平家軍を打ち破った。

敗走した平家勢はやがて屋島、壇之浦（だんのうら）の合戦でも敗れて亡んでいく。

だが、生田は義経の奇襲よりも、平敦盛（たいらのあつもり）の悲劇を思い起こさせる地でもあった。

一ノ谷の戦いで先陣を切った源氏の熊谷直実（くまがいなおざね）は、平家軍を追ってさらに海辺へと馬を走らせた。直実は、鶴の直垂（ひたたれ）に萌黄匂（もえぎにおい）の鎧、金装飾の太刀という装いの武者が騎馬で沖の船に向かっているのを見つけた。

直実は「大将軍と見受けるが、見苦しくも敵に後ろを見せるか」と呼びかけた。すると、武者は馬を止め、直実めがけて引き返してきた。

豪勇の直実は喜んで馬を寄せ、武者と組み打ちして浜辺に落ちた。

すかさず、押さえ込んで首を取ろうとした直実は、武者がわが子と同じ年頃の十六、七歳の若者であることを知った。

直実はためらい、助けようとするが、押さえつけられた若武者の平敦盛は、「はやく首を取れ」と叫ぶばかりだ。

直実は涙ながらに敦盛を討った。敦盛は錦の袋に入った笛を携えており、直実は戦場での明け方、美しい笛の音色を響かせていたのは、この若者だったのかと知って、またもや涙を流した。

敦盛の故事を思い出しつつ、生田神社に参拝した後、清四郎は森に入って楠の根方に腰を下ろした。

こうしていれば、やがて根来衆が襲ってくるだろう、と思った。おそらく蔵人も自分を追いかけているだろう。だが、蔵人が着く前に根来衆や、さらには右近の配下の辻月丹、右平太との決着をつけようと思っていた。

もとより清四郎は命を惜しむつもりはなかった。闘って死ぬことで武士の意地を通し、同時に右近たちの追及も終わらせようと考えていた。

清四郎は大刀を膝に置き、静かに待った。

生田の森の空に陽が高くなったころ、清四郎は身じろぎした。

根来衆が襲ってくる気配がない。

(やはり、夜を待って仕掛けてくるのだろうか)

このまま、夜を待つのもつらいと清四郎が思案していると、

「もし、いかがされましたかな」

小柄で白鬚を生やした僧侶が声をかけてきた。墨染の衣を着て、手に大きな数珠(じゅず)を持っている。

清四郎は立ち上がり、あたりを見まわした。若い職人風の男や物売り、武家などが歩

いている。清四郎は僧侶に顔を向けた。

「ひとを待っているだけでございます」

「ほう、待ち人がおありなのか」

僧侶は笑みを浮かべて言った。

「さようにございます。あるいは待ち人来たらずかもしれませんが」

清四郎が答えると、僧侶はにこやかな表情のまま声を発した。それまでとは打って変わった低い、不吉な響きのある声だった。

「待ち人は来ておるぞ」

清四郎がはっとして身構えた時には、僧侶は大数珠を振り回して打ちかかってきた。

びゅう
風を切って振るわれた大数珠は、木ではなく鉄でできているようだった。

清四郎が身をかわして、刀を抜こうとしたとき、大数珠が刀身にからみついてきた。

「放せ——」

清四郎は力いっぱい、刀を引き抜いた。

からみつく大数珠をはずそうと焦る清四郎めがけて、まわりを歩いていた職人や物売り、武家らが一斉に懐から鎖分銅を出して投じた。

清四郎の腕や足に鎖分銅が巻きついた。

「おのれ——」

清四郎は体を回転させて鎖分銅をはずそうともがいた。だが、もがけばもがくほど鎖分銅がからみついて地面にどうと転がった。その瞬間、刀は大数珠にからめ取られた。清四郎は地面を転がり回って鎖分銅から逃れ、脇差を抜いて素早く立ち上がった。その清四郎に向かってまた鎖分銅が投じられた。

がっ

がっ

脇差でこれを払った。そのとき、清四郎は金剛杖を持った六人の山伏たちに遠巻きに囲まれていることに気づいた。

——散

どこからともなく声がかかると、清四郎の刀を大数珠で奪った僧侶や鎖分銅を振るった職人、物売り、武家たちは後ろに引き下がった。

山伏のひとりが腰を落とし、金剛杖を斜めに構えて、

「懺悔懺悔(さんげ)——」

と大声で唱えると、ほかの山伏たちも金剛杖を斜めに構え、

「六根清浄(ろっこんしょうじょう)——」

と応じた。山伏たちは清四郎のまわりを円を描いてゆっくり歩き、

——サンゲ、サンゲ

——ロッコンショウジョウ

と唱えた。

清四郎は油断なく山伏たちの動きに目を配った。間無しに三人の山伏が、

——えぇぃ

と気合を発して金剛杖を振りかざし、打ちかかった。しかし、いずれの杖の先も空を切り、地面を打ちつけた。

だが、それは目くらましだった。地面を打った山伏の背中に飛び乗った山伏たちが宙高く飛翔すると、清四郎に金剛杖で打ちかかった。

——懺悔懺悔六根清浄

山伏たちは繰り返し唱える声をあげている。

懺悔

懺悔

という声が不気味に響いた。

清四郎は脇差で巧みに金剛杖を払いつつ走った。地面に降り立った山伏たちの包囲を抜けた清四郎は、片手で懐から棒手裏剣を取り出して山伏たちに投じた。

山伏たちはこれを金剛杖で払う。とたんに火花が飛び、爆発した。柄に火薬をしこんだ〈火竜剣〉だった。

清四郎は山伏たちに向かって次々に〈火竜剣〉を投じていく。金剛杖で払い落とすたびに、火花が飛び爆発した。

右往左往して身を避けるしかない山伏たちの背後に、いつの間にか清四郎が立っていた。

なめらかな動きで清四郎は山伏の背中に脇差を突き刺す。

うわっ

うめき声をあげて倒れた山伏の背中を踏んで、すぐそばにいたほかの山伏に襲いかかり、容赦なく脇差を突き立てる。

脇差を手に走りまわりながら、山伏たちに突きかかる清四郎の姿は、あたかも、

――物の怪

のようだった。突如、そんな清四郎の動きが止まった。

だーん

耳をつんざくような鉄砲の音が響いて、清四郎はもんどり打って転がった。

左足の太腿に鉄砲の弾が当たり、激痛が走った。顔を黒い布でおおった山伏が近づいてくる。

――幻斎

だった。幻斎の後ろに鉄砲を持った山伏がふたり従っている。

「存外、手強かったな」

幻斎はつぶやいた。

幻斎は、血が滲む左足をかばいつつ上体を起こした清四郎の顔をのぞきこもうと近寄

った。

その瞬間、片足で跳躍した清四郎は、身をひるがえして幻斎の首に両腕をからませ、背中に張り付いた。

「こ奴――」

幻斎は清四郎を振りほどこうともがいて体をよじった。

だが、清四郎はしっかりとしがみついて離れず、幻斎の首を片腕で締め上げながら髻(もとどり)に隠していた針を抜き出した。幻斎のぼんのくぼに針を突き立てた。

目にも止まらぬ早業だった。

刹那、幻斎は目を大きく見開き、手で空をつかむ動きをしたが、清四郎が手を離すとそのままゆっくりとうつぶせに倒れた。

清四郎は気が抜けたように幻斎から体を離し、地面に座り込んで大きく息をついた。

山伏たちは清四郎を取り囲んだものの、言葉を発することもなく、倒れた幻斎を静かに見つめているだけだ。

清四郎はあえぎながらまわりの山伏たちを見回して、

「どうしたのだ。わたしはそなたたちのお頭を討ったのだぞ。早く仇討をいたさぬか」

と言った。ここで死ねば、これ以上、蔵人たちに迷惑をかけずにすむと清四郎は考えていた。

だが、山伏たちは顔色も変えず、低く含み笑いした。

「仇討だと？　何のためにさようなことをする」

「この者は何も知らぬな」

「戯言だ、戯言――」

「馬鹿な奴だ」

山伏たちは口々につぶやいた。

清四郎はきっとなって山伏たちを睨み据えた。

「根来衆には頭への忠誠というものはないのか」

清四郎が憤って言うと山伏たちは体を揺らして笑った。

「忠誠だと」

「おかしなことを言う」

「誰に忠義をつくさねばならぬのだ」

囁くように言いかわす山伏たちの間から背の高い山伏が前に出てきて、倒れた幻斎にゆっくりと近づく。

背の高い山伏は、幻斎の顔をおおっていた黒い布をはぎ取った。

「やれ、弥十よ、頭となったばかりにとんだことだったな」

笑いながら背の高い山伏は淡々と言ってのけて、清四郎を振り向いた。

背の高い山伏の異様な振る舞いに清四郎は目を瞠った。

「そなたたちは――」

頭を敬う気持を持ち合わせておらぬのか、と清四郎が言いかけたとき、背の高い山伏は口を開いた。

「われら根来衆は年毎に持ち回りで頭領が変わるのだ。決まった者が頭領でいるわけではない。誰もが頭領なのだ。死んだ弥十が頭領となったのはついこの間だ。その次はわしが頭領になることが決まっている」

背の高い山伏は何事もなかったかのように黒い布で顔を覆った。

「ただいまより、わしが根来の幻斎だ。死んだのはわしの配下のひとりに過ぎぬ」

清四郎は幻斎と名のった背の高い山伏を食い入るように見つめた。頭領を倒せば根来衆は四散するのではないかと思っていた目論見がはずれた。

「おのれ――」

清四郎がうめくと、新たな幻斎はつかつかと近づいて言った。

「手負うたようだな。その傷、手当をしてやろう。そなたには、ほかの者をおびき寄せる人質になってもらわねばならぬからな。だが、その前に――」

口を閉ざした幻斎は金剛杖を振り上げ、清四郎の鳩尾(みぞおち)を打った。清四郎はうめいて気を失った。

幻斎は平然とまわりの山伏たちを見回して、

「この者を荻原様のもとへ運ぶぞ。かついでゆけ」

と命じた。

——おうっ

と応じて、近づいた山伏たちは数人で無造作に清四郎をかつぎあげた。清四郎はぐったりとしたままだ。

「参るぞ——」

幻斎が先頭に立ち、歩み始めた。これに清四郎をかついだ山伏たちが続く。

——懺悔懺悔六根清浄

——懺悔懺悔六根清浄

山伏たちの声が生田の森に響いた。その様を、近くの楠(くす)の樹上に隠形した藤左衛門が見ていた。

「なるほど、根来衆は誰もが頭領なのか。どうりで幻斎がどのような男なのか知る者がいなかったわけだ」

楠の樹上で藤左衛門は独りごちた。

山伏たちが遠ざかるのを見定めた藤左衛門は、樹上から地面に飛び降りた。そして、近くの木に向かって、

「千代殿、隠れておるのであろう。出て参れ、根来衆がどこへ参ったのか教えてやるぞ」

と呼びかけた。すると木の陰から鳥追い女姿の千代が出てきた。

「根来衆の行き先を知っているというのはまことですか」

千代に訊かれて藤左衛門はうなずく。

「まことだとも。この先の湊川に、楠木正成公の墓所がある。大坂に出てきた荻原重秀は、湊川の楠木正成公の墓所に参ると言い置いて大坂城を出た。おそらくそこで根来衆が捕らえた冬木清四郎を待つつもりなのだろう」

「なぜ、さようなところで待ち受けるのでしょうか」

千代は訝しげに訊いた。

「さて、わからぬが、荻原は新井白石様から、不忠の臣だとさんざんに罵られていると聞いている。自らを誠忠の楠木正成公になぞらえたいのかもしれぬな」

後醍醐天皇の建武の新政にあたり、赤坂城、千早城に籠って鎌倉幕府軍を翻弄した楠木正成の功績は、忠臣の亀鑑であるとして水戸光圀によって顕彰された。

元禄五年（一六九二）に正成の墓所を建立し、

――嗚呼忠臣楠子之墓
という碑が建てられた。それ以来、忠臣である正成にあやかろうと墓所に詣でる武家は増えていた。

「なぜ、そのことをわたくしに教えてくださるのですか」

千代はうかがうように藤左衛門を見た。

「決まっておろう。われらはこれより根来衆から冬木清四郎を奪う。そこへ雨宮蔵人が来てくれれば、一石二鳥で手間がはぶけるというものではないか」

藤左衛門はからりと笑った。

千代はため息をつく。

「あなたは、やさしいのかそうではないのか、よくわからないひとですね」

千代の言葉を聞いて藤左衛門は少し悲しげな顔になった。

「千代殿、われらはひとに使われておる忍びだ。おのれの勝手には生きられぬ。もし生きられるとしたら、わたしはこうはしておらぬ」

藤左衛門は声をひそめて言った。

「どうするのです」

「千代殿をさらって、知り人がおらぬ遠国で百姓でもして暮らすであろうな」

藤左衛門は言うなり、背を向けて走り去った。

千代は呆然として見送った。


このころ、蔵人と清厳は生田の森にさしかかろうとしていた。蔵人は生田の森を見遣りながら、清厳に向かって、

「なにやら不吉なものを感じるな。清四郎の身に何もなければよいが」

と言った。清厳は蔵人に歩調を合わせながら答える。

「清四郎殿は、なかなかにしぶといところがあります。めったにひとに後れは取りますまい」

「たしかにそうだな。しかし、それだけにわたしは清四郎を不憫に思うのだ」

　蔵人はしみじみと言った。清厳はちらりと蔵人を見た。

「なぜにございますか」

「清四郎は上杉家の忍びの家に生まれ、親からの情薄く育ったようだ。それゆえにこそ、主君の吉良左兵衛様を親とも思って慕い、仕えたのであろう。その左兵衛様が思わぬ苦境の中で亡くなられたゆえ、清四郎は親の仇を討つのと変わらぬ心づもりで江戸に出たのだと思う」

「さようかもしれませんな」

「だが、その思いを越智右近たちにうまく使われた。越智にしてみれば、正徳の治のためであったと言いたいのだろうが、たとえ政のためとはいえ、ひとの生きる道をゆがめてよいとは言えまい」

　蔵人は歩みをゆるめず、言葉を継いだ。清厳は重々しくうなずく。

「まことにそう思います」

「清四郎は、ひとの思惑にのって主君の仇と思う将軍綱吉を討った。しかし、いざ討ってみると、自らがなしたことが義であるか不義であるかがわからず、心がさまよっているのだ。それゆえ、清四郎を思うわれらの気持をまともに受け止めることができず、おのれを邪魔者だと思って、この世から消したいと念じているのだ」

「哀れなことでございます」

しみじみと清厳は言った。

蔵人はなおも話し続ける。

「だが、そのような思いは若いころに、わたしもそなたも味わったではないか」

蔵人は咲弥と祝言をあげてほどないころ、咲弥の父、天源寺刑部を斬った疑いをかけられ、脱藩した。

実際に刑部を斬ったのは清厳で、佐賀藩主に命じられての上意討ちだった。しかし、蔵人は清厳が咲弥にひそかに思いを寄せていることを知っていた。

自分が咲弥の夫としてふさわしくないとの思いもあって、清厳の罪をかぶったのだ。

清厳はそのことを知って自責の念に苦しみ、蔵人を追った。咲弥への詫びに、蔵人に斬られて死のうと思ったのだ。

ふたりは対決し、蔵人は清厳の右腕を斬り落とすことで、すべての決着をつけた。

あのおり、蔵人と清厳はそれぞれ死を思った。生への執着を断ち切って対峙したのだ。その心事はいまの清四郎と変わらないだろう。

「わたしは清四郎が屈託のない心からの笑顔で香也とともに生きられるようにしてやりたいのだ。それが先に生きている者の務めではあるまいか」

蔵人は情のこもった言葉つきで言った。

清厳は微笑した。

「その気持は親の心でもあり、仏の慈悲でもありましょうな」

「清厳、わたしのこの願いはかなうと思うか」

蔵人はさりげなく訊いた。

「かないましょう。蔵人殿は昔から、なそうと思ったことは必ずなし遂げてきたではありませんか」

「そうか、清厳に言ってもらえば勇気百倍だぞ」

蔵人は笑った。清厳はうなずきながら、清四郎を助ける際、蔵人は命を落とすかもしれないと不安に思った。

しかし、その恐れはいま口にすべきことではない。いざというときは自分が盾となって蔵人を守ろう、と清厳は覚悟した。

ふたりが歩みを速めて、生田の森にさしかかったとき、道沿いの松の陰から鳥追い女姿の千代が出てきた。

蔵人は目を光らせて足を止めた。

「千代殿、清四郎の行方はわかったか」

蔵人は近づいてきた千代に声をかけた。

「わかりましてございます。清四郎様は根来衆に捕らわれました」

「なんと」

蔵人は息を呑んだ。

千代は落ち着いて告げた。

「清四郎様の命に別状はないかと存じます。ただ、根来衆は清四郎様を人質にして雨宮様をおびき寄せるつもりのようでございます」

「ほう、それならば好都合だ。こちらから出向いてやろう。根来衆はどこにいるのだ」

蔵人に訊かれて千代は当惑しながら答えた。

「湊川近くの楠木正成公の墓所だと、磯貝藤左衛門が申しました」

藤左衛門の名が千代の口から出たことに蔵人は片方の眉をあげた。しかし、それよりも湊川という地名に驚いて蔵人と清厳は顔を見合わせた。

湊川はかつて蔵人と清厳が戦った場所である。

この日の昼過ぎに荻原重秀は湊川の楠木正成墓所に乗り物で着いた。

乗り物から降りた重秀は空を見上げて顔をしかめた。

いまにも雨が降り出しそうにどんよりと曇った空だった。

せわしなく、あたりを見回した重秀は、気難しい顔になると正成の墓参をそそくさとすませた。

重秀は眉間にしわを寄せて、供の者に、

「幻斎は、まことにここに参るのか」

と訊いた。供の者は片膝ついて、

「さように聞いております」

と恐る恐る答えた。機嫌が悪いと、ささいなことで雷を落とすことから、供の者たちは重秀の顔色をうかがいつつ務めるのが常だった。しかし、このとき、重秀は声を荒らげず、

「そうか」

とため息をつくと、床几を持ってこさせて腰をかけた。

「根来衆は何をしておるのだ。役立たずな者ばかりじゃ」

重秀が苦虫を噛み潰したような顔で言ったとき、

「それがしは、ここに控えておりまする」

と男の声がした。見ると目の前に黒い布で顔をおおった、背の高い山伏が片膝をついて頭を下げていた。

「そなた、いつからそこに――」

「先ほどから控えておりましたが、気配を断っておりましたゆえ、お気づきになられなかったのでございましょう」

重秀は絶句した。

「気味の悪い奴だ」

重秀は幻斎を一瞬、睨み据えた。そう言えば顔を黒い布でおおっているところは同じだが、以前の幻斎よりも背が高くなっているように思えた。だが、根来衆を配下としか見ない重秀はこだわらずに、

「それでいかがあいなった。狙ったものは手に入ったか」

と訊いた。幻斎は片手をつかえて答える。

「いかにも首尾よく捕らえましてございます」

「そうか、それは重畳であった」

重秀はほっとした顔つきになった。

幻斎は重秀をつめたい目で見返した。

「されど、この後が難儀でございます。越智右近様も彼の者を必死に追っている様子でございます。力ずくでわれらから奪い取ろうとするは必定でございましょう」

「案じるな。その前にわしが越智様と話をつける」

重秀は自信ありげに言った。

「さようにできればよろしゅうございますが」

幻斎が首をかしげると、重秀はいらだって、

「そなたが考えるようなことではない。黙ってわしの命に従っておればよいのだ」

と声を荒らげた。

幻斎は黙って頭を下げる。

重秀が大坂に来たのは、米相場の仕組みについて詳しく知るとともに、思うところを行おうと考えてのことだった。それは毎年、正月と四月、九月に江戸城内の中ノ口に奉書の形で張り出される米の、

——張紙値段

を自らの思惑によって決めるためだった。張紙値段とは幕府の公定米価のことである。旗本、御家人の俸禄の米の価格はこの張紙値段によって決まる。だが、市井の米屋があつかう米の値段とは大きくかけ離れていた。

後年、狂歌師でもあった御家人の大田南畝は、

——米直段御張紙百俵に付五十二両、町相場初は百二十両位

と記録している。張紙値段では百俵が五十二両だが、町の相場では百二十両だったという。さらに南畝は、

——中頃百五六十両、五月十七八日頃百八十二両にいたる。小売百文に付、四合より三合五夕二合五夕にいたる。所々茶飯菜飯等やすみて商売せず

としている。

米価が高騰し、茶店などが休業するなど町民の暮らしに影響が出たと南畝は記録していた。

張紙値段と市井での米相場が大きく違うことで儲かるのは、旗本、御家人から米を安く買い、高く売ることができる商人である。

それだけに張紙値段を操作すれば、商人から大きな金を引き出すことができると重秀は考えた。私腹を肥やすためではない。

商人が儲けた金を冥加金として差し出させ、幕府の財政を潤そうという策である。し

かし、旗本、御家人を窮乏させて幕府に金を入れようという策だけに、旗本たちから憎まれるのは明らかだった。

このことが公になれば、またぞろ、新井白石が指弾するに決まっている。だからこそ、越智右近が追っている冬木清四郎を握って、身を守る盾にしようと重秀は考えていた。

「して捕らえた者はどこにいるのだ」

重秀は気ぜわしく訊いた。幻斎はゆっくりとあたりを見回した。楠木正成の墓所は湊川から北へ二町ほど離れた坂本村にあり、まわりは林と田畑があるだけののどかな景色が広がっている。

「冬木清四郎はあれにございます」

幻斎は木がまばらに立つあたりを指さした。林の中に駕籠が置かれており、まわりに五、六人の山伏が控えている。

「おお、あれにか」

重秀は床几から立ち上がった。幻斎は先に立って重秀を案内していく。林に入った重秀が駕籠に近づこうとしたとき、幻斎は手にしていた金剛杖をさしのばして重秀の行く手をさえぎった。

「なぜ邪魔をする」

重秀がむっとすると、幻斎は落ち着いて言った。

「越智様の手の者がこ奴を取り戻そうと躍起になっております。どうやら、われらに追いついたようでござる」

「なんだと――」

重秀はすぐさまあたりに目を配った。だが、人影は見えない。

「そなたの気の迷いではないのか」

重秀が声を低めて言ったとき、
びゅう
びゅう
風を切る音がして矢が飛んできた。幻斎は金剛杖を振るって矢を叩き落とした。

「来たぞ」

幻斎は山伏たちに怒鳴った。そのときには、駕籠のまわりにいる山伏たちにも矢が射かけられていた。

「木の上だ」

幻斎が声を発すると樹上から忍び装束の男たちが矢を射ている姿が浮かび上がった。

幻斎がひとりで応戦するのを尻目に、山伏たちは射すくめられて反撃もできずにあわてて四方に散った。

その様を見て、重秀が怒鳴った。

「何をしておる。せっかくの証人を奪われるぞ」

重秀は幻斎の袖をつかんだ。幻斎は重秀の手を無造作に振り払い、

「まあ、おとなしく御覧じろ」

と囁くように言った。

その間に樹上の忍び装束の男たちが三人、飛び降り、抜刀して駕籠に駆け寄った。ひとりが駕籠の脇に立つと白刃を構えたうえで、たれを跳ね上げたとき、凄まじい爆発音とともに閃光が走った。

駕籠は火柱に包まれ、さらに駕籠から発した炎が地面を走って、まわりの木々に蛇のように這い上った。

駕籠を囲んだ忍び装束の男たちが炎に巻かれると同時に、樹上の男たちも装束に火がつき、枝から転げ落ちた。

そのとき、いったん散ったと見えた山伏たちが駆け戻り、地面に倒れた男たちを金剛杖で打ち殺していく。

重秀は目を瞠った。

「幻斎、凄まじいものだな」

「根来の〈火輪陣〉と申す秘術でござる。駕籠の中に冬木清四郎のかわりに火薬玉を乗せておき、たれを上げたときに火が点じられる仕掛けを施しておりました。地面から木々にかけても、あらかじめ火薬を仕掛けてござる。火の輪に閉じ込められた者は命がございません」

山伏たちが忍び装束の男たちを打ち殺していく凄惨な様を見ながら、幻斎はくっくっと笑った。

「冬木清四郎はどこにおるのだ」

重秀が訊くと、幻斎は、

「近くでござる。ご案内いたす」

と答えた。まだ木々が燃えている林に背を向けて、幻斎は歩き出した。振り向こうともしなかった。

重秀はおびえた様子でついていく。

このころ、蔵人と清厳、千代は楠木正成の墓所に近づきつつあった。

「清厳は、覚えておるか」

蔵人は不意に口を開いた。

「何を覚えているかと言うのですか」

清厳は怪訝な顔で首をかしげた。

「このあたりでお初は育ったのだ」

「ほう――」

「若いころ、わたしは九州を出てからこのあたりに流れつき、お初の世話になったことがあった」

蔵人は懐かしげに言った。

「そうでしたな」

清厳はかつて湊川で蔵人と闘ったことを思い出しながら応じた。

「思えば、不思議な宿縁だな」

「お初殿のことですか」

「いや、わたしと清厳のことだ。どのような宿縁であったかはわからぬが、かつて闘い、いまはこうして助け合っておる」

蔵人はしみじみと言った。

「宿縁と言えばそうかもしれませんが。ひとはそれだけで出会い、つき合い続けるわけではございますまい」

「ほかに何があるというのだ」

蔵人は首をかしげた。

「たがいへの思いではございますまいか。相手への思いがなければひとは離れていきます。また、いかに宿縁があろうとも、思いがなければ、ただ憎み合い、傷つけあうだけなのかもしれません」

「そうならぬのは、相手への思いがあるからということなのか」

蔵人と清厳の話に歩きながら耳を傾けていた千代は、はっとして立ち止まった。楠木正成の墓所がある林のほうから爆発音がしたのだ。

さらに炎が上がった。

「雨宮様――」

千代が振り向くと、蔵人は目を光らせて、

「急ぐぞ」

と大声で言った。

蔵人と清厳、千代は炎が上がる林に向かって駆けた。

真っ先に林に飛び込んだ蔵人は、あたりの無惨さに息を呑んだ。

林の中には真っ黒に焼けただれた駕籠が放置され、そのかたわらに忍び装束の男たちが、それぞれ頭を砕かれて倒れていた。

「根来衆は酷いな。敵を殺すにしても、殺し方というものがあろう」

蔵人は顔をしかめてつぶやいた。

「忍びは非情なものでございますゆえ」

千代がためらいがちに言うと、蔵人は振り向いて言葉を発した。

「情けがあってこそのひとだ。情けを殺さねばならぬような生き方は、してはならぬ。たとえ、武士や忍びであってもな」

千代は悲しげに顔を伏せた。清厳があたりを見回しながら口をはさんだ。

「それにしても、清四郎殿がどこにいるのかが気になります」

蔵人は、うむ、とうなずいた。

千代は顔をあげると口に指をあてて、
ぴぃーっ

と指笛を吹いた。すると、近くの木の陰から忍び装束の〈ののう〉がひとり駆け出てきた。千代は〈ののう〉に向かって、

「根来衆の行方は追っていますね」

と訊いた。〈ののう〉は片膝をついて答える。

「間もなく報せがあるかと存じます。遠くには行っておらぬはずです」

千代は蔵人に顔を向けた。

「われらは根来衆を決して逃しはいたしませぬ」

「おお、逃してなるものか」

蔵人は目を光らせた。


荻原重秀は幻斎に案内されるまま、街道から入り込んだ村の中にある辻堂の前に来ていた。六人の山伏が従っている。

幻斎が辻堂を指し示して、

「冬木清四郎はあの中に捕らえております」

と言うと、重秀はうかがうように訊いた。

「まさか、死んではおるまいな」

「ご安心くだされ、鉄砲傷を負ってはおりますが、手当てをいたしておりますゆえ、命に別状はございませぬ」

「それならばよいが」

重秀はほっとした表情になった。

「さほどに彼の者の生死が気になられますか」

幻斎は皮肉な目で重秀を見た。

「大事な証人だぞ。死んでもらっては困るのだ。生きてわしの手の内にあってこそ役に立つのだからな」

嘯くように重秀が言ったとき、辻堂の中から、男の笑い声がした。

重秀は驚いて辻堂に目を遣った。笑い声に続いて、

「それは残念なことをしたな。冬木清四郎は、もはやお主の手の内にはないぞ」

と嘲るような男の声がした。

重秀は息を呑んだ。幻斎は金剛杖を構えて、

「何者――」

と怒鳴った。

辻堂の戸がゆっくりと開いて、羽織袴姿の越智右近が出てきた。

「越智様――」

口をあんぐりと開けた重秀は、恐れるような目で右近を見た。

右近はゆったりと笑みを浮かべながら、

「冬木清四郎を捕らえる手間がはぶけたゆえ、荻原殿には礼を言わねばならぬな」

と言った。幻斎は目を怒らせて詰め寄った。

「根来の者が冬木清四郎を見張っていたはず。その者たちはいかがされましたか」

右近はじろりと幻斎を睨んだ。

「見張りの根来の者たちはすでに討ち果たした。亡骸(なきがら)は辻堂の裏だ」

「なんと――」

幻斎は歯嚙みした。

辻堂の裏手から、藤左衛門が鉄砲を手に出てきた。

「幻斎殿、わが手の者を殺してくれたようだな。殺し合いはお互い様のようだ」

藤左衛門が言うと、幻斎は大きく息を吐いた。

「ならば、われらと戦うというのだな」

右近を見すえながら幻斎は右手を上げた。背後にいた六人の山伏がさっと散って辻堂を取り巻く形になった。

藤左衛門は嗤った。

「たかが六人の根来衆でわれらにかなうつもりか。お前たちは罠にはまったのだ」

「なんだと」

幻斎がはっとして見回すと、いつの間にか山伏たちは、大勢の黒装束の忍びに取り囲まれている。

さらに黒装束の忍びの間に、辻月丹と右平太が立っていた。

月丹がすっと前に出る。

ふたりの山伏が振り向き、気合とともに金剛杖を振るった。

先端から飛び出した鎖分銅を月丹に巻きつけようという狙いだ。しかし、振ったときには、月丹の姿はかき消えている。

宙でからみあう二本の鎖分銅の上に、月丹は飛び降りてきた。月丹は高々と跳躍して鎖分銅をかわしたのだ。

からみあった鎖分銅を月丹が踏みつけた拍子に、ふたりの山伏は金剛杖に引きずられるようにして前のめりになった。その瞬間、月丹は抜き打ちに斬りかかった。

血潮が迸る。

ふたりの山伏は首筋を斬られ、うめき声をあげながら倒れた。

ほかの山伏たちが月丹めがけて襲いかかろうとしたとき、

「おのれ――」

「お前たちの相手はわたしだ」

右平太が声をあげて、山伏たちの中に斬り込んだ。三人の山伏が金剛杖を振るって応戦する。

右平太は刀で金剛杖を払いつつ、ひとりの山伏の胸板を刺し貫くや、別の山伏の脇腹を斬り裂き、さらに三人目を脳天唐竹割りにした。

山伏たちが相次いで倒れると、幻斎は懐から馬上筒を取り出し、素早く火縄に火をつけた。

辻堂の前に立つ右近に向かって馬上筒の狙いを定め、

「越智右近、動けば命はないぞ」

と怒鳴った。

右近は平然としている。

藤左衛門は鉄砲を幻斎に向けた。

「動けば命がないのは、お前も同じだぞ」

ひややかに言う藤左衛門に、幻斎はにやりと笑った。

「わしは貴様風情の弾くらいよけながら馬上筒を放てる。鉄砲術では、われら根来衆の方に分があろう」

「さて、どうかな。試してみるか」

藤左衛門は鋭い目で幻斎を睨んだ。そのとき、六人目の山伏がひそやかに辻堂に忍び寄っていた。

幻斎は山伏の動きを横目で見つつ、

「死ねっ」

と叫んで、横に跳んだ。幻斎の動きに合わせて山伏が右近に金剛杖で打ちかかったとき、

だーん

だーん

銃声が続けざまに二発、轟いた。

幻斎が地面に倒れた。

馬上筒は地面に転がっている。同時に右近は腰を沈めて、打ちかかった山伏を袈裟懸けに斬っていた。

幻斎が跳んだとき、藤左衛門は鉄砲を放った。狙いを過たず、幻斎は腕を撃ち抜かれたのだ。

うめきながら身を起こした幻斎は、藤左衛門を見据えた。

「貴様にそれほどの鉄砲の腕があるとは知らなかったな」

「鉄砲術は何も根来衆だけのものではない。幕府隠密の伊賀も甲賀も、鉄砲に長けているのは戦国以来のことだ」

藤左衛門は言いながら、悠然と鉄砲に弾と火薬を詰めた。そして、にこりとして口を開いた。

「根来の幻斎は不死身だと噂に聞いていたが、どうやら根来衆は皆、幻斎となることができるようだな。しかし、生き残った根来衆がいないいまとなっては、さしもの不死身の幻斎も蘇ることはできまい」

「わしを殺すのか」

幻斎はどうでもいいことのように訊いた。

藤左衛門はゆっくりと鉄砲の狙いを幻斎に定める。

「わたしも配下の者を殺された。配下の仇を討たねば、頭とは言えぬのでな。悪く思うまいぞ」

銃声が響いた。

幻斎は額の真ん中を撃ち抜かれてあおむけに倒れた。

その様を見た重秀は仰天して尻餅をついた。

右近は辻堂の階(きざはし)を下りて、ゆったりと重秀に近づいた。

重秀はおびえた目で右近を見つめる。

重秀のかたわらに立った右近は、ひややかに言った。

「荻原殿、もはや勝負はついた。そなたの命まで取ろうとはいわぬ。疾(と)く江戸に立ち戻るがよい」

舌で唇を湿してから、重秀はかすれ声で言った。

「それがしをお許しいただけますか」

「許しはせぬ。だが、勘定奉行が務まるのはそなたしかおらぬ。新井白石殿は職にある者の心根を問うが、わたしは正徳の治の役に立つ者ならば、たとえ悪人でも用いるべきだと思っている。それゆえ、許しはせぬが、不問にするのだ。ただし、二度とおなじ振る舞いは許さぬ。そのときには、そなたの首は無いものと心得よ」

右近に厳しく言い渡されて、重秀はあえぎながら座り直すと、

「ありがたく存じます」

と手をつかえ、頭を下げた。

右近は重秀を厭わしげに見て、

「もはや、ここにおらずともよかろう。行くがよい」

と手を振った。重秀はあわてて立ち上がると、倒れている幻斎や山伏たちには目もくれず、辻堂を後ろに街道に向かって走った。

走り去る重秀を目で追った右近は、苦笑すると踵を返して辻堂に戻った。階をあがり、縁に立って戸を開けた。

辻堂の中には清四郎が横たわっている。左足の太腿には白い布が巻かれ、手当てが施されているようだ。

清四郎は青ざめた顔を右近に向けた。

「根来衆を殺されましたな」

清四郎は苦々しげに言った。

「向こうが襲ってきたゆえ、返り討ちにしたまでだ」

右近は清四郎のかたわらに片膝ついて、平然と答える。

「されど、根来衆も幕府の隠密でございましょう。自らのためにならぬとあれば、身内でも殺めるのがご政道でございますか」

清四郎は語気鋭く問うた。

「大の虫を生かすためには、小の虫を殺さねばならぬということであろう」

「ならば、それがしなどは小の虫でありましょうから、殺されてもやむを得ぬのでございますな」

「不服か？」

右近の頰に笑みが浮かんだ。

「それがしは、大の虫を殺めましたゆえ、殺されてもしかたがないと存じます。なれど、それならば殺せと命じた者も同罪でございましょう。越智様も新井白石様も、さらには将軍家も――」

清四郎が言いかけると、右近は厳しい声を発した。

「黙れ、それ以上、口にすることは許さぬ。まだ雑言を吐くなら、この場で命をもらうしかないぞ」

恐れる様子もなく清四郎は右近を見返した。

「一刻も早く斬っていただきとうございます。さもなくば――」

清四郎は唇を嚙んで口ごもった。

「さもなくば、どうだというのだ」

「雨宮様がわたしを助けるために駆けつけられましょう。これ以上、雨宮様に迷惑をかけぬためには、死ぬしかないのです」

清四郎は押し殺した声で言った。

右近は清四郎を見つめながら、

「しかし、そなたがわれらの手に落ちたと知れば、雨宮ももはや諦めるのではないか。いかに剛の者といえども辻月丹、右平太と幕府隠密を相手に戦って、勝てはせぬことはわきまえておろう」

と言った。

「たとえ、そうであったとしても雨宮様は参られます。それゆえ、わたしは辛いのでございます」

「そうか、そなたは生まれてから、ひとの慈しみを受けたことがないのではないか。そうであろう」

眉をひそめて右近は言った。

「わたしは忍びの家に生まれましたゆえ、親子の情を知りません。ただ、主君、吉良左兵衛様よりおやさしい言葉をかけていただき、ひとの情を知りました。それゆえ、主君の仇を討ちたいと願い、それを果たしたからには、この世に未練はございません」

自分に言い聞かせるように清四郎は訥々と語った。

右近は清四郎から目をそらせた。

「雨宮の情けを重荷と思う心持ちはわからぬわけではないぞ。わたしも兄上も、幼いころより、親子の情薄く生きてきた。それゆえ、自らがこの世にあった証は正しき政をすることだと思い定めて参ったのだ」

清四郎は頭を振った。

「雨宮様ならば、正しきだけが政ではない、ひとの情けを慮ってこその政だと言われましょう」

清四郎の言葉を聞いて、右近は、ははっと笑った。

「小賢しい男ゆえ、たしかにさように申すであろうな」

「そうに違いありません」

清四郎は唇を嚙んでうつむいた。

「しかし、それでは政はできぬ。そのことを思い知らせてやろう。そのために、そなたをいまは斬らぬのだ」

右近の言葉を聞いて清四郎は愕然となった。

「もしや、わたしを雨宮様をおびき寄せるための人質にされるおつもりですか」

「あの男は、いろいろ知りすぎた。生かしておけば政に障りが出る」

右近がきっぱりと言い切ったとき、藤左衛門が辻堂に入ってきて片手をつかえた。

「いかがした」

右近は振り向かずに訊いた。

「〈ののう〉がわれらの居場所を察知いたしたようでございます。ほどなくここへ雨宮蔵人がやって参りましょう」

藤左衛門は低い声で告げた。

「そうか、狙い通りだな」

右近がうなずくと、藤左衛門は咳払いしてから言葉を継いだ。

「さりながら――」

「どうかしたのか」

右近は振り向いて藤左衛門を見た。藤左衛門は背筋を伸ばして言い添えた。

「雨宮蔵人は思いもつかぬことをいたします。迂闊にそれにのれば術中にはまるやもしれません」

「ならば、どうせよと申すのだ」

「このまま立ち去ってはいかがでございましょう。冬木清四郎さえ奪ってしまえば、雨宮蔵人にできることなどたかが知れております。戦わずして勝つのが孫子の兵法ではございますすまいか」

右近は笑った。

「さような兵法などわたしは知らぬ。雨宮蔵人とはいずれにしても決着をつけたいと思っていた。止め立ては無用である」

右近にはっきり言い渡されて藤左衛門はため息をつきつつ、頭を下げた。

そのとき、辻堂の外から藤左衛門の配下の黒装束の忍びが、

「雨宮蔵人が近くまで参りました。間もなくここに姿を見せると存じます」

と報せた。

「早くも来たか」

右近は悠然と立ち上がった。

蔵人と清厳は千代に導かれるまま、辻堂に近づいていた。

千代は見張りの〈ののう〉から話を聞くと、

「雨宮様、根来衆はことごとく越智右近の手の者に殺されたようでございます」

「なに、根来衆がやられたということは清四郎を奪われたということか」

蔵人は目を瞠（みは）った。

「おそらくは」

千代がうなずくと、

「これは厄介なことになったぞ」

蔵人は舌打ちした。

「いかがされますか。われら〈ののう〉はわたくしを含めて七人おります。磯貝藤左衛門ら幕府の隠密を引き付けることはできます」

千代が言うと、清厳は言葉を添えた。

「わたしも辻右平太を引き受けるぐらいはできますぞ。辻月丹は強敵には違いありませんが、蔵人殿の武略をもってすれば動きを封じることができると思います」

しかし、蔵人は頭を横に振った。

「たとえ、それがうまくいったとしても、越智右近がいる。右近はわれらをおびき寄せるまで清四郎を生かしておくだろう。だが、われらが斬り込めば、即座に清四郎の命を絶つのではないか。そのうえでわれらも討ち取ろうとするであろう」

千代と清厳は顔を見合わせた。言われてみれば、手負いで身動きがとれない清四郎に止めを刺すのは容易いことだ。

あたりを見回して千代は眉をひそめた。

「どうやら、隠密たちに囲まれたようでございます」

「そうか、もはや、行くしかないな」

蔵人はつぶやく。清厳は背中から半棒を抜いた。

「蔵人殿、われらのことはおかまいなく、清四郎殿のもとへ走られよ。それしかございますまい」

千代も懐の短刀の柄を握った。

「隠密たちに雨宮様の邪魔はさせませぬ」

蔵人は清厳と千代の言葉を聞きつつ歩を進め、にやりと笑うと、

「まずはぶつかってみるしかないな」

とつぶやいて肩をそびやかした。

黒装束の配下が入れ替わって藤左衛門のもとに駆け寄り、蔵人たちの動きを逐一報せ

た。

藤左衛門は浮かぬ顔で、

「そうか、われらが待ち受けていることを知りつつ、やってくるというわけか」

と言った。かたわらの右平太がつぶやく。

「雨宮蔵人はわれらを甘くみているようだ」

月丹が頭を振った。

「さようなことはない。死地であると承知しながらやってくるのだ。悔れば思わぬ不覚をとることになるぞ」

藤左衛門は辻堂に目を遣った。

右近が腕を組み、階に腰かけて瞑想するがごとく目を閉じている。

右近は一軍の大将が陣を張り、敵勢を待ち受ける風情だった。

藤左衛門がそっとため息をつくと、右平太が、

「藤左衛門は、雨宮蔵人を討ち取ることに気が進まぬようだな」

と皮肉めいた口調で言った。

「決してさようなことはござらぬ」

藤左衛門は軽く頭を下げて答えた。だが、右平太は執拗に話を続けた。

「そうとも思えぬ。お主は雨宮に味方する〈ののう〉に通じているのではないか。同じ隠密の根来衆を討つことにためらいはなかったが、〈ののう〉には甘いような気がする

のは、わたしの気の迷いか」

藤左衛門は、はっはっと笑った。

「それがしに下心があることを、右平太殿はよくぞ見抜かれましたなあ」

「下心だと？」

「さよう、〈ののう〉の頭領の望月千代と申す女子はなかなかの美女でござる。これをものにいたさんという下心でござる」

あからさまに藤左衛門が言うと、右平太は顔をしかめた。

「敵の女忍と通じようとするとは、あきれた男だな」

「右平太殿は忍びにくノ一の術があるのをご存じですか。男が女子に化ける術だと思っている者がおりますが、さにあらず、敵の女子をわが物となして思い通りに操る術でござる。さすれば、敵の動きは居ながらにしてわかり申す。ただいま、わたしが望月千代に仕掛けているのは、このくノ一の術でござる」

よどみなく藤左衛門が言うと、煙に巻かれたような顔をして右平太は口を閉ざした。

すぐさま、月丹が身じろぎして、

「つまらぬ忍び技の講釈などたいがいにしておけ。どのような思惑があろうと、これより〈ののう〉の女忍ともども雨宮蔵人を討ち取ることに変わりはない。もし、そなたが女忍を助けようとするなら、わしはそなたを斬り捨てる。さように心得よ」

とぴしゃりと言ってのけた。

藤左衛門が身震いするほどの殺気を月丹は放った。

「承ってござる」

藤左衛門はまたため息をついた。

やがて辻堂に近づいてくる蔵人たちの姿が見えてきた。身を隠すこともなく、堂々と歩いて来る。

藤左衛門は舌打ちして、

「正面から来るとは芸がない。千代殿がついていて、何という様だ」

と小さい声でつぶやいた。

右近は階に座ったまま、近づく蔵人に鋭い視線を送っている。


蔵人は辻堂の前まで無頓着な様子で歩いた。そして辻堂の階に座っている右近とかたわらに控えている辻月丹、右平太、藤左衛門に目を遣った。

すでに蔵人と清厳、千代は藤左衛門配下の黒装束の忍び十数人に囲まれている。

蔵人が何をしようとしているのかわからず、清厳と千代は緊張した面持ちでいる。

蔵人がゆっくり辻堂に近づくと、右近は階に立ち上がった。

「越智様、お願いの儀があって参上いたした」

蔵人は落ち着いた声で言った。

右近は首をかしげた。

「もはや、われらは剣を交える以外に手立てはないと思うが、言いたいことがあるのなら聞いてやろう」

「さようか。では早速に、願いとはこれでござる」

蔵人は両刀を腰から鞘ごと抜いて跪いた。両刀を膝前に置く。

清厳と千代は蔵人の意が読めず、立ちすくんだ。

「何の真似だ」

右近は蔵人を睨み据えた。

「言うまでもござらん。冬木清四郎の命乞いでござる」

蔵人は手をつかえ、頭を下げた。驚いた清厳と千代も、やむなく蔵人の後ろで地面に跪いて頭を下げた。

「何をいまさら、さような戯言にわたしが耳を貸すと思っているのか」

右近が吐き捨てるように言うと、月丹と右平太がすっと蔵人のそばによって抜刀した。

右近の一言で、いつでも蔵人を斬ることができる構えだ。

蔵人は右近を見遣った。

「ただ、助けてくれと申すつもりはござらぬ。それがしの命と引き換えにお願いいたしたいのでござる」

右近は嗤った。

「命と引き換えだと。たったいま、この場でお主たちを討ち取ることができるのだぞ。

であるのに何ゆえ、清四郎の命と引き換えねばならぬのだ」

蔵人は底響きする声で話を続ける。

「なるほど、われらは戦って清四郎を取り戻すことは難しゅうござろう。また、辻月丹殿と右平太殿、さらには磯貝藤左衛門ら隠密衆が控えているからには、越智様を倒すこともかないますまい」

「そうであろう」

「されど、わたしの願いを聞かれず、清四郎を殺めると言われるのであれば、われらにも考えがござる」

「何の考えだ。もはや、手立てはあるまい」

「いや、われらは戦わずに、ただちに逃げ申す」

きっぱりと蔵人は言った。

右近は啞然とした。

「逃げるだと」

「さよう、清四郎の命が絶たれるのであれば、ここに留まる謂れはござらぬ。戦って勝ちを得ることはできぬでしょうが、逃げて生き延びることならばいささか自信があります」

「馬鹿な、すでに取り囲んでおるのだ。逃がすなどあろうはずがない」

「さようでござろうか。やってごらんになられるがよい。われらは必ず生き延びて、今の将軍家の世は正徳の治にはあらず、非道の政であると世間に言いふらしましょう」

　蔵人は目を鋭くした。

「この期におよんで、またさような脅しを言うのか。そなたを逃さねば、どうということもない話ではないか」

「ならば、試されるがよい。大坂城での立ち合いをお忘れか。それがしが、何の成算もなくかように乗り込んでくるとお思いか」

　蔵人が言い募ると、右近は階を下りて近づいてきた。

「そうか、それほどまでに申すならば、いたしかたない、そなたの願いを聞き届けてやらぬでもないぞ」

　右近は蔵人のかたわらに立って刀の柄に手をかけた。

「清四郎を助けてやるかわりに、そなたの首をもらってもよいというのだな」

　右近は厳しい声音で言った。

「ご存分に――」

　右近はすっと刀を抜いて振り上げた。その様を見て、清厳はたまりかねて体を乗り出し、後ろから口をはさんだ。

「蔵人殿、越智様はだまそうとされている」

　蔵人は動じない。

「わかっている。いまの越智様のお心はそうであろう。わたしの首を刎ねたうえで、清四郎も斬るつもりなのだ」

　目を閉じて蔵人は言った。

　右近は苦笑して刀を下ろした。

「その通りだ。そなたの首を刎ね、清四郎の息の根を止めれば、はるばる江戸から来たわれらの使命は終わる。それがわかっていて、なぜ斬られようとするのだ」

「それがしを斬った後の、越智様の武士の情けにすがっているのでござる」

　淡々と蔵人は言った。

「わたしは、すでに武士は捨てたと申したはずだぞ」

「たとえ武士は捨てても、ひとであることは捨てられますまい。もし、ひとであることも捨てたと言われるのであれば、正徳の治などと、政を口にするのはおこがましゅうござる。この世はひとでなしには治められませんぞ」

　蔵人はかっと目を見開いた。

「わたしをひとでなしと言うか。許さぬ――」

　顔に血を上らせ、右近は刀を振り上げた。なおも蔵人は言い募る。

「おのれの怒りにまかせて、ひとを斬るのは武士にあらず、ただの無頼の徒でござる。政のために武士を捨てたなどと口走るのは片腹痛うござる。いまの世は無頼の徒が治める無法の世であることの証でござろう」

　厳しい声音で蔵人は言い放った。

「おのれ――」

右近は刀を蔵人の首をめがけて振り下ろした。

白刃が光った。

清厳と千代があっと息を呑んだ。だが、右近の刀は蔵人の首筋にふれただけでぴたりと止まった。

蔵人は目を見開いたまま微動だにしない。首筋にわずかに刃がふれ、一本の筋のように血がじわりと滲んだ。

右近はゆっくりと刀を鞘に収めた。

右近はつぶやく。

「憎い男だ。言葉によってわたしをからめとろうとする。このまま斬ってしまえば、上様の正徳の治を汚すことになる」

蔵人は静かに右近を見つめた。

「ならば、どうなされますか」

しばらく考えてから右近は口を開いた。

「こういたそう。明朝六つに、ここからほど近い湊川の河原に参れ。そこでわたしと立ち合うのだ。そなたが勝てば清四郎は返してやろう」

「まことでございますか」

蔵人は声を張り上げて身を乗り出した。

「偽りは言わぬ。そなたが勝てば清四郎は助かる。だが、わたしに敗れれば清四郎ともどもあの世へ参ることになる」

ひややかに右近は言った。蔵人は手をつかえ、頭を深々と下げた。

「承知仕った。ご仁慈のほど、ありがたく存ずる」

「何もありがたがることはない。わたしも筋を通したいゆえ、そなたと清四郎を一度に葬ろうと思っているだけだ」

月丹が前に出て、

「越智様、それはあまりに寛大に過ぎるかと存じますが」

と抗弁した。右近は苦笑いして、

「それはわかっておる。されど、兄上とわたしにとって正徳の治は生涯かけての念願なのだ。この男に謗られたくはない」

右近は言い捨てると藤左衛門を振り向いた。

「清四郎をこのあたりの寺に運べ、そこでわれらも夜を過ごすことにする」

藤左衛門は、承知仕りました、と答えてから、蔵人にちらりと目を遣って、

「この者たちはいかがいたしますか。どこぞに捕らえておきましょうか」

とうかがいを立てた。

右近は首を横に振った。

「放っておけ。もし、命を惜しんで湊川に出てこぬようなら、それまでの男だというこ

とだ」

藤左衛門はうなずいて、

「なるほどさようでございますな。このまま逃げるという手がありますからな」

と言いながら、千代に目配せした。

清四郎のことは諦めて、逃げてはどうか、と暗に勧めたのだ。

しかし、千代は藤左衛門を見つめ返して、ゆっくりと頭を振った。

千代はこれまで行をともにして、蔵人が決して逃げぬ男だと知るようになっていた。

歩き出した右近に従いながら、藤左衛門は顔をしかめた。どうして、清四郎も蔵人も死に急ごうとするのだろうか、と思った。

「わたしにはわからぬ」

藤左衛門は小さく独りごちた。

右近たちが辻堂から清四郎をかつぎだして去るのを見送った蔵人は、ようやく立ち上がった。

清厳と千代も続いて立ち上がり、蔵人のかたわらに寄った。

「蔵人殿、あまりに思い切ったことをされるゆえ、肝が冷えましたぞ」

清厳が言うと、千代も言葉を添えた。

「まことでございます。あのまま越智右近に斬られても不思議はございませんでした。

斬られぬと信じておられたのですか」

蔵人は大きく吐息をついた。

「そんなことはわからぬ。わたしが逆の立場なら迷わず斬ったかもしれぬな。ただ、越智右近にとって、正徳の治は何物にも代え難いものであろうとは思っておった」

「まことにさようでございますな。なぜ、それほど政に思いをいたしておるのでしょう」

清厳は首をかしげた。

「シドッチという伴天連が持っていたキリシタンの女人の絵を目にしたおり、越智右近が正しき政をなさんとするのは、亡き母君への思いからではなかろうかと思った」

「さようですか」

清厳は眉を曇らせた。あの冷徹な右近が母親への思いで動くことがあるのだろうか、と思うかたわら、蔵人は、これまでもひとの心をあたかも鏡に映すかのように読み取ってきたことを思い出した。窮地に陥る都度、蔵人は敵の胸の内にあるわずかな心の隙を見逃さずに、危機を切り抜けてきた。それは狡猾さによるものではないだろう。

蔵人はひとの思いに身を寄せることができる。だからこそ、相手の心の哀しさがわかるのだ。

「その政を悪しざまに言われることは、母君を汚されるかのような思いがするのであろうな」

「なるほど、そうかもしれませんな」

「ひとはおのれの思いに捕らわれると危うい道を歩むことになる。それは、越智右近もわたしも変わらぬようだ」

蔵人は笑った。

蔵人はこの日の宿をとるべく、生田の森のかたわらに点在する見覚えのある農家を訪ね歩いた。すると、驚いたことにお初を預かっていた茂平の親戚の百姓が蔵人を覚えていた。

「あれ、まぁ、ひょっとしてお初が面倒をみていた荒れ寺のお侍じゃあございませんか」

言われて蔵人は破顔した。

「おお、その通りだ。あのおりはこの近くの荒れ寺におった。わたしを覚えていてくれたか」

「はい、覚えておりますとも。あの後、湊川で斬り合いをされたそうで」

百姓は二十年以上も前のことをよく覚えていた。

蔵人は湊川で清厳と立ち合った直後に、巴十太夫という柳生流の剣客とその弟子たちに襲われた。

河原で投石の印地打ちを仕掛けられ、死闘を繰り広げた。

その際、関わりがあった水戸家の史臣、佐々介三郎らが駆けつけ、地元の役人も出張る大騒動になったから百姓も覚えていたのかもしれない。

「おお、あのおりは大変だったな」

蔵人は何でもないことのようにさりげなく言った後、

「時にわたしは今夜、このあたりでしのぎたいのだが、納屋の隅にでも寝かしてくれぬか」

と頼んだ。

百姓は蔵人を胡散臭げに見た。

「何もうちに来なくても、昔の寺はまだあるから、そちらへ行けばしのげるんじゃないですか」

「なに、まだ、あの寺はあるのか」

蔵人は目を瞠った。

「ああ、屋根は傾いているけど、たまに法事とかで使うので少ない檀家で何とか持たせて、時々、坊さんに来てもらっておりますよ。いまならだれもいないはずだから」

荒れ寺へ行ってくれ、と百姓は言わんばかりだった。

「そうか、寺にな――」

蔵人は少し考える風だったが、すぐに笑顔になって、

「いや、寺よりもそなたのところの納屋がよいな」

と大声で言った。百姓が迷惑そうな顔をすると、千代は進み出て、

「泊めていただければ、お礼はいたします」

と言って懐から財布を取り出そうとした。

百姓は目を丸くした。

「本当に納屋でいいんだな。藁の上で寝てもらうが、それでもいいかね」

百姓はたしかめるように言った。

「それでよい」

蔵人は上機嫌で百姓の肩をどんと叩いた。百姓は顔をしかめながらも蔵人たちを家へ案内した。

清厳は蔵人について行きながら、

「寺に泊まったほうがよくはありませんか。もし、夜中に襲われるようなことがあれば、迷惑をかけることにもなりますし」

と小声で訊いた。蔵人は頭を振った。

「いや、あの荒れ寺がいまもあるのなら、越智右近たちの泊まり場所として絶好だ。まさか、呉越同舟で一晩を過ごすわけにもいくまい」

蔵人が笑って言うと、清厳は神妙な表情で、

「たしかにそのとおりですな」

と答えた。やがて蔵人たちは百姓に連れられて一軒の藁葺き農家の前に立った。井戸のそばに納屋があるのが見える。

「今晩は、あそこで寝ることになるな」

　蔵人は感慨深げに言った。


　この日の夜——

　右近たちは、かつて蔵人がいた荒れ寺に入っていた。

　藤左衛門の配下が用意したにぎり飯などを食べた後、翌朝の蔵人との決闘について右近が手短に申し渡した。

「明日は、わたしがひとりで立ち合う。助太刀は無用だ」

　月丹が眉をひそめた。

「相手はたかが浪人でございます。越智様がさように正面から戦わねばならぬ者ではございません。万が一のことがあっては大事となりまする。上様のご威光に傷をつけることになりかねませんぞ」

「わかっておる。立ち合いはわたしひとりでするが、だからと言ってあの男を生かしておくわけにはいかぬ」

　右近はうなずいて言った。

「ならば、どうされるのでございますか」

　月丹は鋭い目で右近を見つめた。

　右近はかたわらの藤左衛門に目を遣った。

「もし、明日の立ち合いでわたしが不覚をとるようなことがあれば、そなたの鉄砲で雨宮蔵人を撃ち取れ」

藤左衛門はぎょっとした。

「それがしが鉄砲で雨宮を撃つのでございますか」

藤左衛門に問い返されて右近は薄く笑った。

「気が進まぬか」

「いえ、お申し付けとあらば、決してさようなことはございません。必ずやってのけるのが、それがしの使命と心得ております」

藤左衛門はとっさに表情を消して頭を下げながらも、ちらりと月丹に助けを求めるような目を向けた。

月丹が身じろぎして口を開いた。

「越智様、鉄砲で撃ち取っては卑怯の誹りを招きかねません。いっそのこと、それがしたちが助太刀いたしたほうが御名に傷がつきませんぞ」

右近はゆっくりと首を横に振った。

「いや、雨宮蔵人はこれまで義を貫いて戦い、不敗であろう。さような男に負けをつけさせたくない。立ち合いでかなわず、鉄砲で撃ち取ったという悪名はわたしが着るつもりだ」

右近は蔵人を武士らしく死なせるため、汚名を着る覚悟なのだ。

「越智様、それほどまでに、あの雨宮のことを――」

月丹は絶句した。

右近はにやりと笑った。

「あの男は憎い奴だ。武士であることを捨て、おのれの名も顧みぬと心を定めているのに、わたしの武士の心を呼び覚ましおる」

右近の言葉に藤左衛門はため息をついて頭を下げた。

「さようなお覚悟であれば、それがし、お言いつけのこと、承ってございます」

右近はうなずいて言葉を添えた。

「藤左衛門、いらざる情を持って、狙いをはずしたりいたすなよ」

右近は藤左衛門が命じた通りにするかどうかを危ぶんでいるのだ。

「無論にございます」

藤左衛門がきっぱり答えると、右近は月丹に顔を向けた。

「月丹、もし藤左衛門がわざと狙いをはずすようなことがあれば、そなたが首を刎ねよ」

月丹はじろりと藤左衛門を睨んだ。

「いかにもさように仕りますぞ」

藤左衛門は平然と月丹を見返して、

「ご懸念、無用にございます」

と言い放った。厳しい表情からは心のゆらぎは感じられなかった。

右近と藤左衛門の話を右平太は微動だにせず、冷ややかな表情で聞いている。

かたわらに横たわった清四郎は唇を引き結んだまま、目を光らせていた。


百姓の納屋は狭かったが、藁を敷き詰めると三人が寝るには十分な広さはあった。

あたりが暗くなってから千代は配下の〈ののう〉たちに指図するために納屋を抜け出した。納屋の隅から虫の音が聞こえてくる。いつしか夏も終わり、秋の気配が立っていた。


蔵人と清厳は戸の隙間から漏れる月光に青白く照らされながら、話をしていた。

清厳はうかがうような目で蔵人を見た。

「明日は尋常に立ち合われるつもりですか」

「越智右近もそのつもりであろう」

蔵人は何でもないことのように答える。

「さて、それはわかりません。越智は将軍家の政をまっとうさせるために、一身を擲つ覚悟と見えます。蔵人殿の口を封じるためなら、どのような非情の策であろうと取ってくるのではありませぬか」

清厳は案じるように言った。

「そうかもしれぬな」

「ならば、こちらも同じように仕掛けねばなりませぬ。千代殿に手伝ってもらい、〈ののう〉を動かしましょう」

清厳は身を乗り出して蔵人に言った。

「ふむ、そうしてもよいが、向こうには磯貝藤左衛門がおる。あの男はしたたかでぬかりがない。忍びの勝負では〈ののう〉を上回ろう」

「とは言っても、このまま手をこまねいていてもどうにもならぬのではありませんか」

清厳は気が焦る口調になった。

月光に顔半分を青白く浮かび上がらせて、蔵人はにやりと笑った。

「清厳がさように案じてくれるのはありがたいが、わたしはこれ以上、死人を増やしたくないのだ」

「蔵人殿――」

清厳はうめいた。蔵人は淡々と話す。

「のう、清厳、わたしは昔からおのれの信じることに従って生きてきた。そのために斬った相手も、傷つけた者も数多い。わたしはひとを斬るつど、その命を自らに引き受けると言い聞かせて生きてきた」

「さようでございましたな」

清厳は戸惑いながら蔵人を見つめた。

蔵人がこのような話をするのは、初めてのことだった。

「だからこそ、思うのだ。そろそろ、わたしの命を誰かに引き受けてもらってもよいのではないかとな」

「そのようなことは申されますな」

清厳は頭を振った。

「いや、何も自ら右近に負けようというのではないのだ。わたしは勝つために全力を尽くす。だが、もし敗れても、わたしの命は清四郎と香也に引き継がれる」

「それは――」

「清厳も知っている通り、わたしと香也とは血のつながりはない。しかし、ここまで慈しんで育てたからには、香也はまぎれもなくわが娘だ。そして清四郎はわが娘の夫となり、わが息子になる男だ」

「たしかにさようです。だからこそ、ふたりのためにも生きねばなりますまい」

清厳は強い口調で言う。

「そうだ。ふたりのために生きねばならぬ。しかし、それはふたりにわが命を託すということでもあるのではないか」

蔵人はにこやかな顔つきで言った。

清厳はため息をついた。

「わたしは、さようなお話は聞きたくございません」

「いや、聞いてもらわねば困るのだ」

蔵人は真顔になって真剣な声音で言った。

清厳は顔をそむけた。

「咲弥様のことでございますか」

「わが命は香也と清四郎に託すとしても、咲弥には思いを伝えることしかできぬ」

蔵人はしみじみと言った。

「蔵人殿が生きて戻られることが咲弥様の望みです。かつて蔵人殿は咲弥様にわが心を示す和歌を伝えようと、東海道を走り、思いを伝えられたではありませんか。あのおりの蔵人殿は、どのような強敵であっても打ち倒された。此度も同じようにすればよいだけのことです」

清厳は蔵人の言葉をはねつけるように言った。いつの間にか清厳の目には涙が滲んでいた。蔵人は死を覚悟している。そのことが胸にひしひしと伝わってくるのだ。蔵人は戸の隙間からもれる月光に顔をさらした。

「清厳、ひとはなぜこの世に生を享けると思うか」

清厳は少し考えてから口を開いた。

「わたしは仏門にある身ですから、この世を生きるのは、悟りを得て成仏するためとしか答えられませぬ」

清厳の答えを聞いて蔵人は微笑した。

「それは、わたしが思うところと同じかもしれぬな。わたしは、この世に生を享けるのは何事かをなすためだと思う。何も天下国家を動かすほどの大きなことをせねばならぬというのではない。花を愛で、風物の美しさに嘆声を放つことでもよい。隣家の子供にやさしく声をかけることでもよい。さらには、道で行きおうた年寄りが難渋しておれば、かばい、助けることでもよい、とわたしは思う」

蔵人は淡々と言った。

「蔵人殿はそうお考えでございましょうな」

清厳は蔵人の思いを聞くことが辛くなって目を伏せた。

蔵人はなおも話を続ける。

「さらにいえば、おのれの家族を慈しみ、大切なるひとをいとおしむことだ。清厳、どう思う」

蔵人は言葉を切った。清厳は月の淡い光に浮かぶ蔵人の顔を見た。

「どう思うかとは？」

清厳は首をかしげた。

「わたしは、咲弥をいとおしむことができたであろうか」

蔵人は清厳に問いかけた。

「それはわたしが申すまでもありますまい。蔵人殿は咲弥様のために命をかけ、幾度も戦われたではありませんか」

「剣を振るっただけのことだ。わたしは我がまま者で、世の習いに従って生きることができず、片隅でひっそり生きるしかなかった。咲弥に何事もしてやれなかった」

蔵人の言葉を聞いて、清厳は、はっは、と笑った。

「さようなことを嘆く咲弥様とお思いですか。いままで連れ添いながら、蔵人殿は咲弥様をおわかりではないようだ。咲弥様はさような蔵人殿だからこそ、ともに暮らしてこられたのです。蔵人殿の生き方は咲弥様の生き方でもあったのです。さようなこともわからぬとは驚きました」

蔵人はしばらくの間、何も答えず、藁の上にあおむけになった。

「そうか、わたしの生き方は咲弥の生き方か」

蔵人はつぶやくように言った。

「さようです」

清厳も蔵人と同じように藁に横たわった。

「清厳、咲弥を頼むぞ」

蔵人は以前にも言った言葉を口にした。

「また、さようなことを口になさる。咲弥様が望むのは、蔵人殿が生きて帰ることだけです。ご自分でなされよ。わたしにはできぬことです」

清厳はあっさりと言った。

「冷たいのう、清厳は――」

「昔からです。蔵人殿が熱すぎるのです」

ふたりはどちらからともなく笑いあった。

そのとき、納屋の入口の外に千代は立っていた。蔵人と清厳の話を邪魔してはならぬと思い、息をひそめていた。

ふたりの会話が聞こえてくる。

千代は夜空を見上げた。

煌々（こうこう）と照る月がまぶしく、滲んで見えた。

ひとはなぜ、生死をかけて戦わねばならないのだろう。

女忍としてかつて考えたこともなかった疑念を抱きつつ、千代は月を眺め続けた。

同じ夜、咲弥は香也や山本常朝とともに大坂の港に停泊する船にいた。

蔵人と清厳が清四郎を追って発った後、相模屋が大急ぎで船旅の都合をつけてくれたのだ。

翌日の早暁には港を出ることから、咲弥たちは夜のうちに船に乗っていた。

慣れぬ船の上だけに寝つかれぬまま咲弥は舷側に出て、夜空を仰いだ。

潮の匂いがする。なぜか胸騒ぎがしてならなかった。

青白い光を放つ月が不吉なものに思えた。咲弥が呆然と月を眺めていると、

——母上

と声がした。

香也がいつの間にか背後に立っていた。咲弥は振り向いて微笑みかけた。

「どうしました。眠れないのですか」

「母上こそ――」

香也は心配げに咲弥を見つめた。いつもの母とは違う。香也はそう思っていた。

咲弥はため息をついた。

「そうですね、今夜はなぜか蔵人殿のことが案じられてなりません」

「父上のことが――」

香也は眉をひそめた。

蔵人のことが案じられるということは、清四郎もまた危地にあるのかもしれない、と香也は胸がざわめいた。

咲弥は香也を慰めるように、

「清四郎殿のことは案じなくともよいと思います。父上は清四郎殿を必ず守ると約束されました。父上はこれまで約束を破ったことはありませんから」

と励ました。蔵人は口にしたことは必ず行ってきた。今度も清四郎を守って戻ってきてくれるに違いない。

そう自分に言い聞かせはするものの、胸の奥から湧き上がってくる不安は何なのだろう。

咲弥はまた空を見上げた。

月は曇るところなく輝いている。

それはあたかも蔵人の心を映しているかのようだ、と咲弥は思った。

濁りのない月の美しさを、なぜか悲しいものに咲弥は感じた。いつも蔵人に感じてしまう悲しさと同じもののような気がした。

(蔵人殿、必ず生きてわたくしのもとに帰ってきてください。そうでなければわたくしは決して許しません)

咲弥は月を見上げながら、胸の中でつぶやくのだった。


右近たちが一夜を過ごしている荒れ寺にも月の光は差していた。

本堂の片隅で横になっていた清四郎はあたりの気配をうかがいつつ、少しだけ動いた。

右近は奥の座敷で寝ており、月丹がそばに控えて寝ずの番をしているようだ。

いま、本堂で横になっているのは、右平太だけである。

右平太の寝息がかすかに聞こえる。

清四郎はわずかずつ動いては、しばらく息をととのえてじっとしていた。それでも、しだいに戸に近づくことができた。

戸はわずかに開いていて、月光が斜めに差し込んでいる。戸のそばまで来た清四郎は腹這いになったまま戸に指をかけた。

音がしないように少しずつ動かす。指が月光に照らされて青白く見えた。

肩が入るほどの隙間ができると、清四郎は戸と柱の間に身を入れてゆっくりと這い出た。

広縁に体が出ると膝を立てて体を浮かし、身をよじって動いた。広縁の階に近づいたと思ったとき、ぐさり、と音がして目の前に白刃が突き立った。

「無駄なことをする」

藤左衛門が囁くような声で言った。

広縁に突き刺さった大刀が鈍い光を放って不気味だった。

ため息をつきつつ、清四郎は体を起こした。痛む左足を投げ出すようにして座り、月に青く照らされている庭に目を遣った。

忍び装束姿の藤左衛門は広縁に座り、手に持った瓢簞（ひょうたん）に口をつけるとゆっくりあおむけにぐびりと飲んだ。

瓢簞を膝前に置いたとき、酒の匂いがした。

清四郎はちらりと藤左衛門を見た。

「夜の張り番をしながら酒を飲む忍びを初めて見ました」

「張り番はわたしの配下がしている。わたしは寝てもよいことになっておるから、酒を飲むぐらいかまうまい」

藤左衛門はあっさり言うと、また瓢簞を持ち上げて口をつけた。

「さように飲んだくれて、雨宮様が夜半に襲ってきたらどうなさいます。酒を飲んでいては不覚をとりましょう」

「酒を飲んでいたからといって、わたしの腕は落ちぬ。それに雨宮蔵人がひとの裏をかいて襲うような男ではないことは、お主が一番よう知っておろう」

藤左衛門は瓢簞を手にしてにやりと笑った。

「さようですが」

清四郎は夜空の月に目を遣った。

今夜、香也もどこかでこの月を見ているのだろうか、と思った。

同時に、明日、蔵人が自分のために命を落とすかもしれない、と胸が締め付けられるように痛んだ。

「辛かろうな」

藤左衛門が酒臭い息を吐きながら言った。

「何がでしょうか」

清四郎は夜空を見上げたまま応じた。

「おのれのためにひとが命を懸けて助けにきてくれることがだ。忍びはおのれを塵芥のように見なして生きる。だからこそ、どのような危うい役目も果たせるし、命を落としても悔いはない。そんなおのれのためにひとが命を懸けてくれるなど、わたしならば恐ろしくて辛いであろうな」

「わたしもさようです」

清四郎はつぶやいた。

「だからこそ、今夜のうちに斬られようと思って、這い出てきたのであろう」

藤左衛門が言うことに清四郎は答えない。

藤左衛門はまた、ぐびりと瓢簞の酒を飲んだ。

「そんな雨宮蔵人をわたしは明日、鉄砲で仕留めねばならぬやもしれぬ」

「それが、辛いのですか」

清四郎が言うと、藤左衛門はくっくっと笑った。

「ひとを殺めて辛いなどと忍びは思わぬ。ただ、嫌な思いがあるだけだ」

「嫌と思うのなら、しなければよいではありませんか」

月の光に浮かぶ藤左衛門の横顔を清四郎は見つめた。

先ほどから瓢簞の酒を飲んでいるように見せているが、本当に飲んでいるかどうかはわからない。酒を飲んでいると見せて相手を油断させるのは、忍びのありふれた術だ。

藤左衛門の横顔は口調とは違って凜々しく厳しいものだった。

「たとえ嫌でも命とあらば、必ずやり遂げるのが忍びだということは、そなたも承知しておろう。われらは獣のように闇にひそみ、地を走り、鳥のように宙に羽ばたく。そしてひとを裏切り、殺めるのだ。命を果たさなければ、物の怪に成り下がるではないか。われらがおのれをひとだと思うことができるのは、命を果たすゆえだ」

清四郎は藤左衛門の横顔から目をそらした。

「では、どうあっても雨宮様を鉄砲で撃つというのですね」

「わたしにはそうしかできぬのだ」

藤左衛門はそう言いながら、清四郎に向かって瓢簞を差し出した。

酒を飲め、ということなのだろうか。

清四郎は頭を横に振った。

藤左衛門はうなずいて、瓢簞を逆さにした。瓢簞の口から、たらたらと酒が広縁にこぼれた。

酒の匂いが広がった、と思ったとき、不意に何の匂いも感じなくなった。瓢簞からはまだ、滴り落ちている。

「水ですか」

清四郎が問うと、それまで漂っていた酒の匂いも消えた。藤左衛門は瓢簞の水をすべて流してしまうと笑った。

「忍びは常に虚の中を生きておる。真のことなど何一つない。それゆえ、雨宮蔵人のように真だけで生きておる漢を見ると、せつない思いが湧いてくるのだ」

「それも嘘でしょう」

清四郎はあっさりと言った。

清四郎に言われて藤左衛門は苦笑して、

「たしかに嘘かもしれぬな」

と言った。

忍びにとって、真と嘘の区別などもともとないのかもしれない。

月が青白さを増したようだ。

いつの間にか雲が棚引いて、月が雲間に見え隠れしている。

翌日、早暁のうちに少し雨が降った。それでも日が昇るにつれて雨は上がっていった。

農家はまだ暗いころから起き出して田畑に向かうのが常だ。

百姓が納屋の戸を開けて鍬（くわ）や鎌を取り出したので、蔵人たちも起き上がった。

井戸端で顔を洗い、口をすすいだ。

稗飯（ひえめし）とみそ汁ならあると言われたが、蔵人たちは遠慮した。

立ち合いの前にあまり腹に食べ物を入れないのは武士の心得でもあった。

蔵人と清厳、千代はまだ明けやらぬ道を湊川に向かった。

蔵人たちが歩いていくにつれて、

ひゅーい

ひゅーい

と鳥の鳴き声がしてきた。

千代が耳を傾けている様子を見て、蔵人は、

「〈ののう〉のつなぎか」

と訊いた。千代はうなずいて答える。

「はい、越智右近はまだ寺を出る気配はありませんが、磯貝藤左衛門の配下はすでに湊川に結界を張っているようでございます」

「そうか。その結界の内に入れば、生きては出られぬというわけか」

蔵人が言うと、千代は何か口にしかけたが、思いとどまって何も言わなかった。

清厳は東の空に目を遣った。

「ようやく白んで参りました」

蔵人も空を仰いだ。

「おお夜が明けたな。一日のうちでも暁はもっともよいな。なにやら浄い心持ちがして、ありがたく思えるぞ」

蔵人はためらいを見せずに歩いていく。

清厳はあたりに油断なく目を配りながら、

「越智右近もさように思い、血なまぐさい争いごとを避ける心になってくれるとよろしいのですが」

と言った。

「それは俗世を捨てた僧侶の考えというものだ。所詮、この世は争いが避けられぬと思い、せめて潔く戦うことを考えるのが武士というものであろう」

「さほどに武士とは罪深いものだ、と言われますか」

清厳はため息をついた。

蔵人が清四郎を助けるためとはいえ、争いのうちに身を置くのはやはり武士だからなのか。それでは武士とは何なのだろう、と清厳は自らに問いかけた。

その答えが出ぬうちに湊川に近づいていた。

日が昇り始め、空は朝焼けの茜色に染まっていた。

静かに流れる川面にも空の色が映り、ほのかに緋色を湛えている。

血の色を思わせる気がして清厳は目をそらした。

日が高くなれば明るい空色を川面に映し出すとわかってはいても、たったいまは目にしたくなかった。

しかし、そんな感慨とは無縁なのか、蔵人は大またで川へと近づいていく。やがて河原に下りかけて、ふと蔵人は歩いてきた道を振り返った。

日は昇り、風に揺れる田畑の緑が鮮やかで美しかった。

「清厳、武士とは、かように美しき田畑を守るためにこの世に生まれたものだ、とわたしは昔から思ってきた」

蔵人が感慨深げに言った。

「なるほど、そうかもしれません。武士の一所懸命とは美しき田畑を守ることなのでしょうな」

「そうだ、それがいつの間にか所領を守り、国を守り、仕える大名家を守るのが武士だということになってきた」

何かに思いをいたすように蔵人は言った。

「それが蔵人殿は嫌だったのですな」

清厳にも蔵人の言おうとしていることはわかった。だからこそ、清厳は武士であることを止め、仏門に入ったのだ。

「いまでも嫌だな。主君に仕え、憎くもない敵を斬るようになって、守るべき田畑を見失ってはもはや武士ではあるまい」

蔵人は笑った。

「わたしもさように思います」

清厳はうなずいた。

湊川を眺めていた蔵人と清厳は、
ぴゅーいっ
という指笛の音を聞いた。

「来たようです」

千代が緊張した声音で言った。

振り向くと白く朝靄がおおう林を抜けて、数人の人影が近づいてくるのが見えた。

「決着をつけるときが来たようだな」

蔵人は落ち着いてつぶやく。

清厳が蔵人の背に寄り添うようにして言葉をかけた。

「いまさらではありますが、何としても生き抜いてください。蔵人殿の命はひとりだけのものではありませんぞ」

「そのこと、忘れたことはない。ひとは誰でもそうだが、ひとりで生きている者はおらぬ。それなのに、なぜか命のやりとりをする者は後を絶たぬ。愚かな話だな」

蔵人はくくっと笑ったが、目は油断なく近づく人影に注がれている。

「愚かな武士がやってきます」

清厳はつぶやくように言った。

朝靄を抜け、先頭に立って近づいてくる越智右近の姿が見えた。

この日、将軍、徳川家宣はまだ夜が明けぬうちから目を覚ましていた。

寝所で起き上がれば、宿直の小姓があわてるので、闇の中で静かに横たわっていた。だが、夜が白み始めると我慢できずに身を起こした。

途端に、小姓が、

——もうーっ

と家宣が目覚めたことを告げる声を上げた。その声を合図に、小姓たちは家宣の洗顔や歯磨きなど朝の支度を始めるのである。

家宣はため息をつきつつ、されるままになっていたが、明け方に寝床で感じた胸騒ぎを思い出していた。なぜ、心がざわめいたのかはわからないが、眠りから覚める一瞬前に、脳裏に弟の右近の顔が浮かんだ。

（もしや、右近に何か起きたのであろうか）

そんな思いが胸中に湧いてくる。

弟の右近には、政の裏面をまかせている。表に出ないところで危ういことを右近がしていることはわかっていた。

さらに言えば、そのような闇の仕事をするために、右近が自らの武士としての矜持すら捨てる覚悟であることを家宣は察していた。

家宣は時おり、疑念を抱くこともあった。

（正徳の治はそこまでして成しとげねばならないものなのであろうか）

前将軍綱吉の放漫な治世を見るにつけ、右近とは、

「われらならばこうはせぬぞ」

「さようにございます。民のための真の政をなさねばなりません」

などとしばしば言いかわしてきたのだ。

しかし、たがいに言い合った言葉が右近を縛ったのだとしたら、どうだろう。右近はいま、将軍綱吉を殺めた冬木清四郎の口を封じようとしているはずだ。

そのようなひとに言えぬことを、本来する弟ではなかった。明朗に世を渡るのがふさわしい武士であったのに、なぜこんなことになったのか。

（すべては将軍たる自分が背負わねばならないことだ。それなのに、厭わしいことは右近に押し付けてしまった）

苦い思いに沈んで洗顔を終えた家宣の前に、朝餉の漆塗り膳が運ばれてきた。

気が進まないまま、箸をとった。箸先を添えながら汁椀に口をつけたとき、片方の箸がぽきりと真中から折れた。

（これはどうしたことだ）

家宣は不吉な思いにかられながら、折れた箸を見つめた。

同じころ、新井白石は早暁から書斎で書見をしていた。

夜が白み始めるとともに、書を読むのは永年の習慣である。

この朝は、

――春秋左氏伝

を読んでいた。孔子の編纂になると言われる歴史書、『春秋』の注釈書である。

白石が史書を読むのは政に役立てるためだ。

幕府の財政を改革し、民の暮らしを豊かなものにしなければならないと考えていた。

その根本となるものは、儒教の教えにある仁であり、義である。ひとが正しく生きる道筋に沿うものであってこそ、

――正徳の治

なのだ、と白石は考えている。だからこそ、家宣の治世を一日でも早く迎えるために、綱吉に刺客を放ったこともやむを得ない非常の手段であった、と白石は自分に言い聞かせていた。

この日の朝もいつもと変わらぬ思いで書見をするうちに、ふとある一節に白石の目が止まった。

——崔杼弑君（さいちょしいくん）

である。「弑」とは逆臣が王を殺すことを意味する。『春秋左氏伝』には春秋時代の大国、斉（せい）の重臣である崔杼が主君の荘公（そうこう）を殺害したことが記されている。

荘公は気性が荒かったことから、父の霊公（れいこう）に廃嫡されていたが、霊公が亡くなると宰相の崔杼の力添えで斉の君主となった。

その後、斉は隆盛したが、荘公は家臣の諫言（かんげん）を聞かず、暴虐（ぼうぎゃく）な振る舞いが多かった。やがて、荘公は崔杼の妻と密通したため崔杼の怒りを買った。荘公は崔杼の館にいたところを襲われ、殺された。

このことについて、歴史を記述する斉の太史（たいし）は簡潔に、

——崔杼、其の君を弑す

と記した。これを怒った崔杼は太史を殺した。死んだ太史の後を継いだ弟は、兄にならって、

——崔杼弑君

と記録した。これを削除しようと崔杼は二人目の太史も殺した。その後、彼らの弟が太史となったが、やはり、

——崔杼弑君

と記した。命を懸けて使命を果たそうとする太史を前にして、崔杼もついに殺すことを諦め、記録をそのままにした。

この際、太史兄弟が殺されたことを聞いた別の史官が、史実を伝えねば、と『崔杼其の君を弑す』と書いた竹簡を持って駆けつけた。

だが、弟の太史によって記録されたと聞いて、そのまま引き揚げたという。

白石は、崔杼弑君の故事を読みつつ、ため息をついた。いま越智右近は冬木清四郎と雨宮蔵人の口を封じようとしているはずだ。

しかし、事実を覆い隠そうとすることは、真の政と言えるのだろうか。

(真のことを隠そうとしても、いつかはどこかで顕れるのではないか)

白石は眉根を寄せた。さらに考えれば、冬木清四郎をかばって雨宮蔵人がなそうとしているのは、

——崔杼、其の君を弑す

と、記録をつかさどった斉の太史のように真実から目をそらさない、ということなのかもしれない。

白石はゆっくりと書を閉じた。書見で疲れた瞼を揉みほぐしつつ、またしても大きな

吐息をつくのだった。

そのころ、蔵人は湊川で右近と向かい合っていた。右近の背後には、辻月丹と右平太、藤左衛門が控えている。

さらに、隠密たちにかつがれ、縄で縛られた清四郎が連れてこられていた。

右近は蔵人を見据えて、

「よくこそ、逃げずに参ったな。そのことだけは褒めてやろう」

と言った。蔵人は軽く頭を下げる。

「こちらこそ、御身分のある越智様が、それがしのごとき一介の浪人者と立ち合ってくださるご器量に感服いたしてござる」

右近は薄く笑った。

「そなたと話していると、何となくはぐらかされる思いがいたすのはどうしてであろうな。すべての決着はやはり剣でつけるしかないようだ」

蔵人は油断なく右近を見つめながら、

「それがしもさように存ずる」

と応じた。右近は月丹たちを振り向いて、

「ここで待て」

と言い置くと、川岸に沿って歩き始めた。蔵人も清厳と千代にちらりと目を走らせた後、右近に続いた。

右近は歩きながら、羽織を脱ぎ捨てた。すでに白襷をしている。蔵人も羽織を脱ぐと、刀の下げ緒ですばやく襷をかけた。

右近はさらに歩を進め、川面に目を遣りつつ、足を止めた。

「楠木正成公は湊川で足利尊氏公との戦いにのぞんだ際、討ち死にを覚悟されていたようだ。勝てぬとわかっている戦いに、なぜ臨まれたのであろうかな」

右近はつぶやくように言った。

「さて、それがしにはわかりませぬが。勝てぬとわかっていても、臨まねばならぬ戦いがひとにはあるようです」

右近は蔵人を振り向いた。

「勝てぬとわかっている戦いを、なぜするのだ」

「勝つとわかっている戦いしかしない者は、武士ではありますすまい」

蔵人は淡々と答える。

「何を申す――」

右近の目が鋭くなった。

「勝てぬとわかっていても戦ってこそ、武士でございましょう。されば、楠木正成公こそが武士、勝つとわかった戦いを仕掛けた足利尊氏公は天下人ではありましょうが、武士とは申せますすまい」

蔵人が言い放つと、右近は目を怒らせて、
——笑止
と吐き捨てるように言うなり、すらりと刀を抜いた。
蔵人も応じて刀を抜く。
風が強まり、川面にさざ波が立った。

清厳はふたりが刀を抜いたのを見て、目を見開いた。右近に従う月丹たちに動きがあれば、すぐに駆けつけて蔵人の盾になろうと心を定めていた。

千代が清厳に近寄ると、

「清厳様、藤左衛門の動きが怪しゅうございます」

と告げた。

「何が怪しいのだ」

清厳は眉をひそめて、月丹のかたわらにいる藤左衛門に目を遣った。

「配下の隠密に馬上筒の支度をさせております。まだ、火縄はつけておりませんが、いずれ使うつもりではありますまいか」

「まさか、立ち合いの最中に鉄砲で狙うつもりか」

「公儀隠密ゆえ、さような卑怯はせぬとは思いますが、あるいは越智右近から何事か命じられておるかもしれません。さらに藤左衛門に日頃の覇気がないように見受けられます。何か気後れするところがあるのではございますまいか」

「そうか、もし、藤左衛門に不穏の素振りがあれば、教えてくれ。わたしが何とかせねばならぬだろうからな」

「わかりましてございます」

千代はうなずいて、藤左衛門に目を遣った。

藤左衛門は右近と蔵人の立ち合いを注視するばかりで、まわりを見回す余裕もないようだった。

（藤左衛門らしくもない）

千代はなぜか舌打ちする思いだった。


右近と蔵人はたがいに正眼に構えた。

右近はすっと横に動いた。

川を背にしている。昇り始めた日で、川面が白く輝き出していた。

川を背にした右近の姿は、川面にきらめく陽射しに黒く浮かび上がった。

右近はさらに横に動く。

蔵人はあたかも糸でつながれているかのように、右近の動きに合わせて河原を横に動いた。少しずつ、ふたりは間合いに入っていく。

蔵人が白い歯を見せて笑った。

「いささか卑怯をつかまつるが、よろしゅうござるか」

抜け抜けとした言い方をする蔵人を右近はじろりと睨んだ。

「勝手にいたせ」

右近が言い終わらぬうちに、蔵人は河原の石を左足で探ると右近目がけて素早く蹴った。

ひゅっ
風を切って飛んだ石を右近が刀で叩き落とした。

同時に、蔵人が斬り込む。

がっ
がっ
右近と蔵人の刃が打ち合い、青い火花が散った。

右近は蔵人の斬り込みをかわしつつ、体をまわして袈裟懸けに斬りつけた。蔵人は危うく刃を避けて跳び退くと、間合いを開いた。

右近は呼吸をととのえつつ、

「どうした。もはや、それで終わりか」

と言った。蔵人はにこりとした。

「いや、これからでござる」

蔵人は踏み込んで突きを見舞った。白刃が一条の光のように右近を襲った。

右近は落ち着いた物腰でこれをかわした。だが、蔵人は手元に刀を引くなり、二度、三度と流れるように続けて突きを見舞う。

あたかも止まるところを知らない、流水のような突きだった。これを受ける右近の頰や袖を、蔵人の刃がかすめる。

その様を見て、藤左衛門が思わず配下に持たせた馬上筒を取ろうとした。だが、その腕を月丹が押さえた。

「まだだ、越智様はあれしきの突きで、やられはせぬ」

落ち着きのある月丹の言葉で、藤左衛門は馬上筒から手を離した。

そのとき、右近は腰を沈めて下段からすくい上げるように蔵人に斬りつけた。

蔵人の袖が斬られて、宙に舞った。

なおも右近は下段から斬りつけていく。

刃風が凄まじい。

蔵人は押されるようにして川の浅瀬に入った。脛までつかって水飛沫（みずしぶき）を上げながら、横に動く。

「逃さぬ——」

右近は川岸を走りつつ怒鳴った。

蔵人は浅瀬で足を止め、腰を落とした。右近はその姿を見て、

「どうやら観念したようだな」

と声をかけた。

「おたがいでござろう」

言い返した蔵人は、浅瀬の中でじりっと前に進んだ。

右近は川岸で待ち構える。

川の上を舞っていた白鷺が、不意にふたりの間に舞い降りて水中の魚を嘴でとらえた。

その瞬間、蔵人は川岸に向かって走った。

「こい――」

右近が叫んだ。

魚をくわえた白鷺が大きく羽搏いて空へ舞い上がるのと同時に、蔵人は水面を蹴立てて突進した。

右近が迎え撃つ。

蔵人は左右から斬撃を見舞った。白刃が稲妻のように光る。

がきっ
がきっ
右近は一歩も退かずに蔵人の刃を弾き返し、さらに踏み込んだ。

――おうりゃ
気合とともに右近が斬りつける。これを蔵人が受け止めて刃が噛み合い、鋭い金属音を発した。

た。

蔵人は体当たりする勢いで右近に斬りつけた。右近がこれを受けて鍔迫り合いになった。

渾身の力を込めて蔵人が押さえこもうとすると、右近は足を突っ張ってこれに耐えた。不意に蔵人の顔が朱に染まったかと見えた瞬間、右近は足を蹴上げて蔵人の下腹部を蹴った。

蔵人はぱっと浅瀬に跳び退いて水飛沫を上げた。右近は糸に引かれるように、蔵人を追って浅瀬に入る。

蔵人はじわりと下がる。腿のあたりまで川に沈んだ。

右近は油断なく、刀を正眼に構えて追う。いつの間にか右近も腿のあたりまで川に入っていた。

その様を見た月丹が、

「まずい」

とうめいた。

かたわらの藤左衛門が馬上筒で蔵人を狙いつつ、

「越智様が、雨宮を追い詰めているようでございますが」

と言った。月丹は頭を振る。

「雨宮蔵人は、鞍馬の山中で暮らしておると聞く。日ごろから山の上り下りで足を鍛えておろう。川の水に足をつけて戦えば疲れが出る。雨宮は越智様の足の疲れを待つつもりなのだ」

藤左衛門はうなずいて、

「憎い奴でございます」

と感心したように言った。

月丹はじろりと藤左衛門を見たが、何も言わない。蔵人の狙いは川の中での闘いで右近を疲れさせるだけでなく、勝った後の逃げ道の算段もしているのだ、と察した。

右近を倒した後、川に潜れば姿を晦ますことができる。それしか、蔵人が右近に勝ったうえで生き抜く道はないのだ。

(奴め、何もかも考えたうえで戦っているのだ)

月丹は内心、舌を巻く思いだった。右近の剣の技量は蔵人に劣らない。だが、数多の修羅場を潜り抜けてきたに違いない蔵人には生き抜くための獣の勘が働くのだ、と月丹は思った。

清厳は千代とともに立ち合いを見守った。

蔵人がさりげなく右近を川の中での闘いに誘っているのは、清厳にも見てとれた。いかに剣でおのれを鍛えてきたといっても、殿様育ちの右近と蔵人では体の力に大きな違いがある。

長い勝負になれば、右近に疲労の色が見えてくるはずだ。さらに川の中での動きは足の負担になる。

蔵人は冷静にたがいの力を推し量り、自らが有利なように立ち合いを進めているのだ。

（さすがは蔵人殿だ）

清厳はひそかに蔵人の勝ちを確信した。

千代は立ち合いを見守りつつ、藤左衛門の動きを遠目にうかがっていた。藤左衛門が時おり、馬上筒を構えるのを見て、

（卑怯な、雨宮様を撃つつもりだ）

と憤りを感じていた。

だが、公儀隠密がまわりに控えているだけに藤左衛門の動きを封じるのは難しい。鉄砲に対しては飛び道具を用いるしかないが、〈ののう〉の吹き矢では届かないだろう。どうしたらいいのか、と焦りつつ、立ち合いに目を遣った千代は、ああ、そうなのか、と得心がいった。

千代は胸中でつぶやく。

（雨宮様は鉄砲で狙われていることに気づいておられるに違いない）

だからこそ、川の中で闘い、いざという時は水中に身を隠して鉄砲を避けるつもりなのだ。

雨宮様、それしか鉄砲を防ぐ術はございません、と千代は思いつつ、蔵人の勝利を願った。

一瞬、右近の動きが止まった。川の中に立ち、正眼に構えながら、じっと蔵人を見つめる。蔵人は腰まで水につかりつつ、

「どうした。臆（おく）されたか」

と声をかけた。右近は白い歯を見せて笑った。

「ああ、臆したとも。うかうかと貴様の術中にはまるところであった」

右近はそう言うと、じりじりと下がって川岸に戻り始めた。蔵人は動かない。右近が川岸に戻ったとき、蔵人は空を見上げた。

いつの間にか黒い雲が空を覆い始めていた。川岸に立った右近も空を見上げて、

「そうか。雨になるのを待つつもりか」

と言った。蔵人は正眼に構えて川の中に立ち尽くしている。右近は蔵人を見据えて、

「雨が降れば鉄砲は使えぬ。それを見越して雨雲を待つつもりだろうが、そうはいかぬ。川から上がってこい。さもなくば、冬木清四郎の命をもらうぞ」

右近がつめたく言い放つと、蔵人はにやりと笑った。

「立ち合えば、清四郎の命は助けていただけるのではありませんでしたか。約束が違いますぞ」

「わたしに勝てばと言ったはずだ。川の中から出てこぬのであれば、立ち合いから逃げたと見なすぞ」

右近が刀を右手に提げて、清四郎に向かって歩き始めると、蔵人はやむなく川岸に向

かった。

右近は足を止めて蔵人を待つ。蔵人が岸に上がろうとする寸前に足場が悪いところで生じる隙を突いて斬りつけるつもりなのだ。

蔵人は川岸のそばまできて歩みを止めた。

「ここらでよろしゅうござろう。いざ――」

蔵人は刀を構えた。右近は何も言わず、刀を正眼に構えると、じりっと蔵人に近づいた。同時に蔵人は跳躍して川岸に上がると、右近目がけて猛然と走り寄った。

「覚悟――」

蔵人は叫ぶなり、刀を大上段に振りかぶった。

――おおっ

右近は応じて下段から斬り上げる。

空中で激しく刀が打ち合った。そのとき、鈍い音がして右近の刀が真ん中から折れた。あっと息を呑んだ右近はとっさに大刀を捨て、脇差を抜いた。その隙を突くように蔵人は容赦なく斬りつける。

右近はこれを脇差でしのいだ。蔵人は斬りつけながら、巧みに右近を盾にして藤左衛門の馬上筒の狙いを避ける。

右近は脇差で蔵人の斬り込みを防ぐが、劣勢は明らかだった。月丹が走り出した。

「越智様、ご助勢いたす」

駆け寄った月丹が、すらりと刀を抜いて蔵人と向かい合った。だが、右近は落ち着いた声で、

「助太刀は無用だ。刀だけ寄越せ」

と言った。眉をひそめた月丹は、呼吸を置かず、蔵人に斬りつけた。蔵人が避ける間に、

――越智様

と声をかけるなり自らの大刀を右近めがけて放り投げた。右近は脇差を瞬時に鞘に納めて、月丹の刀の柄を受け止めた。

月丹はそれを見定めてから、すっと退いていく。蔵人は間髪をいれず、右近に駆け寄って斬りつける。右近は手にしたばかりの刀でこれを防ぐ。数合打ち合った後、蔵人は川岸に沿って走った。右近も応じて追いかけるように走り、蔵人が止まった瞬間、斬り結ぶ。

ふたりの刃はたがいの顔や胸をかすめた。それぞれ頰や額から血が滴り、着物の衿や袖は切り裂かれている。

それでも一歩も退かない斬り合いが続いた。さらに蔵人が踏み込んだとき、どうしたはずみか足がすべって体勢が崩れた。

右近はその隙を見逃さず、斬りつける。蔵人は地面に転がってこれをかわした。しかし、かわしたのも束の間、右近は蔵人が立ち上がる暇を与えず、斬撃を見舞う。

蔵人は転がりつつ、刀で弾き返した。少しでも離れて刃から逃れようとするが、右近の動きは流れるようで、蔵人は防ぐのが精いっぱいに見える。

その様子を見守っていた清厳は矢も盾もたまらなくなり、背中から半棒を左手で抜いて、

「千代殿――」

と声をかけた。月丹が退いたとはいえ、右近の危機にいったんは助太刀をしたのであるから、こちらが助太刀してもかまわないはずだ、と清厳は自らに言い聞かせて、走り出そうとした。

千代も懐の短刀を握り、これに続こうとする。

清厳と千代の様を見た月丹が、

――右平太
と声をかけた。もはや双方の乱戦になるしかない、と月丹は思い定めた。右平太が立ち上がったとき、清四郎がもがきながら、

「待てっ」

と声をあげて片足で立とうとした。

その動きを一瞥した月丹が、清四郎に構わず、脇差に手をかけ蔵人に向かって走り出そうとしたとき、空に稲妻が走った。

どーん

という耳をつんざくような雷鳴とともに、川岸に立つ丈高い木に落雷した。木が燃え上がるのを見た右近は動きを止めた。

その隙を突いて地面に倒れていた蔵人は立ち上がり、右近に斬りつけた。あわててこれを受けた右近の刀がまたもや真ん中から折れた。

折れた刀を呆然と見つめた右近は、蔵人に顔を向けた。

「先ほど、わたしの刀を折ったのもそなたの技か」

「さよう、〈氷柱折り〉と申す。それがしが工夫した技でござる」

蔵人はにやりと笑った。

「そうか、すでに一度、後れをとっておったということか」

右近は折れた大刀を投げ捨てると、またもや脇差を抜いた。しかし、そのときには、蔵人が迫っていた。

蔵人の斬撃を受けとめた右近の脇差は、根元から折れた。

「おのれ、またしても猪口才(ちょこざい)な技を――」

右近は歯噛みして蔵人を見据えた。

清厳と千代、月丹と右平太が駆け寄ってくる。

「覚悟されよ――」

蔵人が怒鳴って大刀を大上段に振りかぶった、そのとき、

だーん

銃声が鳴り響いた。

蔵人は弾かれたようにのけぞって地面に倒れた。

霧のような雨が降ってきた。

右近は大きく息を吐きながら、倒れた蔵人を見つめた。蔵人はうめき声も発することなく、ぴくりとも動かない。

右近は跪いて、信じられないという表情で倒れた蔵人を見つめ、苦しげな様子で合掌した。

清厳と千代が駆け寄って倒れた蔵人にすがった。

「蔵人殿――」

「雨宮様、しっかりなさいませ」

清厳と千代が声をあげた。

月丹が右近のそばに寄り添いながら、藤左衛門を振り向いた。

蔵人に馬上筒を撃った藤左衛門は放心したように跪いている。

月丹に向かって右平太が歩いてくる。

その後ろから縄で縛られた清四郎が左足をかばいつつ追っていた。

右平太は振り向きもせずに清四郎に斬りつけた。清四郎は足を止めて身をかわした。すんでのところで縄がすぱりと切られていた。さらに右平太は刀を横に突き出した。

右足で跳び上がった清四郎は、すれ違い様に右平太の刀を奪った。右平太はなす術もなく刀を取られた。あたかも清四郎が刀を奪いとるのを助けたかのように手向かいしなかった。

清四郎は刀を手にすると、空中で体を回転させて、右近のそばに降り立った。

「父上の仇――」

清四郎は叫ぶなり右近に斬りつけた。月丹がこれを制しようとしたが、右近は立ち上がるや、

「月丹、邪魔立て無用ぞ」

と一喝して清四郎に向き直り、

「小倅(こせがれ)、よく来た――」

と怒鳴った。清四郎は必死の形相で斬りつける。刀をかいくぐった右近は、清四郎の腕をとって、ねじあげた。たまらず倒れた清四郎を、右近は片膝で押さえつけた。手からもぎ取った刀を逆手に持って、右近は倒れた清四郎の首筋すれすれの地面に突き立てた。

「冬木清四郎、討ち取った」

声高に言って右近は立ち上がった。

月丹がそばに寄り、清四郎と蔵人に目を遣りながら、

「越智様、雨宮蔵人に止めを――」

と囁くように言った。だが右近は平然として、

「無用である」

と言い放ち、踵を返して歩き始めた。

右近はゆっくりと藤左衛門に向かって歩いた。

藤左衛門は馬上筒で蔵人を撃った後、気抜けしたように跪いたままだった。

月丹が右近の助太刀をしなければと色めき立ったとき、とっさに藤左衛門は蔵人を撃った。

なぜ鉄砲の弾を放ってしまったのだろう、と藤左衛門は自問し続けていた。

右近がまさに蔵人に斬られると思ったからだったが、それだけではないことを藤左衛門自身は知っていた。

月丹に見張られていては、思うように馬上筒の狙いを定めることができなかった。だが、わざと当て所をはずそうと思ったわけではなかった。

月丹に監視されているから、あたかも命じられるままに蔵人を撃つのが嫌だったのだ。

(雨宮蔵人ほどの男を殺すのであれば、わたし自身の決断でやりたい)

そう思っていた。

だが、蔵人を撃った後、藤左衛門の胸には大きな後悔の念が渦巻いていた。自分は本当に蔵人を殺そうと思って馬上筒を放ったのだろうか。

狙いをはずしてしまったかもしれない。

公儀隠密としては許されないことだ。そう思うと、悔しさが胸に満ちた。

(もし、狙いをはずしてしまったのであるなら、わたしは雨宮蔵人に負けたことになる)

藤左衛門は両のこぶしを膝のうえで握りしめた。忍びとして生きてきて、こんな思いを味わったのは初めてだった。

右近は、身じろぎもせず跪いたままの藤左衛門のそばを通りながら、

「磯貝、ようしてのけた。褒めてとらす」

と声をかけた。

藤左衛門は平伏した。右近は藤左衛門を見下ろすと、

「だが、そなたは公儀隠密には不向きゆえ召し放つ。雨宮蔵人の亡骸を葬った後に立ち退け。江戸にもどることは許さぬ」

と厳しい口調で言った。藤左衛門は肩をすくめ、

「承りましてございます」

と答える。右近は表情を変えずに、

「それでよし」

とだけ言って平身低頭する藤左衛門のかたわらを通り過ぎる。

月丹は右近に従いながらさりげなく、口を開いた。

「それがし、最前、助太刀つかまつろうと越智様の動きに気を取られておりましたゆえ、

藤左衛門の鉄砲の狙いを見定めることがかないませんでした。お許しくださりませ」

月丹は頭を下げた。右近は表情を変えずに、

「そんなことであろうと思っておった」

と応じて苦笑した。そして月丹の後ろに従う右平太にちらりと目を向けて、

「右平太も、清四郎が雨宮を思う気持に動かされるとは、侍心を失っておらなかったようだな」

と言い添えた。

右平太はわずかに頭を下げ、低い声で、恐れ入ります、と返答した。しかし、それ以上のことは口にしなかった。右近は鼻先で笑うと、振り返ることもなく霧雨の中を悠然と歩いていく。

月丹は、顔を戻した右近が天を仰ぎつつ、

――生きよ
とつぶやいたのを聞いたが、何も言わなかった。右平太も黙然と歩いていく。

雨脚がしだいに強くなってきた。

藤左衛門は蹌踉（そうろう）として立ち上がった。

右近が蔵人の亡骸を始末せよと言ったのは、生きていれば殺せ、という命であろうか、と考えた。それとも万一、息があれば助けよ、ということだろうか。

（それは無理だろう）

藤左衛門は倒れている蔵人に向かって歩きながら、ため息をついた。

あるいは、鉄砲の狙いが心ノ臓をはずれているかもしれない。だが、鉄砲の弾が胸板を貫いたのはたしかで、とても生きているとは思えない。助からぬ命なら、一息に死なせてやったほうが功徳だったのではないか、と藤左衛門の考えは巡りに巡る。

(わたしは無駄なことをしてしまった)

藤左衛門は重い足取りで倒れている蔵人のそばに歩み寄っていった。

そのとき、清四郎は蔵人に這い寄って、

「父上——」

と叫んで号泣していた。

そぼ降る雨に濡れた蔵人の体は冷え切って、とても息があるようには思えなかった。

千代は懸命に傷をあらため、手足をさすって、

「雨宮様、お気をたしかに」

と言いつつ、蘇生させようと介抱していた。千代はふと、地面に投げ出された蔵人の左手がぴくりと動いたのを見た。

「清厳様——」

千代はひとに気づかれぬようにそっと清厳に蔵人の左手を指し示した。すると、また、わずかに動いた。

それを見ると同時に清厳は藤左衛門が近づいてくるのに気づき、袖を翻して蔵人の左手を隠した。清厳は、びしょ濡れになりながら蔵人を見つめて、

「蔵人殿、必ずお助けいたしますぞ」

と低い声音で声をかけた。蔵人は不死身だ、まだ闘いは終わっていないのだ、と清厳は自らを励ました。

藤左衛門がゆっくりと近づいてくる。

十日後――

咲弥は肥前に入り、香也とともに山本常朝が北山黒土原に結んでいる庵に仮寓した。

常朝の庵はもともと農家だったもので、六畳間が三間、四畳半一間に板敷の台所があり、咲弥たちが住むのに不自由はなかった。

それでもまわりは山に囲まれた寂しい田舎家であった。常朝は、この庵に住み始めたころの歌だ、と言って咲弥に短冊を示した。それには和歌が一首認められていた。

　分け入りてまだ住みなれぬ深山辺に影むつまじき秋の夜の月

咲弥は歌を口にして微笑み、

「影むつまじきが風雅でございますね」

と言った。常朝はうなずいた。

「さようでござろう。いずれ、咲弥様や香也殿も雨宮殿、清四郎殿と睦むつまじく暮らすことができるようになりましょうぞ」

常朝の言葉に、咲弥は心もとない顔をした。

「そう願っておりますが」

咲弥が眉宇を曇らせたのを見て、常朝は心配げに口を開いた。

「やはり雨宮殿のことが案じられますか」

「胸騒ぎが治まりませぬ」

咲弥は翳りのある表情で言った。

蔵人が越智右近に討ち取られるとは思わないが、いまだ危地を逃れられていないことは紛れもないだろう。

「そうであった。肥前に戻ったからには、藩に咲弥様のしかるべき待遇を求めようと思っておったのだ」

常朝が以前から頭にある考えを口にした。

常朝の言葉を聞いた咲弥は、

「それは、しばらくお待ちください。あるいは蔵人殿は越智右近様との闘いに勝ち、怪我を負わせるか、命を奪っているかもしれません。もし、そうであれば、将軍家の弟君を害した大罪人ということになります。迂闊にわたくしどものことを申し上げては、御家に迷惑がかかる恐れがございます」

　と静かに言葉を返した。

　常朝は大きく吐息をついた。

「さようでございますな。雨宮殿が殺められても困るが、殺めたとすればさらに難しいことになります。厄介なことだ」

「恐れ入ります」

　咲弥が頭を下げると、常朝はあわてて手を振った。ふたりの話を聞いていた香也は口を開いた。

「わたしは、父上も清四郎様もご無事だと信じております」

　咲弥は微笑んでうなずいた。

「わたくしもそう信じております。ですが、万が一の場合を考えておくのが武家として生きる者の心得なのです。わたくしたちは、蔵人殿や清四郎殿に何があってもうろたえてはなりません。蔵人殿や清四郎殿とともに生きようと誓った女子として恥ずかしくない身の処し方をしなければならないのです」

　咲弥の言葉には、武家の女としての覚悟が籠っていた。

　ひと月が過ぎた。

　秋の気配も深まり、澄明な陽射しは日を追うごとに傾いでいる。

蔵人たちの消息がわからないまま、咲弥たちは落ち着かない日々を過ごしていた。

それでも、常朝がひそかに報せたからなのだろう、親戚の者たちがぽつりぽつりと訪ねてきて、咲弥と久闊を叙した。

咲弥たちが出奔して以来、永い歳月が流れ、すべては過去のことになっているようだった。

蔵人が無事に肥前に戻ってこられさえすれば、昔ながらの暮らしができるようになるかもしれない。

そんな思いが咲弥の胸を過るようになったある日、庵の庭先に旅姿の鳥追い女が立った。

望月千代だった。

縁側で繕い物をしていて千代に気づいた咲弥は、あわてて庭下駄を履いて庭に下りた。

鳥追い女の笠をかぶった千代は頭を下げて、

「突然、参りまして申し訳ございません。手紙でお知らせをと思いましたが、清厳様が、ひとに知られてはどのように危ういことになるかわからない、と用心なされますゆえ、こうして参上いたしました」

と告げた。咲弥は気がかりそうな眼差しで千代をじっと見つめて、

「蔵人殿と清四郎殿はご無事ですか」

と訊いた。千代はうなずいて答える。

「危難は脱してございます。清四郎様は無事でございます。ただ、雨宮様は鉄砲で撃たれ、深手を負われました」

「鉄砲で――」

咲弥は息を呑んだ。

「ただいまは安芸国の大石りく様のもとに身を寄せて養生をされておられます」

「りく様のもとに」

「はい、何分にも公儀の追手を受けたのでございますゆえ、人目を忍ばねばなりません。大石様のお子の大三郎様が、このほど広島の浅野本家にお召し抱えになり、屋敷も頂戴されることになりましたので、お頼みすることとなったのでございます」

「りく様にお世話をいただくのは、まことにありがたいことですが、よく話が通りましたね」

咲弥が驚くと、千代は口ごもりながら、

「磯貝藤左衛門殿が安芸まで走って話をつけてくれたのでございます」

と言った。なぜか頰が赤らんでいる。

「磯貝殿は、公儀隠密ではございませんか」

「さようでございましたが、召し放ちになったそうでございます」

「どうしてまた、そのようなことに」

「実は、雨宮様を鉄砲で撃ったのは、藤左衛門殿でした。しかし、そのおり、藤左衛門殿には粗漏の振る舞いがあったようでございます」

「狙いをはずしてくださったのですね」

「さて、それはわかりません。おそらく藤左衛門殿にもわからぬことなのではございますまいか。ただ、藤左衛門殿は公儀隠密を召し放たれたからと申して、わたくしどもが雨宮様を介抱いたすのを手伝ってくれております」

千代の言葉を聞いて、咲弥は気が急くように、

「それで、蔵人殿のご容態は——」

と訊いた。千代は顔を曇らせた。

「いまのところ、一進一退としか申し上げられません」

ああ、と咲弥はうめいた。

咲弥が千代と話をしているのを聞きつけて、常朝と香也が縁側にやってきた。ふたりに気づいた咲弥は、千代に、

「座敷で詳しいお話をうかがいます」

とうながした。

常朝と香也は千代が蔵人たちのことを告げに来たのだ、と察して表情を硬くした。

千代は笠を脱ぎ、足をすすいで座敷に座ると、蔵人は冬木清四郎を取り戻したものの、右近との対決で鉄砲による深手を負ったことを話した。

「父上はお命が危ないのですか」

香也は目に涙をためて訊いた。千代は頭を振った。

「お医者の手当てで鉄砲の弾は取り出せたのですが、体に負った傷は深く、高熱が続けば命に関わるかもしれない、ということでございます」

咲弥は平静を失わない面持ちでうなずいた。

「わかりました。蔵人殿がさように危ないのでしたら、すぐさまわたくしと香也が介抱に参ります」

咲弥の言葉に千代は眉を曇らせた。

「咲弥様はさように申されるであろう、と清厳様は仰せになりました。されど雨宮様が戦った相手は将軍家の弟君です。さらに清四郎様が前将軍綱吉公が亡くなられたおりの秘密を今も握っていることに変わりはありません。それゆえ、目立たぬようにひそかに雨宮様を介抱せねばならないのです。咲弥様は肥前にて元気になられた雨宮様のお帰りをお待ちいただきたいと清厳様は仰せでした」

咲弥のもとへ使いに発つ千代に、清厳が留意して伝えるよう重ねて言ったのはこのことだった。

「咲弥様は必ず駆けつけようとされるに違いない。しかし、人目に立てば身を寄せている大石様にも迷惑がかかることゆえ、このことはしっかりと伝えて欲しいのだ」

と何度も念を押された清厳の言葉を千代は口にした。

咲弥は首をかしげた。

「清厳殿の申されることはわかりますが、わたくしと香也が参るだけのことです。目立たぬように十分に気をつければすむと思いますが」

「清厳様は、佐賀に戻られたからには、咲弥様は天源寺家の末裔としてのご身分でございます、家中でも関心を持たれているはずだ、との仰せでございました」

千代は言葉を選びつつ、ゆっくりと言った。

千代の言葉に咲弥は眉根を寄せた。千代はさらに言葉を継ぐ。

「そうなると、咲弥様が何をされるのか佐賀藩も目を光らさざるを得ないだろう、とも仰せでした」

「まさか、そのような――」

咲弥が聞き流そうとすると、常朝が片手を上げて、

「あいや――」

と口をはさんだ。咲弥が顔を向けると常朝はこほん、と空咳をした。

「実は申し上げてはおりませんでしたが、それがしが雨宮殿と関わり、大坂城まで参ったことは、大坂蔵屋敷の蔵役人、天野将監が藩庁へ届けておりました。このため、それがしと雨宮殿の関わりは藩主吉茂(よししげ)公のお耳にまで達しておったのです」

「本藩の殿がお知りになったのですか」

咲弥は眉をひそめた。

咲弥の実家、天源寺家は佐賀藩の支藩である小城鍋島家に仕えてきた。いずこの藩で

もそうなのだが、本藩と支藩には長年の確執がある。

咲弥の父である天源寺刑部は傲岸で、〈鎧揃え〉の行事の際、本藩の先代藩主綱茂に矢を射かけるという無法をあえてした。

このことをめぐって、蔵人は藩から出奔せざるを得なくなったのだ。

「さようにございますが、いまの殿は昔の本藩と支藩の軋轢は水に流したいと思われておりますぞ。そのため小城藩主の元武公とも懇ろにされておるのです」

いまの藩主吉茂は、二代藩主鍋島光茂の次男として生まれた。はじめ大叔父である神代直長の婿養子となって神代家を相続した。

だが、三代藩主となっていた兄の綱茂が男子に恵まれなかったため、宝永二年に養子に迎えられた。

二年後、綱茂の死去に伴い家督を相続して四代藩主となったのである。

それだけに過去の争い事はいずれも解消したいと考えていた。

「それはよきことですが、わたくしどもと何か関わりがございますでしょうか」

「実は、咲弥様が先頃お会いになった親戚筋の方が、元武公に天源寺家の再興を願い出ておられるのです」

「それは――」

困ったことをしてくれた、と咲弥は思った。

「どなたが、元武公に願い出られたのでございますか」

咲弥は思わず訊いた。

「藤巻主膳殿でござる」

主膳の名を聞いて咲弥は唇を嚙んだ。主膳は従弟にあたるが、若いころから野心家で何かにつけ、出世の道を探っていた。

先日、咲弥を訪ねてきたおりも、蔵人と咲弥が国を出たことで、自分が藩から冷遇されたと恨みがましく話していた。

主膳にしてみれば、咲弥が天源寺家を再興すれば、自分にも得なことがあると思っているのだろう。親戚とはいえ、あさましい漢だ、と咲弥は嘆かわしく思った。

だが、口にするわけにもいかない。

佐賀に戻ったからには、実家の再興は咲弥が真っ先にしなければならないことだったからだ。

「雨宮殿は元武公が少年のころおそばに仕えてお気に入りでございました。されば、元武公はあらためて咲弥様の婿である雨宮殿に天源寺家を継がせて再興させたいと考えられたそうでございます」

「しかし、それは難しゅうございましょう」

蔵人は藩を出奔する際、藩士を傷つけているだけに、本藩と確執を起こした天源寺家を再興して継いだとあっては家中の者が納得しないだろう、と咲弥は考えている。

「いや、そこで元武公はわが殿と話し合われたそうなのです。もともと天源寺家は本藩からの付家老でございました。それでこの際、龍造寺家の血筋ということで、本藩に戻してしかるべく処遇してはどうかということになったのでございます」

「本藩に――」

咲弥は息を呑んだ。

咲弥の父の天源寺刑部は本藩の藩士だったころ、島原の乱で軍功をあげたが、抜け駆けであったとして小城藩に預けられ、付家老となった。

小城藩では七百三十石に過ぎず、名門の末裔として少なからず不満を抱いていた。このため本藩の藩主に矢を射かけるという暴挙をしてのけたのだ。

その天源寺家が本藩に戻るとあれば亡くなった父は喜ぶだろう、と咲弥は思った。

「しかも、わが殿は龍造寺家の末裔を粗末に扱ったのが誤りのもとであったとして、三千石を与えようとの思し召しでございますぞ」

常朝は力を込めて言った。

咲弥は頭を下げて、

「まことにありがたき仰せでございます」

と言った後、常朝を見つめた。

「しかしながら、そのこととわたくしが蔵人殿の介抱に参ることに何の関わりがございましょうか」

常朝は威儀を正して口を開いた。

「咲弥様と雨宮殿は国許を離れて久しゅうござる。それゆえ、いったん国に戻られたからには他国へ出てはならぬ。もし、そのようなことがあれば、再び国許には戻さぬとの仰せなのでござる」

咲弥は背筋を伸ばした。

「それは、わたくしが蔵人殿の介抱のために安芸国に参ったならば、再び佐賀には戻れぬということでございますか」

咲弥は強い口調で問う。

「そうなるやもしれません」

常朝は顔をしかめて答えた。

「妻が夫を介抱に参るのは当然のことと存じます。それでもお許しを願えませぬか」

「それは願い出てみねばわかりませんが、帰ってきたと思えば、すぐにいなくなったでは心底を疑われましょう」

「疑われるも何も、わたくしはまだ帰参を願い出てはおりませぬ」

咲弥は毅然として言葉を発した。

「それではやはり、雨宮殿のもとへ参られる所存か」

咲弥は頬をやわらげて言った。

「山本様は常々、武士道というは死ぬことと見つけたり、二つの道があれば、早く死ぬほうに片づくばかりなり、と申されているではございませぬか。武家は余分なことは考えぬもの、なさねばならぬと思い定めたことを真っ直ぐに行うのがよいようにわたくしも思います」

常朝は頭に手を遣った。

「それはまことにさようですが、このまま佐賀に留まれば三千石ですぞ。惜しゅうはござらぬか」

正直なところを言う常朝に、咲弥は微笑みかけた。

「何の、三千石――」

咲弥がつぶやくように言うと、常朝は目を瞠った。

「わが夫、雨宮蔵人の命はさほどに安うはございませぬ」

咲弥はきっぱりと言い放った。

常朝が驚いた表情になると咲弥は、香也に顔を向けた。

「わたくしは蔵人殿のもとに向かいます。そなたはいかがしますか」

香也はにこりと笑みを浮かべた。

「訊かれるまでもございません。わたしはいずこなりとも母上とともに参る覚悟はできております」

香也の返事に咲弥がうなずいたとき、千代が膝を乗り出した。

「望月千代、お供仕ります」

咲弥たちの話を聞いていて、常朝は大きく吐息をついた。

この日、高熱を発して、蔵人は床に横たわっていた。

医者が呼ばれて、手当てをしたが、熱は下がらなかった。手当てを終えた医者は別室で、りくと清厳に難しい顔をして蔵人の容態を話した。

「傷の快復がよろしくございませんな。このままひと月も長引けば体の力が落ち、命にも障るかもしれません」

清厳が眉をひそめて訊いた。

「どうしたらよろしいのでしょうか」

「とりあえずは熱が下がればよいのです。そのためには滋養のあるものを食べさせて体の力をつけねばなりません」

「それが、熱が引かぬゆえ食べ物が喉を通らぬようです」

清厳がため息まじりに言うと、医者は、困りましたな、できるだけのお世話をされることです、と言い置いて帰っていった。

りくは清厳に顔を向けて、

「やはり、咲弥様をお呼びいたしたほうがよろしいのではございませんか」

と言った。

「さて、それは――」

清厳は首をひねった。

「殿方は自分ひとりの力だけで生きられるとお思いでしょうが、ひとはやはり支える者があってこそ生きる力が湧いてくるものでございます。雨宮様の支えとなるのは、咲弥様をおいてほかにございません」

「そうに違いありませんが、何分、国許にも事情がございまして」

清厳は蔵人が国許から出奔せざるを得ず、咲弥もまた永年、佐賀に戻らなかったわけを知るだけに口ごもった。

せっかく元武公の配慮でひさびさに国許に戻った咲弥が、すぐに国を出るのは許されることではないだろう、と清厳は思っていた。

（何とか、蔵人殿を元気にして、咲弥様のもとに送り届けねばならぬのだが）

清厳が考えにふけるのを見て、りくはこれ以上の口添えは無用と思い、頭を下げて座を立った。

清厳は蔵人のもとに来ないよう咲弥に伝えてくれ、と千代に頼んだことを悔いる気持が湧いてきた。だが同時にたとえ清厳がどう言ったにしろ、咲弥は蔵人のもとへ駆けつけるのではないか、という気もする。

（蔵人殿に似て、止めても、止まらぬおひとだからな）

似た者夫婦だ、と思いつつ、清厳は微笑を浮かべていた。蔵人と咲弥はいままでも大きな苦難を乗り越えてきた。

此度もきっと困難に打ち克つに違いないと思ったのだ。

翌日——

支度がととのって旅立とうとしている咲弥の前に常朝が来た。

何事だろう、と思って顔を向けた咲弥に、常朝はおもむろに口を開いた。

「もはや、ご出立を止めはいたさぬ。されど、その前に元武公に会っていただきたい」

「殿様に、でございますか」

「さよう、咲弥様を断りもなく、ふたたび出国させるわけにも参りませぬゆえ、元武公の内意をうかがいました。すると、国を出る前に茶を飲んでいかぬか、との仰せでございます」

「茶を——」

「はい、なんぞお話があるのではございませんか。あるいは、また国を出るからには戻ることは許さぬとの厳しい仰せかもしれませんが」

常朝は肩を落として言った。

「わかりました。殿様の仰せでございます。参らぬわけにはいきますまい」

答えた咲弥は、この日の昼下がりに小城城に向かった。常朝が同道しようと言ってくれたが、あえてひとりで行ったのは、これ以上常朝に迷惑をかけられない、と思ったからだ。

小城城に着くと、元武の近臣が奥庭にある茅葺きの茶室に案内した。

にじり口から入って待つほどに、元武が貴人口から入ってきた。

茶釜が据えられ、炭が赤く熾る炉の前に元武は座った。

「咲弥、ひさしいの」

元武はやわらかな口調で言った。

「永の無沙汰をお詫び申し上げます」

咲弥は頭を下げて挨拶しながら、ふと涙が出そうになった。小城城下を出てから随分いろんなことがあった、と不意に過ぎ去った日々が頭を過った。

「亡くなられた水戸の御老公はよくそなたのことを話していた。水戸家の奥女中として仕えていたころのそなたは〈水府の名花〉と呼ばれたそうだが、いまもそのころの美しさは留めておるようだな」

「恐れ入ります。年を重ねましたゆえ、さようなお言葉は面映ゆう存じますが」

咲弥が答えると、同時に茶釜が松籟の音を発した。

元武は茶の点前を始めながら、いや、昔と変わらぬぞ、と気軽な言葉つきで言った。

咲弥が黙って頭を下げると、元武は言葉を継いだ。

「せっかく国許に帰って参ったというのに、また出ていくそうだな」

「申し訳ございません」

咲弥は言い訳せずに静かに頭を下げた。

「それはよいが、天源寺家の親戚はうるさい者が多い。そなたがまた国を出ることを許さぬと息巻く者もいるようだ」

　藤巻主膳のことだ、と思いつつ、

「やむを得ぬ仕儀でございます」

　と咲弥は答えた。うなずいた元武は、

「それほどまでにして、蔵人のもとへ参りたいか」

「夫の命が危ういからには妻として当然の務めでございますが、それだけではないやもしれませぬ」

「どういうことだ」

「わたくしは祝言のおりに蔵人殿に心の裡を表す和歌を示して欲しいと申しました。蔵人殿は十七年をかけてわたくしに和歌を届けてくれましたが、その返歌をいまだに示していなかったことに、いまさらながら思いいたったのでございます」

「その返歌を届けに参ると申すのか」

「わたくしにとりまして、なさねばならぬことでございます」

　咲弥は真摯な眼をして元武を見つめて言った。

「そうか、返歌をな」

　元武はつぶやくように口にして茶を点て、茶碗を咲弥の膝前に置いた。咲弥は作法通りにゆっくりと茶を喫した。

「国許を出ていきたくばいくがよい。だが、天源寺家の再興はそなたが背負った務めであることは変わらぬ。そのことは覚えておかねばならぬぞ」

元武は淡々と言った。

「仰せ、畏まって承りましてございます」

天源寺家の再興はいずれ果たさねばならぬことだ、と思いつつも、今の咲弥は蔵人の命を助けることしか考えようがなかった。

咲弥はあらためて旧主に詫びを述べて茶室から辞去した。元武は淡々と咲弥を見送るばかりで、それ以上は言葉を発しなかった。


翌日の早暁――

咲弥は香也、千代とともに常朝の庵から出立した。それぞれ笠をかぶり、杖を手に手甲、脚絆をつけ、背に荷を負った旅姿である。

遠くの山々はまだ菫色に沈んでいる。

常朝は国境まで見送ろうと言ったが、それでは藩の咎めを受けるかもしれませぬ、と咲弥は固く辞した。なおも案じる常朝に、咲弥はゆったりとした口調で、

「千代殿もおられますから、心配はないかと存じます」

と言った。常朝に見送られて、朝靄に覆われた峰々をながめながら咲弥たちは国境へと向かった。関所のある街道は通らず、姫街道を遠回りしていくつもりである。

やがて道沿いの林が途切れるあたりにさしかかったとき、日が昇ってあたりの田畑が

黄金色に輝いた。

見通しがきくようになった道の前方に五、六人の武士らしい男たちが立っているのが見えた。

千代が男たちを見据えて、

「咲弥様、よからぬ者たちのようです」

と告げた。咲弥は落ち着いて答える。

「そのようですね。わたくしの出国を喜ばぬ者たちやもしれません」

咲弥が近づくと、男たちの真ん中に立っていた武士が前に進み出た。

「咲弥殿、いずこへ参られる」

四十過ぎの小太りの男だった。咲弥の従弟、

——藤巻主膳

である。

咲弥は頭を下げて、

「藤巻殿、お見送り、かたじけのうございます」

と言った。主膳は鼻で嗤った。

「見送るわけがなかろう。咲弥殿がまた国を出られると聞いて、止めに参ったのだ」

「なにゆえでございましょうや」

咲弥はそ知らぬ顔をして首をかしげた。

主膳は苦い顔をした。

「おわかりにならぬのか。かつて咲弥殿が国を出られてから、われら天源寺の親戚筋一同は家中で白眼視され、冷遇されてきたのですぞ。ようやく国許に戻られ、本藩との間で天源寺家再興の話が出て、われらも浮かび上がれるというのに、身勝手をされては困りますな」

「さようなことは藤巻殿の都合でございましょう。わたくしは夫の雨宮蔵人が深手を負い、命も危ないと聞いたゆえ、妻として介抱に参るのです。止め立ては無用です」

「何を言われるか。武家にとっては、家を守るのが、何よりも大切なはず。もともと天源寺家が廃絶されたのは、雨宮蔵人が婿入りしたためであった。あのような男は放っておきなされ。命に関わるというのなら、都合がよいではないか」

　吐き捨てるように言う主膳に、咲弥はすっと近づいた。持っていた竹杖を振り上げるなり、主膳の肩をぴしりと打ち据える。主膳は突然、打たれた衝撃と驚きのあまり尻餅をついた。

　まわりの武士たちは、

「何をする」

「女子の分際で」

　と口々に言いながら身構えた。千代がとっさに懐の短刀に手をかけて咲弥をかばうように前に出た。尻餅をついた主膳は立ち上がることもできず、

「無礼だぞ」

とわめいた。咲弥はひややかに見下ろした。

「女子の杖を避けられぬのは、武士としてあまりに情けのうございましょう。そのような方にわが夫の命のことを口にしていただきたくはございません」

主膳はよろけながら立ち上がった。

「なるほど、それほど夫を大事に思っておるゆえ、親戚の迷惑も顧みず、我がまま勝手に国を出ていこうとしておるのだな」

「いかようにも思いなさるがよろしゅうございます」

咲弥がにべもなく言うと、主膳は激昂した。

「わかった。さような考えでおるのなら、腕ずくでも国から出すわけにはいかぬな」

主膳はまわりの武士たちに、

——やれっ

と声をかけた。武士たちはすらりと刀を抜いて構えた。

殺気が漂う。

千代も短刀を抜いて構え、後ろ手に咲弥をかばって、

「咲弥様、ここはわたくしにまかせて、香也様とともに先を急がれませ」

と囁くように言った。

咲弥は頭を振って、

「いえ、いずれもわたくしの親戚の者たちです。かような愚かな振る舞いを見過ごしては天源寺家、ひいては龍造寺家の名折れです。懲らしめぬわけには参りません」

ときっぱり言い切った。

しかし、相手はいずれも屈強な武士たちである。咲弥はともかく、香也もかばっての斬り合いは危ぶまれた。

千代はやむを得ないという顔になり、

「藤左衛門殿――」

と声高に叫んだ。すると、

「呼ばれたかの」

のんびりとした声がして、笠をかぶり、袖なし羽織に裁付袴姿の藤左衛門が道沿いの木陰から現れた。千代は藤左衛門に腹を立てているような声音で、

「いかなるしだいになっているかおわかりのはず。なぜ、すぐに出てこられませぬのか」

と咎めた。藤左衛門は白い歯を見せて笑った。

「呼ばれもせぬのに出ていけば、出しゃばりだと怒るではないか。ちゃんと控えておったのだから、それでよかろう」

藤左衛門は主膳の前にのたりと出て、

「磯貝藤左衛門と申す」

と言って頭を下げた。主膳は藤左衛門を睨み据えた。

「何者だ」

「元公儀隠密でござる」

藤左衛門は平然と答えた。

「公儀隠密だと――」

主膳の血相が変わった。だが、藤左衛門は相変わらずゆったりとした口調で言いかぶせた。

「元でござるよ。いまはただの浪人にて、雨宮蔵人殿の厄介になっており申す」

主膳は嗤った。

「嘘を言うな、雨宮は命も危ないというではないか。さような男が元公儀隠密の面倒をみるはずがない」

わめくように主膳は言った。藤左衛門はつめたく主膳を見つめ返した。

「はて、なぜそのようにひとが申すことを信じられませぬか。雨宮殿は元気でござる。お主らが奥方に働いた無礼を知れば、雨宮殿は憤って駆けつけ、素っ首をたたき斬られるであろう。それでよろしいのか」

主膳は息を吞んで、まわりの武士たちを見回し、かすれた声で、

「何をたわけたことを」

と言い返した。

藤左衛門はわずかに笑みを浮かべて、さらに前に出た。

「雨宮殿がいかようにされるか、お見せいたそう。かかってこられよ」

あたかも道場で稽古をつけるかのような口調で藤左衛門は誘う。

「生意気な」

主膳は自ら刀を抜いて気合を発し、藤左衛門に斬りかかった。

藤左衛門は刀も抜かず、無造作に主膳の腕をつかみ、ねじりあげるなり腰を入れて投げた。主膳はひっくり返り、どうと音を立てて地面に転がった。

藤左衛門は倒れた主膳を振り返りもせず、ほかの武士たちに向かって、

――次っ
と声をかけた。

「こ奴」

「許さぬぞ」

武士たちが相次いで藤左衛門に斬りかかった。藤左衛門はなおも刀を抜かず、武士たちの腕を押さえ、足をからめて、さほどに力も使わぬ様子で倒していく。

「おのれっ」

武士のひとりが突きかかると、藤左衛門はふわりと跳んで、一瞬、刀の峰に乗った。

あっと驚く武士のあごを藤左衛門は蹴った。

仰むけに武士が倒れたとき、藤左衛門は地面に降り立っていた。あたりに、武士たち

はすべて倒れている。

藤左衛門は武士たちを見回して、

「いかがかな。これ以上は無駄なことゆえ、引き揚げられるがよろしかろう」

と言い放った。

藤左衛門が言い終わらぬうちに、主膳は立ち上がって咲弥に顔を向け、

「二度と国には戻れぬからな。さように心得よ」

と怒鳴ると、背を向けて去っていった。他の武士たちもあわてて体を起こし、主膳に続いた。その様をみて、藤左衛門はからからと笑った。咲弥は藤左衛門に近づき、

「お助けいただき、ありがたく存じます」

と言って頭を下げた。はっとして振り向いた藤左衛門は、片膝をついた。

「出過ぎた真似をし、ご親戚に乱暴を働きました。申し訳ござらん」

頭を低くする藤左衛門に咲弥は微笑みかけた。

「何の、佐賀の武士が手もなくあしらわれたのは、いささか残念ですが、心得の無い者たちゆえ、やむを得ませんね」

「佐賀の武士の強さは雨宮殿にてよく存じあげておりますゆえ、気にされるにはおよびません。それより、それがしは奥方に詫びねばならぬことがございます」

藤左衛門は苦しげな表情になった。千代が藤左衛門のかたわらに膝をついた。

「藤左衛門殿、さようなことは申し上げずともよいと存じます」

藤左衛門は頭を振った。

「いや、申し上げねば、それがしの一分（いちぶん）が立ちませぬ」

咲弥は興味深げに藤左衛門を見た。

「何事でしょうか」

藤左衛門は唇を湿してから言葉を発した。

「雨宮殿は越智右近様と尋常に立ち合われ、勝ちを制するすんでのところまでいかれました。そのおり、鉄砲を放って雨宮殿を撃ち止めたのは、それがしでございます。まことに卑怯の振る舞いでござった。詫び申す」

藤左衛門はうなだれた。

「戦いのおり、蔵人殿は鉄砲で狙われていたことを気づかなかったのでしょうか」

咲弥が訊くと、藤左衛門は顔を上げて答える。

「いいえ、気づいておられました。戦いながら越智様を盾に鉄砲の狙いから逃れておられました。まことに見事なお振る舞いでござった」

「それならば、尋常な勝負のあげくのことではありませんか。磯貝殿が謝られる謂れはございません」

「とは、申しましても」

なおも詫びの言葉を続けようとする藤左衛門に、咲弥は微笑みかけた。

「では、磯貝殿はおのがなしたことを武士として恥じておられるのですか。武士が戦場で戦えば、槍で突かれ、弓矢を射かけられ、さらに鉄砲を放たれるのも当たり前のことでございましょう。蔵人殿は常在戦場、つねに戦場にいるつもりで戦っていたのだと思います」

咲弥に言われて、藤左衛門は少し考えてから応じた。

「それがし、公儀隠密にて、雨宮殿を撃ったのは使命を果たしただけでございます。武士として恥じておるわけではございません」

咲弥はうなずいた。

「ならばよろしゅうございます。蔵人殿も武士として戦ったのです。戦場で戦った相手から、悪かったと詫びられては蔵人殿の面目が立ちませぬ」

咲弥は千代に顔を向けて言葉を継いだ。

「思わぬ邪魔が入って遅くなりました。わたくしは一刻も早く蔵人殿のもとへ参らねばなりませぬ。先を急ぎましょう」

千代は、はい、と応じると、藤左衛門を振り向いた。

「お聞きの通りじゃ。先を急ぎます。先導をお願いいたします」

丁寧な口調であるにもかかわらず、どことなく命じるような気配があるのを感じて、藤左衛門は顔をしかめたが、すぐにいつもののんびりとした顔になった。

「先導、つかまつる」

藤左衛門は立ち上がると一行の前に出て歩き始めた。

咲弥は後に続きながら、

（蔵人殿、しばしの間、ご辛抱ください。ほどなく駆けつけますほどに）

と胸の中でつぶやいた。

蔵人を救えるのは自分しかいない、と咲弥は思った。


十日後――

蔵人は夢を見ていた。

若いころの夢である。

天源寺家の婿となったものの居心地が悪い日々を送っていた。

自分に悪いところがあるとは思えなかったが、それでも屋敷にいるとのんびりすることができず、いつも緊張していた。

行儀作法が身についていないからかもしれないが、それだけではないようだ。

妻である咲弥の心が自分に向けられていないから、自分の心がせつないのだと蔵人は思いいたった。

しかし、それはしかたのないことだ、と蔵人は思った。

咲弥の父である天源寺刑部が何を思ったか、無理やり自分を婿にしたのだから、咲弥の心がすぐに蔵人に向かないのもやむを得ないことだ、とも思うのだった。

蔵人は少年のころ、八歳の咲弥が桜狩をしていたおりに出会った。その際、咲弥を桜の化身かもしれぬと思い、長じるにつれて面影が忘れられなくなった。

その咲弥の婿になることができたときは夢かと思い、冗談のようだが、自分の頰をつねった。しかし、嬉しさのあまりなのか痛みは感じなかった。

馬鹿な話だ、と思いつつも、このころ蔵人はいつもにこにこして暮らしていた。

自分の幸運を喜んでいたのだが、そのことは、初夜に咲弥から床をともにすることを拒まれ、自身を示す和歌を教えてくれ、と求められたときも、

——さすがは天源寺家の姫
とひたすら感嘆してしまった。舅の刑部が本藩との確執から争い事を起こさなければ、蔵人は美しい妻から寝所をともにすることを断られたうつけ者として生涯を送ったかもしれない。

蔵人は自分を無骨なだけで取り柄のない男だ、と思っており、咲弥に好かれず、真の夫婦になれないのは、

(当然のことだ)

と吞気に思っていた。ところが藩内の騒動から国を出奔せざるを得なくなり、どうしても咲弥に自分の心を示す和歌を届けたくなった。

いまさら、咲弥と真の夫婦になれるとは思わなかったが、咲弥への思いだけは知って欲しかった。

十七年をかけて咲弥に、

春ごとに花のさかりはありなめどあひ見むことはいのちなりけり

という和歌を届けた。

それも平穏にではなく、敵と戦い深手を負って、ようやく咲弥のもとにたどり着いたのだ。そして和歌を届けることができて蔵人は満足だった。

このままあの世へ逝ってもいい、と蔵人は思った。しかし、このときから蔵人にとって思いがけないことが起きた。

咲弥に思いが通じたのだ。

後々、なぜ通じることができたのだろう、と考えたが、よくわからなかった。咲弥とともに暮らすようになり、実の子は生(な)せなかったが、香也といういとしい娘を得た。

蔵人は鞍馬の山で満ち足りた思いで暮らした。それでも時折、咲弥はこれで満足なのだろうか、という不安が胸を過った。

蔵人は剣術道場の師範代などで米塩を得る貧乏暮らしを続けた。かつて天源寺家の姫であり、水戸徳川家に奥女中として仕えたころは、

――水府（水戸）に名花あり
とまで謳(うた)われた咲弥が、公家や商家の女人に和歌を教えて暮らしを支えてくれたのだ。

（わたしは咲弥に何もしてやれなかった）

その思いは常に蔵人の心に重くのしかかっていた。だからこそ、香也の許嫁となった冬木清四郎を助けるために命を懸けたのだ。

蔵人も香也をいとしいと思っていたが、咲弥には吉良上野介の孫娘という数奇な生い立ちの香也に、自分自身を重ね合わせるところがあるのではないか。

咲弥は、自分以上に何としても香也を幸せにしたいと思っているはずだ。香也を清四郎と添わせてやることができれば、咲弥は喜ぶに違いない。

咲弥を喜ばせたい、という思いで蔵人は柳生内蔵助や越智右近というかつてない強敵と戦って、清四郎を救おうとした。

右近は〈正徳の治〉のために、おのれを犠牲にするかのように生き、その願いをかなえるため清四郎を斬ろうとしていた。

だが、蔵人は右近の〈正徳の治〉にかける思いを一顧だにしなかった。

自分が咲弥のためにできることは生涯をかけて清四郎を救い、香也を幸せにすることだけだろう。

咲弥がそう望んでいるのであるならば、右近が〈正徳の治〉にかける思いよりも、わが思いのほうが深く、大切である、と思った。

ひとは皆、おのれにとっていとしき者のために生きている。その思いを果たさせずして、何の政かと思った。

わが剣はひとの思いを守るためにある。

蔵人はそう考えて生きてきたのだ。

右近との戦いで傷を負いはしたものの、清四郎を取り戻すことができたのだ。

（咲弥は喜んでくれるであろう）

そう思うと、蔵人には安堵の気持が湧いた。

清四郎を助けにいくにあたって、蔵人は命を捨てる覚悟を定めていた。

もし、このまま逝くことになったとしても、わたしはなすべきことをなした。

蔵人は満足し、安らぎを覚えていた。

「蔵人殿――」

声が聞こえた。

咲弥の声だ。蔵人はいつの間にか鞍馬の山中にいた。

わが家の縁側に座り、遠い山並みを見つめている。

かたわらに女人が座っていた。

咲弥であることは顔を見ないでもわかった。たったいま、声をかけられたばかりのはずなのに、先ほどから話し込んでいた気がする。

何の話であったか。首をひねった蔵人は、咲弥が佐賀に戻ったことを思い出した。咲弥はひさしぶりに戻った故郷のことを話していたに違いない。

「佐賀はどうであった」

蔵人は問いかけた。咲弥は何事かにこやかに話しかけてくるが、蔵人には何も聞こえない。

（そうか、もはや、わたしは佐賀に戻ることはないのだ）

蔵人は納得した。国許を出奔するとき、何人も怪我を負わせている。それだけでなく、本藩との争いの源を蔵人だと思い込んで、いまなお憎んでいる者もいるに違いない。

わたしは佐賀に戻らないほうがよいのだ。しかし、咲弥は違う。

かつて鍋島家の主筋であった龍造寺家の分家である天源寺家の末裔として相応の待遇を受けなければならない。

そのためには、わたしがいないほうがよいのだ。蔵人はわずかに寂しさを覚えつつも、そこに昔と変わらない、咲弥がいた。嬉しそうに笑っている咲弥である。

蔵人は振り向いた。

そう自分に言い聞かせた。

蔵人は胸を張って、

「わたしは冬木清四郎を助けたぞ」

と誇らしげに言った。

はい、と咲弥はうなずいた。

「これで香也も無事に祝言があげられるな」

蔵人が言うと咲弥は微笑んだ。

「さようでございます。よくこそ、なしとげてくださいました」

「褒めてくれるのか」

「無論のこと、お褒めいたしますとも」

咲弥の言葉を聞いて、蔵人はにこりとして縁側から庭に下りた。

「越智右近は、手強かったぞ。だが、わたしは負けなかった」

蔵人は嬉しげに自慢した。

「はい、お前様に勝るひとはこの世におりません」

咲弥に言われて蔵人は頭に手をやった。

「いや、それほどのことはないがな」

ふと見ると、山々が朱く染まっている。

夕日だ。

「早いな、もう日が暮れようとしている」

蔵人は朱い山の稜線を眺めながらつぶやいた。

そのとき、胸に鋭い痛みが走った。

蔵人は足の力が抜けて庭に跪いた。

押さえた胸の傷口から血が噴き出した。咲弥がさっとそばに寄り、蔵人を抱きかかえた。

「不覚であった。鉄砲で撃たれてしまった」

蔵人は口惜しげにつぶやいた。咲弥は蔵人を支えながら囁くように言った。

「あのときと同じでございます」

「あのとき？」

「十七年もの時を経て、わたくしに和歌を届けてくださったときでございます。あのおりもお前様は深手を負われていました」

「そうか、あのときと同じか」

それならば、このまま逝ってもよいな、と蔵人は思って気をゆるめた。しかし、

——なりませぬ
咲弥は強い口調で言った。蔵人は驚いて咲弥を見つめた。

「わたしはなすべきことをなした。もうよいのではないか」

「いいえ。お前様はひとを懸命に案じ、助けようとなさるばかりにて、ご自分のことを忘れていることが多うございます」

「そうであろうかな。しかし、わたしは自分の身のことはどうでもよいのだ」

「よくはございません。お前様はそれでよくとも、お前様を大切に思うわたくしや香也、清厳殿や清四郎殿の気持はどうなりますのか」

蔵人は苦笑して顔をそむけた。

「わたしはそれほどに思ってもらえる漢(おとこ)ではない。ひとに尽くして、ようやくこの世に在ることを許されているのだ」

蔵人は淡々と言った。

「ほかのひともそうだ、と思われますか。お前様のようにわたくしや清厳殿もひとに尽くしておらねば生きていることが許されぬと」

目に涙をためて咲弥は蔵人を見つめた。

「咲弥はそう言うが、わたしはいままで生きて、さしたる功名手柄をあげたわけではなく、まして出世をとげ、財をなしたわけでもないぞ」

「出世をし、財をなすような生き方をお前様は望まれましたか」

蔵人はしばらく考えてからぽつりと答えた。

「いや、望みはしなかったな」

「さようでございましょう。いとしき者を救わんがため、闘い抜く生き方こそ雨宮蔵人ではございませんか」

「何やらつまらぬ生き方のようでもあるな」

蔵人はあえぎながら微笑んだ。咲弥はしっかりと蔵人を抱きしめた。

「わたくしは美しい生き方だと存じます」

「咲弥がそう言うてくれるのなら、わたしはもう満足だ」

「いえ、まだ満足していただいては困ります」

咲弥は蔵人の耳もとで囁いた。

「わたしにはまだ、しなければならないことがあるというのか」

「さようにございます。お前様は十七年かけて、わたくしに和歌を届けてくださいました。ですが、わたくしはまだ返歌を差し上げておりませんでした」

「返歌をくれるのか」

「差し上げますとも、お前様のお心をわたくしは受け止めました。今度は、わたくしの心をお前様に受け止めていただきとうございます」

「それは嬉しいことだな」

蔵人は咲弥を澄んだ目で見つめた。あたかもいまからこの世を去ろうとするかのような目だった。咲弥は蔵人の耳もとで和歌を詠じた。


君にいかで月にあらそふほどばかりめぐり逢ひつつ影を並べん

「西行法師の月にちなむ歌です。毎夜眺める空の月と競うほどに恋しいあなたとめぐり逢い、影を並べていたい、という思いの歌です」

「めぐり逢ひつつ影を並べん、か」

蔵人の目に涙がにじんだ。

「これがわたくしの返歌です。いかが思われますか」

咲弥が問うと、蔵人は湿り気を帯びた声で答える。

「めぐり逢ひ、並べる影とは咲弥とわたしの影のことのように思えるな」

「さようでございます。わたくしはお前様といついつまでも肩を並べ、影を並べて美しき風景を眺めて参りたいのです。お前様はわたくしの思いをかなえてくださらねばなりません」

蔵人の顔にやわらかな笑みが浮かんだ。

「わたしは咲弥と肩を並べる影であったのだな」

「真に恋しき影にございます」

咲弥は蔵人をそっと抱き締めた。

蔵人は目覚めながら、咲弥の声が聞こえると思った。右手がやさしくさすられて血の気が戻り、手に温もりが感じられてきた。

「咲弥――」

蔵人がつぶやくと、

「ここにおります」

と咲弥が答えた。

「来てくれたのか」

「昨夜、着きましてございます」

咲弥が答えると、かたわらから、清厳の声がした。

「咲弥様は着かれるなり、寝ずの看病をなされました」

「そうだったのか、すまぬな」

蔵人が言うと、咲弥はかすかに笑った。

「何を申されますことか。夫婦ではございませんか。それに香也も片時も離れず看病いたしてくれました」

「父上――、早くよくなってくださいまし」

「おう、香也か。冬木清四郎は取り戻したぞ」

香也の励ます声に、優しい声で蔵人は応じる。

「清四郎様はここにおられます」

香也が言うと、清四郎が頭を下げて言葉を発した。

「雨宮様、それがし、かように永らえて、香也殿のもとに戻れました。ゆくゆく香也殿と夫婦になりますゆえ、わたしどもをお見守りください」

蔵人はうなずいた。

「そうか、香也、よかったな。これでわたしは思い残すことはないぞ」

咲弥が微笑んで話を遮った。

「何を言われますか、お前様にはこれからもわたくしとともに生きていただかねばなりません。先に逝かれるなど、とんでものうございます」

咲弥の言葉に続いて、りくの声が聞こえた。

「咲弥様の返歌をお聞きいたしました。まことに大切に思うひとと影を並べて生きて参りたいものです。わたくしも内蔵助殿とさようにいたしとうございました。そのことだけはいまも悔やまれます。咲弥様にさような思いを抱かせては、雨宮様の士道は立ちますまい」

「わたしの士道は、いとしき者と影を並べて生きることだと言われますか」

蔵人がつぶやくように言うと、清厳が言葉を添えた。

「咲弥様の看病で顔色も随分よくなられた。後は蔵人殿の気力ひとつでございます。咲弥様のそばに並ぶ影にならねば、なんといたしましょうぞ」

清厳の声はいつにも増して澄んでいた。

あたかも神仏から発せられた声のようだ、と蔵人は思った。


宝永七年（一七一〇）正月――

蔵人は鉄砲傷からようやく快復した。

このころ、山本常朝が旧主元武の使いとして見舞いの品を届けた。さらに、蔵人が咲弥とともに佐賀に戻れば、天源寺家を再興しようという元武の意向を伝えた。常朝は、

「小城の殿は、家中には雨宮が戻ることを喜ばぬ者もいるであろうが、さような者との戦いに背を向ける蔵人ではあるまいとの仰せでありましたぞ」

と告げた。蔵人は咲弥と相談して、佐賀に戻ることを決めた。

ただし、蔵人は天源寺家には入らず、清四郎と香也を祝言させ、咲弥の娘夫婦として

天源寺家の家督を継がせることにした。

清四郎の姓を改めることによって、綱吉暗殺の因縁を絶ち切らせるためだった。

佐賀へ出立する前に大石りくと山本常朝を媒酌人に清四郎と香也、さらに望月千代と磯貝藤左衛門の祝言が執り行われた。

千代と藤左衛門は再興された天源寺家に仕えることになった。〈ののう〉の女忍たちのうち、望む者は佐賀藩で召し抱えることも決まった。

千代は祝言をあげてもらえると聞いて、

「忍びは影に生きる者でございますから」

と躊躇した。

祝言を遠慮する千代だったが藤左衛門は、

「忍びもたまには日なたを歩いてもよかろう」

と笑いながら言った。藤左衛門に言われると千代も嬉しげに得心して祝言が行われることになった。

祝言の日、常朝はかしこまって、

――高砂や、この浦舟に帆を上げて

と「高砂」を謡った。

能の「高砂」には由来がある。応永年間のこと、九州阿蘇神社の神官が、京都見物の途中、従者を連れて播磨国の名所高砂の浦に立ち寄る。

　神官は松の木陰を掃く清らかな佇まいの老夫婦に出会って高砂の松の謂れを問うと、老翁は、

「この松こそ、世に名高い高砂の松でございます。この松と住吉の松は、相ともに生まれ、生きて老いるまでという意味を込めて『相生の松』と呼ばれております」

　と答えた。高砂と住吉の松は離れていても夫婦なのだという。さらに老翁は、変わらぬ緑を保つ松は永久に尽きない和歌の道を表し、

「命あるものは全て、いや自然の全ては、和歌の道に心を寄せるのでございます」

　と告げる。老夫婦は、実は自分たちは「相生の松」の化身であると明かした。そして夕波寄せる岸辺から小船に乗り、帆を風にはらませ沖へと消えていく。

　常朝が厳かに「高砂」の由来を話すと、列席していた大石大三郎が、大きなあくびをした。りくは、

「これ、大三郎殿――」

　とたしなめた。そして、同様に所在無げな清四郎と香也に向かってりくは、

「相生の松のお話はまるで、雨宮様と咲弥様のことのようでございます。まことにひとの世は不思議で、離れていても心が通じ、立場が違ってもたがいをいたわることができるのでございますね」

　と言葉を継いだ。りくは清四郎が吉良左兵衛に仕えていたことや、香也が吉良上野介の孫娘であることを知っている。

だが、そのことを特に口にはしない。

亡き夫の内蔵助ならば清四郎と香也を春風駘蕩(たいとう)たる風情で迎え、何も言わないことを知っているからだ。

「ただいまの山本様の謡は、若き方々へのもの。わたくしは雨宮様と咲弥様のための高砂を謡わせていただきます」

りくは蔵人と咲弥に笑みを向けた。

息をととのえてから、りくはよく通る声で謡った。

四海波静かにて　国も治まる時つ風
枝を鳴らさぬ　御代なれや
あひに相生の　松こそめでたかりけれ
げにや仰ぎても　事も疎(おろ)かやかかる代に
住める民とて豊かなる
君の恵みぞ　ありがたき
君の恵みぞ　ありがたき

蔵人は目を閉じて聞きながら、かつて巡り合った大石内蔵助が謡ってくれているような気がした。隣に座る咲弥の手をそっと握った。

咲弥は驚いて手を引こうとしたが、蔵人が力を込めると面映ゆげに手をあずけた。

二年後――

正徳二年（一七一二）十月、六代将軍徳川家宣が逝去した。

将軍在位はわずか三年余りだった。

家宣は綱吉の時代に権勢を振るった柳沢吉保を退け、さらに品位を高めた正徳金銀の鋳造に着手するため、勘定奉行荻原重秀を罷免した。

また、新井白石の意見に基づいて『武家諸法度』を改訂したほか、朝鮮通信使の待遇を改め、勘定所や評定所の改革を進めた。

さらに長崎貿易の改革も計画したが、志半ばにして逝去した。

越智右近は江戸城、本丸の控えの間で間部詮房、新井白石とともに詰めて家宣の病状を見守ったが、逝去を知ると瞑目した。

間部詮房が葬儀などの準備があることから控えの間を出ていきつつ、右近に、

「越智様は七代家継様の叔父にあたられます。今後ともよしなに」

と頭を下げた。しかし、右近は瞑目したまま何も言わない。白石が膝を進めて、

「家宣公が逝去あそばそうとも、〈正徳の治〉はご子息の家継公に引き継がれて、これからも続くのです。この後、なさねばならぬことは山のようにございます」

と説いても右近は答えず、目を閉じて黙したままだった。

やがて右近は立ち上がると、白石に軽く頭を下げただけで控えの間を出た。大廊下を通って玄関へと向かう右近の裃姿の背中には哀切なものが漂っていた。

家宣亡き後の幕政は幼い家継に代わって生母の月光院、側用人の詮房、白石らが主導して〈正徳の治〉を継続した。

この間、月光院と詮房の間には密通の噂が絶えなかった。大奥でも家宣の正室、天英院と月光院の暗闘が続き、家宣が没して二年後の正徳四年には大奥を舞台とした
――江島生島事件
が起こっている。右近はこのような政争を嫌ったのか、政の表舞台には顔を出さなかった。

正徳六年四月――

七代将軍、家継は病床に臥し、あっけなく亡くなった。

将軍在位はわずかに四年、享年は八歳だった。家宣の正室だった天英院は、八代将軍に越智右近こと、松平清武を推した。

だが清武は、

「それがしは将軍にふさわしからず」

として拒んだ。このため八代将軍には紀州の徳川吉宗が就いた。

白石が松平邸を訪ねて清武に、

「なぜ将軍職を引き受けられないのです。継がれれば、〈正徳の治〉は続けられますぞ」

と問うと、清武は笑って、

「わたしは政に向かぬと、ある男に思い知らされたことがあるからだ」

と答えた。白石は首をかしげた。

「ある男と申されますと」

「その方もよく知っている男だ」

謎めいた清武の物言いを聞いて、白石は、ああ、とうめいた。

「雨宮蔵人でございますな。ですが、あの男は湊川で討ち果たしたのではございませんか」

「たしかに倒しはしたが、しぶとい奴のことだ。まだ、どこぞで生きておるかもしれんぞ」

「それゆえ、将軍職に就かれぬのでございますか」

「わたしが将軍になれば、まだ政に懲りておらぬのか、とあの男は蔑(さげす)むであろうからな」

清武はからりと笑った。

蔵人と咲弥は佐賀で六年を過ごしたが、七代将軍家継の逝去を知ると、ふたりだけで鞍馬山へと戻る決心をした。

「なぜ、鞍馬に戻られるのでございますか。わたしたちとともにいてくださいまし」

香也と清四郎は懸命に引き留めた。

佐賀に留まるよう願う香也と清四郎に蔵人は、

「そなたたちは、これから新しい天源寺家を作っていかねばならぬ。わたしは咲弥とともに自分たちの天地で生きるのだ」

と告げた。佐賀藩で天源寺家が再興されると、かつての因縁を口にする者が出てきていた。

蔵人は若い香也と清四郎に家中の軋轢が及ぶのを避けようと思ったのだ。

このことを咲弥に話すと、

「わたくしもそれがよいと思います。天源寺家が再興できただけで、ご先祖様への申し訳は立ったと存じますから」

と答えた。そして、香也と清四郎には千代と藤左衛門がついていてくれるのだから、何の心配もない、と言い添えた。

こうして蔵人と咲弥は佐賀を出た。清厳も京の円光寺に戻るため同行した。

蔵人と咲弥、清厳が京に入ったとき、大路を騎馬で通り過ぎる武士と出会った。蔵人は軽く頭を下げ、無言のままに過ぎた。

武士も会釈しただけで馬を進めていく。咲弥が武士を振り返りつつ、

「ただいまのは、越智右近、いえ松平清武様ではございませんでしたか」

と訊いた。清厳もうなずいて、

「わたしにもさように思えました」

と言った。蔵人は素知らぬ顔で、

「さて、どうであろう。昔、どこぞで会ったひとのような気がするが」

と答えた。咲弥は微笑んで、

「お親しい方だったのではございませんか」

と言った。

「そうであったかな。友であったような気もするが」

蔵人はそれだけ言うと何事もなかったかのように歩いていく。咲弥と清厳は顔を見合わせて微笑むと蔵人に従った。

松平清武も従者から、いまの御仁はどなたでございますか、と訊かれて、

「懐かしき友である」

と答えた。従者が驚いて、

「それならば、お話をなされたほうがよろしいのではございませんか」

と言うと、清武は振り向かず、

「話さずとも、会わずとも友は友だ。生きておればそれでよい」

と言い捨て、笑みを浮かべると馬を進めた。

新緑眩しい、薫風の候のことである。

青葉を振るわせ、風が吹いてくる

島内景二

『いのちなりけり』『花や散るらん』に続く『影ぞ恋しき』で、「雨宮蔵人（あまみやくらんど）」三部作が完結した。葉室麟が六十六年十一か月の生涯の最後に書いた『影ぞ恋しき』は、彼の「白鳥の歌」である。

鳥たちは激しい風や厳しい環境の中で、互いに励まし合うかのように鳴き交わす。この書物の中からも、登場人物たちの魂の叫びが聞こえてくる。その声は、愛・信・義・美・真などの抽象概念を、もしも音にしたらこうなるのだろうか、と思われる懐かしさに満ちている。時代の嵐の中から、魂の発する声を聞き取り、読者に手渡そうとして、葉室麟は小説を書いた。

主人公の雨宮蔵人は肥前の小城（おぎ）出身で、武道の達人。作者の理想とする人間像である。妻の咲弥（さくや）は、富士山（浅間神社）の女神コノハナノサクヤビメの化身かと思われる。桜の花の精でもある。

快男児・蔵人は、愛する妻と、信ずる友たちと手を携え、「義」を守るために、戦いの人生を疾走する。時あたかも天下泰平の江戸時代。徳川綱吉と柳沢吉保の主導で、絢爛たる元禄文化が出現した。ところが、まことに不思議なことに、平和と引き替えに「武士道」の意味が見失われ始めた。武士道以前の文化理念を体現する京都の皇室や公家の文化も、幕府と緊張関係にある。幕府の内部にも、水戸光圀や徳川家宣（綱豊）などの対抗勢力がある。

武士としての存在意義と、人間としての存在価値が齟齬し始めたのも、この元禄の頃だった。葉室麟が雨宮蔵人に託したのは、武士が武士であることの根源的な意義を見つけ、実践してほしい、という願いだった。これは、人間が人間であることの意義は何か、という問題と深く関わっている。

武士道の本質を問題提起したものが、二つある。一つは、肥前鍋島藩で書かれた『葉隠』。もう一つは、江戸で起きた赤穂義士（赤穂浪士）の討ち入り。武士として生まれた自分は、何のために生きるのか。誰のためになら死ねるのか。自分がこの世に生きた証しを、どのように残したらよいのか。その答えを、皆が暗中模索で探しあぐねていた中で、雨宮蔵人だけは迷わずに「義」だと、明言する。その何という爽快さ。

価値観が激動する時代を、美しい自然や愛する人々を守るために、自らの死を恐れずに戦い抜いた雨宮蔵人は、その生き方それ自体が「武士道」と「人間道」の手本だった。

そのような蔵人の生き方の原型には、海音寺潮五郎『おどんな日本一』があると思う。海音寺は、葉室が敬愛した九州出身の歴史小説家である。葉室が晩年に力を注いだ西郷隆盛も、海音寺が残した宿題を引き継いだものだろう。

『おどんな日本一』の主人公は、人吉生まれの丸目蔵人。新陰流の祖・上泉伊勢守の高弟（一番弟子）で、新たに体捨流（タイ捨流）を創始した肥後の快男児である。

体捨流は、肥前でも盛んだった。しかも、『おどんな日本一』には、丸目蔵人の「お吉さま」への叶わぬ恋の思いが流れ続けており、雨宮蔵人の咲弥への思いと通じ合う。

海音寺が描いた丸目蔵人は、実在の人物でありながら、どこまでも冒険ファンタジーの快男児であり、それゆえの痛快さがあった。それに対して、葉室の雨宮蔵人は架空の人物でありながら、歴史の大きな転換期の中に投げ込まれ、大活躍する。その結果、歴史年表に記載されている出来事が、どのような人々の「思い」のせめぎあいの中から発生したのかが見えてくる。歴史の「真実」を照らしだすための「虚構」。それが、雨宮蔵人三部作の醍醐味である。

その三部作のタイトルは、すべて和歌に因んでいる。歴史小説の三大構成要素は、「恋と戦いと芸術」だと、私は常々考えている。恋は、蔵人と咲弥の心の結びつき。そして、次の世代である香也と冬木清四郎の関係。戦いは、蔵人とライバルたちとの死闘。芸術は、和歌が担っている。

葉室には詩心があり、絵画・漢詩・俳諧（俳句）・茶道・華道などをテーマとする芸道小説を、次々と世に問うた。中でも、和歌は、葉室の詩心の中核を占めていた。個人的な回想で恐縮だが、私が初めて葉室と会った時に、「あなたは塚本邦雄さんの弟子だそうですね」と言われた。葉室は前衛短歌に造詣が深かった。おそらく、寺山修司の短歌や俳句、さらには演劇にも、青春時代から親しんでいたのだろう。葉室が愛したのは美しい芸術というよりも、戦う芸術であり、時代と激しく斬り結ぶ芸術家だった。

春ごとに花のさかりはありなめどあひ見むことはいのちなりけり
いかにせん都の春も惜しけれど馴れし東の花や散るらん
色も香も昔の濃さに匂へども植ゑけむ人の影ぞ恋しき

この三首を眺めていると、人間のかけがえのない「生」を支えているのは「死」であることがわかる。葉室麟の死生観は、「いのちなりけり」という言葉に凝縮している。短い「花のさかり」を「いのちなりけり」（自分に命があったから、このように桜の花を愛でられるのだなあ）と感動するのは、必ず訪れる落花（花の死）と、花を愛でている側の自分にも必ず訪れる死を、深く認識しているからである。死の痛切な自覚が、世界をかけがえのないものへと変貌させる。

「花や散るらん」。花は必ず散る。人は必ず死ぬ。花は、何を思って散るのか。来年の春には、花は再び開く。今年と同じ花ではないが、新しい花が咲いてくれる。人は死んだら蘇らない。けれども、子孫や読者たちが残り、亡き人を思い出したり、故人の残した書物を読めば、亡き人の「いのち」は消え失せることはない。

だから、亡き人を思い出す人や、作品の読者がいる限り、その人の命は永遠である。

雨宮蔵人も、咲弥も、蔵人のかけがえのない友も、彼らの「生と死」を描いた作者の葉室麟も、永遠である。されど、「影ぞ恋しき」。蔵人を、咲弥を、葉室を「恋し」と偲ぶ人は絶えることはない。だから、葉室文学は熱く読み継がれる。

さて、和歌と武士道は結びついており、佐賀藩二代目藩主の鍋島光茂（みつしげ）は、京都の公家である三条西実教（さんじょうにしさねのり）から、『古今和歌集』の奥義である「古今伝授」を受けている。佐賀の光茂と、京都の実教の間を往復したのが、『葉隠』を口述した山本常朝だった。山本常朝が本シリーズで重要な役回りを果たしているのは、決して偶然ではない。

宮廷文化と武家文化が、わかちがたく融合した記念碑が、『葉隠』である。文人と武人を両立させようとした三島由紀夫も『葉隠』を愛読し、自決の朝に辞世の和歌を詠み遺している。「昭和元禄」の虚妄に立ち向かった三島は、はたして雨宮蔵人の再来たりえただろうか。

咲弥は、花の精であると同時に、和歌の女神でもあろう。普通の場合、自然界の花は、花自身は咲くのがうれしいとも、散るのが悲しいとも思わないで、あるがままに咲いて散り、また咲く。その光景に接している人間の側が、その折々の自分の人生を重ねて、一喜一憂するのである。

ところが、「雨宮蔵人」三部作では、花である咲弥の心が描かれている。花が美しく咲くからこそ、それを愛して止（や）まない者たちは、命を賭けて花を守ろうとする。ここに、真の武士道が生まれる。まことの武士が命がけで守り抜いた美しい花は、自分を愛してくれた者たちを記憶し顕彰するために、いつまでも美しく咲き続ける。

『影ぞ恋しき』における蔵人の戦いが迫真的であるのは、松平清武（越智右近）の存在が大きい。六代将軍家宣の実弟で、三代将軍家光の最後の血脈。生母の身分が賤しかったために苦しみ、そのような思いをせずに人々が暮らせる「正徳の治」を、兄と共に実現しようとした。

ただし、「正徳」の裏側の闇の部分を、清武は一身に担う。正しい政治を実現するための必要悪は、どこまで許されるか。そして、誰が、どのように、その責任を取るのか。清武が抱え込んだ難問は、ドストエフスキーの作品とも近い。あるいは、松本清張のテーマとも通じている。葉室麟の戦いは、ドストエフスキーや松本清張の戦いの継続なのでもあった。

その清武の前に、純粋無比の蔵人が立ち塞がる。二人は、武士道の光と影を担っており、分身であり、鏡像である。

蔵人と清武が、それぞれ宣教師シドッチと対面する場面は、印象深い。二人の類同性が、はっきりと浮かび上がっている。ちなみに、葉室は、キリスト教主義の教育を行う西南学院大学の出身である。シドッチには、深い思い入れがあるに違いない。

新渡戸稲造の『武士道』が欧米人に共感されたのは、武士道とキリスト教の思想的近似性が斬新に感じられたからだろう。これは、キリスト教と武士道が、どちらにどちらを「接ぎ木」したかというレベルなのではない。東洋と西洋の二つの思想の共通点を発見することが、人間に真実の幸福をもたらす理想社会の第一歩になるのだ。

聖母マリアが、蔵人にとっては咲弥に見え、松平清武にとっては母親と思えた。同じように、蔵人にとっての「義」は、シドッチにとっての「カリタス」(愛徳)であり、松平清武にとっての「正徳」である。

葉室麟の小説に登場する魅力的な男たちと女たちは、真実の幸福を求めて真率な「魂の会話」を交わして戦い、和解する。彼らの発する「魂の声」こそが、葉室麟から読者に向けて叫ばれた、「白鳥の歌」である。ああ、声ぞ恋しき。

この解説の結びとして、後藤帰一句集『樟若葉』に触れたい。後藤帰一の本名は、後藤喜一。彼は、中日新聞社東京本社(東京新聞)文化部記者として、葉室麟を担当し、二〇一九年に退社した。本書『影ぞ恋しき』も、後藤の担当だった。合気道と俳句を愛する後藤は、葉室と、どのような信頼関係で結ばれていたのだろうか。

『影ぞ恋しき』の最終部では、自分の信ずる価値観をぶつけ合った蔵人と清武が、久しぶりに顔を合わせる。

蔵人は清武のことを、「友であったような気もするが」と、とぼける。清武は蔵人のことを、「懐かしき友である」と断言する。そして、葉室の「白鳥の歌」は、「新緑眩しい、薫風の候のことである」と書き納められた。

『樟若葉』から、三句を引きたい。

風薫る赤子泣いても笑つても
道場は禅寺のなか風薫る
薫風に色をつけたる野の起伏　帰一

葉室には、「風」という言葉を含むタイトルの小説が多い。その名も『風かおる』もある。葉室麟は、風の人だった。私は、葉室の作品を読み返すたびに、彼が風に化身して、この世に渡ってきた薫りをかいだように思う。後藤も、葉室との交流で、風を感じていたのではないか。

「葉室風（はむろかぜ）」は、これからも私たちの心の中や、二十一世紀の地球の上を吹き渡る。そして風は、私たちから葉室のほうへも吹いてゆく。

（国文学者）

単行本　二〇一八年九月　文藝春秋刊

文春文庫

影ぞ恋しき　下

定価はカバーに表示してあります

2021年4月10日　第1刷

著　者　葉室　麟

発行者　花田朋子

発行所　株式会社　文藝春秋

東京都千代田区紀尾井町3-23　〒102-8008
TEL　03・3265・1211㈹
文藝春秋ホームページ　http://www.bunshun.co.jp

落丁、乱丁本は、お手数ですが小社製作部宛お送り下さい。送料小社負担でお取替致します。

印刷・凸版印刷　製本・加藤製本　Printed in Japan
ISBN978-4-16-791672-5

（　）内は解説者。品切の節はご容赦下さい。

葉室　麟
銀漢の賦
江戸中期、西国の小藩で同じ道場に通った少年二人。不名誉な死を遂げた父を持つ藩士・源五の友は、名家老に出世していた。彼の窮地を救うために源五は……。松本清張賞受賞作。（島内景二）
は-36-1

葉室　麟
いのちなりけり
自ら重臣を斬殺した水戸光圀は、翌日一人の奥女中を召しだした。この際、御家の禍根を断つべし――。肥前小城藩主への書状の真意は。一組の夫婦の絆の物語が動き出す。（縄田一男）
は-36-2

葉室　麟
花や散るらん
京で平穏に暮らしていた雨宮蔵人と咲弥。二人は朝廷と幕府の暗闘に巻き込まれ、江戸へと向かう。赤穂浪士と係り、遂には吉良邸討ち入りに立ち会うことになるのだが……。（島内景二）
は-36-3

葉室　麟
恋しぐれ
老境を迎えた与謝蕪村。俳人、画家として名も定まり、よき友人や弟子たちに囲まれ、悠々自適に暮らす彼に訪れた最後の恋。新たな蕪村像を描いた意欲作。（内藤麻里子）
は-36-4

葉室　麟
無双の花
関ヶ原の戦いで西軍に与しながら、旧領に復することのできたただ一人の大名・立花宗茂。九州大友家を支える高橋紹運の嫡男、宗茂の波乱万丈の一生を描いた傑作。（植野かおり）
は-36-6

葉室　麟
山桜記
命の危険を顧みず、男は妻のため出兵先の朝鮮半島から日本へ還る（「汐の恋文」）。大名の座を捨て、男は妻と添い遂げた（「花の陰」）。戦国時代の秘められた情愛を描く珠玉の短編集。（澤田瞳子）
は-36-7

葉室　麟
影踏み鬼
新撰組篠原泰之進日録
伊東甲子太郎を慕い新撰組に入隊、後に赤報隊に身を投じた久留米藩脱藩隊士、篠原泰之進。彼の目を通して見た新撰組の隆盛と凋落。（朝井まかて）
は-36-8

（　）内は解説者。品切の節はご容赦下さい。

藤沢周平
回天の門（上下）
山師、策士と呼ばれ、いまなお誤解のなかにある清河八郎は、官途へ一片の野心ももたない草莽の志士でありつづけた。維新回天の夢を一途に追った清冽な男の生涯を描く。（関川夏央）
ふ-1-61

藤沢周平
蟬しぐれ（上下）
清流と木立にかこまれた城下組屋敷。淡い恋、友情、そして忍苦—苛烈な運命に翻弄されながら成長してゆく少年藩士・牧文四郎の姿を、ゆたかな光の中に描いた傑作長篇。（湯川　豊）
ふ-1-63

藤沢周平
春秋の檻　獄医立花登手控え（一）
居候先の叔父宅でこき使われながら、小伝馬町牢医者の仕事を黙々とこなす立花登。ある時、島流しの船を待つ囚人に思わぬ頼まれ事をする。青年医師の成長を描く連作集。（末國善己）
ふ-1-65

藤沢周平
風雪の檻　獄医立花登手控え（二）
重い病におかされる老囚人に「娘と孫を探してくれ」と頼まれ、登が長屋を訪ねてみると、薄気味悪い男の影が——。青年獄医が数々の難事件に挑む連作集第二弾！（あさのあつこ）
ふ-1-66

藤沢周平
愛憎の檻　獄医立花登手控え（三）
新しい女囚人おきぬは、顔も身体つきもどこか垢抜けていた。そのしたたかさに、登は事件の背景を探るが、どこか腑に落ちない。テレビドラマ化もされた連作集第三弾。（佐生哲雄）
ふ-1-67

藤沢周平
人間の檻　獄医立花登手控え（四）
死病に憑かれた下駄職人が過去の「子供さらい」の罪を告白。その時の相棒に似た男を、登は牢で知っていた。医師としての理想を探りつつ、難事に挑む登。胸を打つ完結篇！（新見正則）
ふ-1-68

藤井邦夫
恋女房　新・秋山久蔵御用控（一）
〝剃刀〟の異名を持つ南町奉行所吟味方与力・秋山久蔵が帰ってきた！　嫡男・大助が成長し、新たな手下も加わってスケールアップした、人気シリーズの第二幕が堂々スタート！
ふ-30-36

（　）内は解説者。品切の節はご容赦下さい。

藤井邦夫
騙り屋（かたりや）
新・秋山久蔵御用控（一）

可愛がっている孫に泣きつかれた呉服屋の隠居が金を用立ててやると、実はそれは騙りだった。どうやら年寄り相手に騙りを働く一味がいるらしい。久蔵たちは悪党どもを追い詰める！

ふ-30-37

藤井邦夫
裏切り
新・秋山久蔵御用控（二）

大工と夫婦約束をしていた仲居が己の痕跡を何も残さず姿を消した。太市は大工とともに女の行方を追い見つけたかに思えたが、彼女は見向きもしない。久蔵はある可能性に気づく。

ふ-30-38

藤井邦夫
返討ち
新・秋山久蔵御用控（三）

武家の妻女ふうの女が、名前も家もわからない状態で寺に保護されたが、すぐに姿を消した。女は記憶がない〝ふり〟をしているのではないか――。女の正体、そして目的は何なのか？

ふ-30-39

藤井邦夫
新参者
新・秋山久蔵御用控（四）

旗本を訪ねた帰りに柳河藩士が斬殺された。物盗りの仕業ではなく辻斬りか遺恨と思われた。だが藩では事件を闇に葬ろうとしている。はたして下手人は誰か、そして柳河藩の思惑は？

ふ-30-40

藤井邦夫
忍び恋
新・秋山久蔵御用控（五）

四年前に起きた賭場荒しの件で、江戸から逃げた主犯の浪人がどうやら戻ってきたらしい。しかも、浪人を追う男の影もちらついて……。久蔵の正義が運命を変える？　シリーズ第6弾。

ふ-30-41

藤原緋沙子
切り絵図屋清七
ふたり静

絵双紙本屋の「紀の字屋」を主人から譲られた浪人・清七郎は、人助けのために江戸の絵地図を刊行しようと思い立つ。人情味あふれる時代小説書下ろし新シリーズ誕生！　（縄田一男）

ふ-31-1

藤原緋沙子
切り絵図屋清七
紅染の雨

武家を離れ、町人として生きる決意をした清七。与一郎や小平次らと切り絵図制作を始めるが、紀の字屋を託してくれた藤兵衛からおゆりの行動を探るよう頼まれて……。新シリーズ第二弾。

ふ-31-2

（　）内は解説者。品切の節はご容赦下さい。

藤原緋沙子
切り絵図屋清七
飛び梅

父が何者かに襲われ、勘定所に関わる大きな不正に気づく清七。武家に戻り、実家を守るべきなのか。切り絵図屋も軌道に乗ったばかりだが——。シリーズ第三弾。

ふ-31-3

藤原緋沙子
切り絵図屋清七
栗めし

二つの殺しの背後に浮上したある同心の名から、勘定奉行の関わる大きな陰謀が見えてきた——大切な人を守るべく、清七と切り絵図屋の仲間が立ち上がる！　人気シリーズ第四弾。

ふ-31-4

藤原緋沙子
切り絵図屋清七
雪晴れ

勘定奉行の不正を探るため旅に出ていた父が、消息を絶った。父の無事を確かめられるのは自分しかいない——清七は切り絵図屋を仲間に託し、急遽江戸を発つ。怒濤の展開の第五弾。

ふ-31-5

藤原緋沙子
切り絵図屋清七
冬の虹

繁盛する紀の字屋を恨む同業者の近江屋が、悪徳商売で店の乗っ取りをはかっているという噂がたつ。一方仲間が身に覚えのない罪で捕まり——。大人気書下ろしシリーズ、最終巻。

ふ-31-6

藤原緋沙子
花鳥

生類憐れみの令により、傷ついた小鳥を助けられず途方に暮れていた少女を救ったのは後の六代将軍家宣だった。七代将軍家継の生母となる月光院の人生を清冽に描く長篇。（菊池　仁）

ふ-31-30

誉田哲也
吉原暗黒譚

吉原で狐面をつけた者たちによる花魁殺しが頻発。吉原大門詰の貧乏同心・今村は元花魁のくノ一・彩音と共に調べに乗り出すが……。傑作捕物帳登場！（末國善己）

ほ-15-5

（　）内は解説者。品切の節はご容赦下さい。

万城目　学
とっぴんぱらりの風太郎（上下）
関ヶ原から十二年。伊賀を追われ京で自堕落な日々を送る〝ニート忍者〟風太郎。行く末は、なぜか育てる羽目になった「ひょうたん」のみぞ知る。初の時代小説、万城目ワールド全開！
ま-24-5

松井今朝子
老いの入舞い　麹町常楽庵　月並の記
若き定町廻り同心・間宮仁八郎は、上役の命で訪れた常楽庵で、元大奥勤め・年齢不詳の庵主と出会う。その周囲で次々と不審な事件が起こるが…。江戸の新本格派誕生！（西上心太）
ま-29-2

松井今朝子
縁は異なもの　麹町常楽庵　月並の記
町娘おきしの許婚が祝言間近に不審な死を遂げる。「私が敵を討ちます」――娘の決意に間宮仁八郎は心を揺さぶられる。大奥出身の尼僧と真相に迫る江戸の新本格第二弾。（末國善己）
ま-29-3

宮城谷昌光
楚漢名臣列伝
秦の始皇帝の死後、勃興してきた楚の項羽と漢の劉邦。覇を競う彼らに仕え、乱世で活躍した異才・俊才たち。項羽の軍師・范増、前漢の右丞相となった周勃など十人の肖像。
み-19-28

宮城谷昌光
三国志外伝
「三国志」を著したのは、諸葛孔明に罰せられた罪人の息子だった（「陳寿」）。匈奴の妾となった美女の運命は（「蔡琰」）。三国時代を生きた、梟雄、学者、女性詩人など十二人の生涯。
み-19-35

宮城谷昌光
三国志読本
「三国志」はじめ、中国歴史小説を書き続けてきた著者が、自らの創作の秘密を語り尽くした一冊。宮部みゆき、白川静、水上勉らとの対談、歴史随想、ブックガイドなど多方面に充実。
み-19-36

（　）内は解説者。品切の節はご容赦下さい。

宮城谷昌光
華栄の丘
詐術とは無縁のままに生き抜いた小国・宋の名宰相・華元。大国・晋と楚の和睦を実現させた男の奇蹟の生涯をさわやかに描く中国古代王朝譚。司馬遼太郎賞受賞作。（和田　宏・清原康正）
み-19-34

宮城谷昌光
孟夏の太陽
中国春秋時代の大国・晋の重臣、趙一族。太陽の如く苛烈な趙盾に始まるその盛衰を、透徹した視点をもって描いた初期の傑作の新装版。一国の指導者に必要な徳とは。（平尾隆弘）
み-19-44

簑輪　諒
くせものの譜
武田の家臣であった御宿勘兵衛は、仕える武将が皆滅ぶ。いつしか世間は彼を「厄神」と呼ぶ。滅んだのは依田信蕃、佐々成政、北条氏政、結城秀康、そして最後に仕えしは豊臣秀頼！（縄田一男）
み-59-1

諸田玲子
べっぴん　あくじゃれ瓢六捕物帖
姿婆に戻った瓢六の今度の相手は、妖艶な女盗賊。事件の聞き込みで致命的なミスを犯した瓢六は、恋人・お袖の家を出る。正体を見せない女の真の目的は？　衝撃のラスト！（関根　徹）
も-18-8

諸田玲子
ともえ
近江・義仲寺で運命的な出会いをした松尾芭蕉と智月尼。最晩年の芭蕉のプラトニックな関係と、木曾義仲と巴御前との時空を超えた魂の交感を描く傑作歴史時代小説。（島内景二）
も-18-13

諸田玲子
王朝小遊記
後一条天皇の御世、藤原道長のライバルのもとに参集した世のはずれ者達。没落貴族、市井の物売女らが鬼よりも悪辣な敵に立ち向かう。（東　えりか）
も-18-14

（　）内は解説者。品切の節はご容赦下さい。

諸田玲子
波止場浪漫（上下）
稀代の侠客として名を馳せた、清水の次郎長。ご維新以降、旧幕、官軍入り乱れる清水で押しも押されもせぬ名士となった。その養女のけんの人生もまた時代に翻弄される。（植木　豊）
も-18-15

山本一力
あかね空
京から江戸に下った豆腐職人の永吉。己の技量一筋に生きる永吉を支える妻と、彼らを引き継いだ三人の子の有為転変を、親子二代にわたって描いた直木賞受賞の傑作時代小説。（縄田一男）
や-29-2

山本一力
たまゆらに
青菜売りをする朋乃はある朝、仕入れに向かう途中で大金入りの財布を拾い、届け出るが――。若い女性の視線を通して、欲深い人間たち、正直の価値を描く傑作時代小説。（温水ゆかり）
や-29-22

山本一力
朝の霧
長宗我部元親の妹を娶った名将・波川玄蕃。幸せな日々はやがて元親の激しい嫉妬によって、悲劇へと大きく舵を切る。乱世に輝く夫婦の情愛が胸を打つ感涙長編傑作。（東　えりか）
や-29-23

山本兼一
火天（かてん）の城
天に聳える五重の天主を建てよ！　信長の夢は天下一の棟梁父子に託された。安土城築城の裏に秘められた想像を絶する創意工夫。第十一回松本清張賞受賞作。（秋山　駿）
や-38-1

山本兼一
いっしん虎徹
その刀を数多の大名、武士が競って所望し、現在もその名をとどろかせる不世出の刀鍛冶・長曽祢虎徹。三十を過ぎて刀鍛冶を志して江戸へと向かい、己の道を貫いた男の炎の生涯。（末國善己）
や-38-2

（　）内は解説者。品切の節はご容赦下さい。

山本兼一
花鳥の夢
安土桃山時代。足利義輝、織田信長、豊臣秀吉と、権力者たちの要望に応え「洛中洛外図」「四季花鳥図」など時代を拓く絵を描いた狩野永徳。芸術家の苦悩と歓喜を描く。（澤田瞳子）
や-38-6

山本兼一
夢をまことに（上下）
近江国友の鉄炮鍛冶の一貫斎は旺盛な好奇心から、江戸に出て、失敗を重ねながらも万年筆や反射望遠鏡を日本で最初に作り上げる。江戸に生きた稀代の発明家の生涯。（田中光敏）
や-38-8

山本周五郎・沢木耕太郎 編
山本周五郎名品館Ⅱ
裏の木戸はあいている
今なお読み継がれる周五郎の作品群から選び抜かれた名品。「ちいさこべ」「法師川八景」「よじょう」「榎物語」「こんち午(うま)の日」「橋の下」「若き日の摂津守」等全九編。（沢木耕太郎）
や-69-2

山本周五郎・沢木耕太郎 編
山本周五郎名品館Ⅲ
寒橋（さむさばし）
周五郎短編はこれを読め！　短編傑作選の決定版。「落ち梅記」「人情裏長屋」「なんの花か薫る」「かあちゃん」「あすなろう」「落葉の隣り」「釣忍」等全九編。（沢木耕太郎）
や-69-3

山本周五郎・沢木耕太郎 編
山本周五郎名品館Ⅳ
将監(しょうげん)さまの細みち
時代を越え読み継がれるべき周五郎短編傑作選最終巻。「野分」「並木河岸」「墨丸」「夕靄の中」「深川安楽亭」「ひとごろし」「つゆのひぬま」「桑の木物語」等全九編。（沢木耕太郎）
や-69-4

夢枕　獏
陰陽師(おんみょうじ)　酔月(すいげつ)ノ巻
我が子を食べようとする母、己れの詩才を恃むあまり虎になった男。都の怪異を鎮めるべく今日も安倍晴明がゆく。四季の花鳥風月の描写が日本人の琴線に触れる大人気シリーズ。
ゆ-2-27